WASSER

Montag, 13. November – 14:30 Uhr

Die Bahn hielt an, Türen öffneten sich zischend, und Hanna brach der Schweiß aus. Trotz der eiskalten Winterluft.

Sitzen bleiben. Weiterfahren. Ich kann nicht aussteigen, nicht jetzt. Ich hätte überhaupt nicht einsteigen sollen!

Hanna nahm einen Schluck vom kalten Rest ihres Milchkaffees, klammerte sich an den Pappbecher und starrte durch das zerkratzte Fenster der S-Bahn Linie sieben. Flecken aus schmutzigem Schnee und gestreuter Schlacke bedeckten das Verbundsteinpflaster des Bahnsteigs. Der Kaffee war Gift für Hannas unruhigen Magen und verstärkte das brennende Gefühl in ihrem Bauch. Die Nervosität eines Schulmädchens vor dem ersten Auftritt in der neuen Klasse. Automatische Türen begannen zu piepen. Jetzt oder nie.

Ich kann nicht raus. Nicht aufstehen. Kann ich sitzen bleiben? Bitte!, flehte das verängstigte Kind in der Brust einer erwachsenen Frau. Doch Kommissarin Hanna Broder biss die Zähne zusammen, nahm ihre Reisetasche vom Sitz und machte, dass sie aus der S7 kam, bevor der Zug endgültig abgefahren war.

Letzte Chance vor der Endstation.

Die Uhr unter dem Holzdach des Bahnsteigs war bereits vor langer Zeit um kurz nach halb neun stehen geblieben. Ungefähr zu dieser Zeit war Hanna am Morgen in ihrer niedersächsischen Heimatstadt Peine in den Regionalexpress Richtung Hannover gestiegen. Julian hatte Schule, deshalb war er nicht zur Verabschiedung gekommen. Wenigstens hatte Hannas Exmann Frieder sie zum Abschied in den Arm genommen und ihr viel Glück gewünscht. Kein Kuss, diese Zeiten waren vorbei.

Hanna sah sich unschlüssig um. Ihre Hand umschloss den kleinen Schlüsselanhänger mit dem Hildener Stadtwappen. Ein Fluss trennte das Zahnrad diagonal von der Sichel. Obenauf drei Türme. Dominierende Farben waren Grün und Rot. Hanna hatte an Hoffnung und Blut gedacht, als sie den Anhänger von Frieder geschenkt bekam. Er hatte den Anhänger für Hanna als Abschiedsgeschenk bei eBay ersteigert und ihr auf dem Peiner Bahnhof mit einem verschmitzten Lächeln überreicht.

»Kann es sein, dass ihr Jungs mich überhaupt nicht vermissen werdet?«, hatte Hanna scherzhaft gefragt.

»Julian und ich werden uns jeden Tag weinend in den Armen liegen«, hatte Frieder im gleichen Ton geantwortet und Hanna mit einem Grinsen in den Arm geschlossen. »Mach's gut.«

Bevor Frieder ihre Tränen sehen konnte, hatte Hanna die Tasche in den Zug geworfen und war aus dem Leben der beiden Männer verschwunden, die ihr mehr als alles andere auf der Welt bedeuteten. Ohne sich noch einmal umzusehen. Das bereute sie nun.

Wie konnte ich das tun? Wie zum Teufel konnte ich nur?

Die Versetzung war nicht allein Hannas Idee gewesen. Als man sie vor vollendete Tatsachen stellte und alle Formulare unterzeichnet waren, hatte Hanna zuerst das Gefühl, schon wieder vom Leben betrogen zu werden. Doch dann akzeptierte sie den neuen Job in Nordrhein-Westfalen. Sie nahm es hin. Ihre Scheidung war seit drei Monaten durch. Zwei Monate zuvor hatte sie die gemeinsame Wohnung geräumt und war in ein Apartment am Peiner Marktplatz gezogen. Ständig wechselnde Dienstzeiten und häufige Doppelschichten hatten Frieder bereits vor Jahren zur ersten Bezugsperson für Julian werden lassen. Auch wenn der Junge stolz darauf war, dass seine Mutter bei den Bullen war, konnte nichts darüber hinwegtäuschen, dass Hanna wie ein Gast, wie eine Fremde neben Julian und Frieder hergelebt hatte. So lange, bis ihr Mann die Notbremse gezogen und um Scheidung gebeten hatte. Nicht einfach nur Trennung – Scheidung.

Hanna durchquerte mit geschulterter Reisetasche den gekachelten Gang zum ungepflegten Bahnhofsgebäude und trat zwischen Baustellenzäunen und Graffitis durch den Haupteingang ins Freie. Auf den ersten Blick machte die Stadt nicht den besten Eindruck. Hinter einem mit Schneematsch bedeckten Platz, auf dem alte Kastanien und Platanen standen, waren Mehrfamilienhäuser aus den

Zwanzigern und Dreißigern in liebloser Mischung mit Stahlbeton aus den sechziger bis achtziger Jahren zu erkennen.

Hanna setzte sich nicht in eine der Taxen vor dem Bahnhofsgebäude, sondern folgte ihrem Instinkt in Richtung Zentrum zu Fuß. Die Wache lag am Ende – »oder am Anfang der Fußgängerzone. Je nachdem, ob man Optimist oder Pessimist ist!«, hatte der Kollege ihr am Telefon erklärt und gelacht. Polizeiobermeister Kürten hörte sich nett an, dennoch fielen Hanna für den neuen Job nur Flüche ein, die sie sich seit der Geburt von Julian vergeblich abzugewöhnen versucht hatte.

Wie immer, wenn sie traurig oder ängstlich war, ging Hanna einfach drauflos. Kein Joggen, kein Walken oder Rennen, nicht einmal Spazieren oder Wandern. Hanna lief weder davon, noch rannte sie irgendwohin. Sie ging. Die ruhige Regelmäßigkeit dieser Bewegung hatte ihr schon oft aus der Depression geholfen und ihre Gedanken befreit.

Die unspektakuläre Auflösung ihres lieblos eingerichteten Apartments in Peine hatte Hanna nachdenklich gestimmt und traurig gemacht. Bis auf ein paar wertlose Ikeamöbel waren ganze drei Umzugskartons mit persönlichen Sachen übrig geblieben, die nun übergangsweise bei Frieder im Keller standen. Dinge bedeuteten Hanna nichts. Auch Hannas Kleiderschrank war nicht besonders umfangreich ausgestattet. Ihre schwere Statur in Kombination mit den Anforderungen des Jobs hatte Hannas Kleiderstil beeinflusst. Nichts war elegant oder gar mondän an ihren Klamotten. Dunkle Farben, Jeans, groß karierte Flanellstoffe und viel Leder.

»Zeug, mit dem du dich jederzeit auf den Boden unter ein Auto legen und es reparieren kannst«, hatte Frieder oft gefrotzelt. Hanna hatte nie verstanden, dass daran etwas falsch sein sollte.

»Wenn du auf die Ballprinzessin in Pumps und Minirock stehst, hättest du mich nicht heiraten sollen!« Damit hatte sie leider recht behalten.

Der Fußmarsch durch die Poststraße war kurz. An der Einmündung zur Berliner Straße ignorierte Hanna die Fußgängerampel. Sie beeilte sich, über die Fahrbahn zu kommen, ohne auf einem der festgefahrenen Schneeflecken auszurutschen. Dabei brach ihr wieder kalter Schweiß aus, und sie ärgerte sich über ihre Kurzatmigkeit. Außerdem überkam Hanna auf einmal ein kaum noch erträglicher Durst.

Das Rheinland soll dafür bekannt sein, dass *an jeder Ecke ein Büdchen steht,* dachte sie. *Wo sind diese Dinger, wenn man eins braucht?*

Weit und breit nichts zu sehen, doch ihr Orientierungssinn ließ Hanna nicht im Stich. Hinter einem verschneiten Grünstreifen war die Fassade eines modernen Gebäudes zu erkennen. Sie überquerte eine Fußgängerbrücke aus Holz, ohne auf das unter ihr fließende Wasser zu achten, das der Stadt ihren Beinamen verlieh. Erst als sie die Brücke überquert hatte, bemerkte sie den schweren würzigen Duft der Itter. Der Durst trieb Hanna zwischen dem Hintereingang des Steinhäuser Centers und der Rückseite der Stadthalle hindurch, zielstrebig auf den Beginn der Fußgängerzone zu, mitten durch das Herz der Hildener Innenstadt.

Mit einer viel zu kalten Dose Cola aus der ersten Pommesbude, die Hanna gefunden hatte, in der Hand und mit ihrer abgewetzten Reisetasche aus Leder über der Schulter durchquerte sie die Mittelstraße. Zwei Dinge fielen ihr auf: Diese Fußgängerzone schien sehr lang für eine mittlere Kleinstadt von knapp sechzigtausend Einwohnern zu sein und sich fast durch die gesamte Innenstadt zu ziehen. Das Zweite war die Tatsache, dass Filialen großer Ladenketten auch hier ihren Einzug gehalten hatten. Mehr noch als in ihrer Heimatstadt Peine hatten die Filialisten und Franchise-Unternehmen sich dieser attraktiven Einkaufsmeile bemächtigt. Nur wenige Familienunternehmen schienen das Hauen und Stechen um die besten Ladenlokale der Stadt überstanden zu haben.

Nach dem Angriff mit Milchkaffee begann sich Hannas Magen nun vehement gegen die eiskalte Cola zu wehren. Immer wieder musste sie stehen bleiben und sich den rumorenden Magen halten. Die robuste und, wie ihre Mutter sie wenig liebevoll nannte, »stabile« Hanna fühlte sich schwach und kraftlos. Kein bisschen stabil, im Gegenteil. Als sie sich die ganze Strecke durch die Einkaufsstraße bis zum Kaufhaus Hertie vorgearbeitet hatte, wischte sie sich den kalten Schweiß von der Oberlippe und krümmte sich, da ihr ein erneuter Blitzschlag in die Gedärme fuhr.

»Ist Ihnen nicht gut?«, erkundigte sich eine blauhaarige Seniorin und legte Hanna besorgt eine Hand auf die Schulter.

»Doch«, stöhnte Hanna, »mir scheint die Sonne aus dem Arsch, sieht man das nicht?«

»Unerhört!« Die Alte ergriff die Flucht in die Richtung, wo die Fußgängerzone offensichtlich endete. Hanna sah sich um. Ein Kaufhaus. Eine Kirche. Keine Polizeiwache.

»Entschuldigung, wo finde ich die Polizeiwache?«, wandte sich Hanna an zwei gelangweilte Kids, die eher für Hochsommer gekleidet waren und auf einer Parkbank hockten. Trotzig bliesen die beiden zittrige Rauchschwaden in die eisige Luft, statt zu antworten.

»Seid ihr taub? Ich habe euch was gefragt.«

»Ey, dat war echt nich nett mit der alten Frau«, grinste der Kleinere mit blauen Lippen.

»Aber cool«, paffte der andere und zitterte.

»Warum friert ihr euch hier den Hintern ab?«, wollte Hanna wissen.

»Bei Hertie dürfen wir nich mehr rein.«

»Hausverbot?«

»Mhm«, nickte der Kleinere.

»Da hammwer mal geklaut«, grinste der, dem ein dunkelblaues Basecap viel zu hoch auf dem Kopf stand.

»Stehst du auf die Nicks?«, fragte Hanna und kam sich plötzlich furchtbar blöd vor. Doch ihre Mütterlichkeit siegte, und die Jungs taten ihr leid, da biederte man sich schon mal an.

»Hä?« Der Kopf mit der blauen Kappe und dem »N« und dem »Y« über dem Schirm beugte sich vor, als hätte er Hanna akustisch nicht verstanden.

»Deine Kappe ... die Basketballmannschaft ... New York Nicks?« Eine peinliche Pause entstand, in der sich die eine Mannschaft fragte: *Was will die Alte?*, während ihre Gegnerin mit dem Gedanken zu kämpfen hatte, dass nur wenige hundert Kilometer entfernt ihr eigener Junge ebenfalls in irrsinnig leichter Coolkleidung kettenrauchend herumstreunen konnte.

Auf dem absteigenden Ast, dachte Hanna und nahm dem Größeren die Zigarette aus der Hand, denn seine Kippe war länger als die des Kleinen, der kaum dreizehn Jahre alt sein konnte.

»He!«, lamentierte der Bestohlene und sprang auf.

Doch während sie den Filter der Kippe abriss und in die Fußgängerzone schnippte, fragte Hanna: »Wo finde ich denn nun die Bullen?«

»Die müssen dich gleich vom Boden aufwischen, fette Lady!«, geiferte der Große und sprang auf die Füße. »Wenn ich mit dir fertig bin, bist du Matsch!« Er war dünn und lang, ein Lulatsch. Mindestens drei Köpfe größer als Hanna.

Goofy im Rapper-Outfit, dachte sie, kniff die Lippen zusammen, um nicht zu lachen, und trat zwei Schritte zurück. Der Kleine auf der Bank fletschte grinsend die Zähne über seinen blauen Lippen und hockte sich auf die Lehne, um besser sehen zu können. »Niemand schubst meinen Freund rum! Ey, Harun, zeig's ihr, Alter!«

Harun umkreiste Hanna und bedeckte sie gestikulierend mit einem Schwall deutsch-türkischer Schimpfworte, Drohungen und Flüche. Der Junge auf der Bank grinste, offensichtlich war dieser aggressive Rap Musik in seinen Ohren. Er zog den Schirm seiner Kappe nach hinten – da lag Harun bereits auf dem Boden und krümmte sich.

»Ey, was ist los, Alter?«, fragte sein Freund. Den blitzschnellen Treffer von Hannas rechter Hand auf den Solarplexus des Gegners hatte er nicht mitbekommen.

Hanna zog den Jungen von der Bank. »Wie heißt du?« Sie drehte den Jungen zur Hausfassade hinter der Bank.

»Norbert«, kam es kläglich zurück. Hanna drückte seine Hände an die Wand und trat seine Beine auseinander, um ihn zu durchsuchen.

»Also, Norbert. Wo ist denn nun die Polizeiwache?« Hanna blies ihm den Rauch der Kippe ins Gesicht. Ihre Hände tasteten Norbert routiniert ab. Sie nahm das Butterflymesser, das Softpack mit den restlichen vier Marlboros, einem kleinen Klumpen Shit und einem Feuerzeug darin. Dann ging sie in die Richtung, die Norbert ihr gewiesen hatte. Rechts um das Schuhgeschäft in die Kirchhofstraße. Doch vorher rammte sie die Messerklinge vor Norberts Augen in eine vom Schnee befreite Fuge im Pflaster vor der Bank und brach die Klinge mit einem trockenen »Klack« im Boden ab.

»Wir sehen uns. Und nächstes Mal hast du besser kein Messer bei dir, kapiert?«

Norbert schluckte trocken und nickte wortlos.

»So, und jetzt hilf deinem Kumpel.«

Der weinende Junge am Boden tat ihr nicht leid.

Vielleicht bin ich mit Julian zu hart gewesen. Vielleicht ist es das, was Frieder stört. Ich bin keine sanfte Mutter. Eine gute vielleicht, aber sicher nicht sanft, dachte Hanna und wusste, dass sie sich etwas vorzumachen versuchte. Denn Frieder war ein Egoist. Und sie keine Tussi. Die Frage, ob sie eine gute Mutter war, machte ihr dennoch zu schaffen. Besonders die Tatsache, dass Frieder nun allein für ihren Sohn verantwortlich sein sollte, bis das Gericht zu einer Entscheidung gekommen war. Auch wenn die neue Situation keine gravierende Änderung bedeutete – Hanna war fast nie zu Hause gewesen – machte sie sich dennoch Sorgen, ob Frieder dieser Aufgabe gewachsen sein würde.

Im Gehen zerbröselte Hanna das Piece aus der Zigarettenpackung und ließ die Krümel auf den Bürgersteig rieseln. Dann roch sie an Daumen und Zeigefinger ihrer rechten Hand.

Lecker!, dachte sie und lutschte an den harzigen Fingern. Keine Sekunde lang schaltete Hanna die Antennen ab, die den Raum hinter ihr beobachteten. Norbert und Harun konnten jeden Moment hinter ihrem Rücken auftauchen und versuchen, ihr mit einem Ziegelstein oder einem Eisenrohr den Schädel zu spalten. Sie wusste, dass Grausamkeiten dieser Art in deutschen Städten passierten. Auch am helllichten Tag in Kleinstädten. In zehn Dienstjahren wuchsen einem Beamten der Polizei unweigerlich diese Art von Antennen. Ihre Zeit in der Mordkommission hatte Hannas Empfänger auf eine kaum noch erträgliche Empfindlichkeit eingestellt.

Montag, 13. November – 15:17 Uhr

Als Hanna die weiße Schrift auf blauem Grund erkannte, die überall in Deutschland gleich aussah, atmete sie tief ein, und ihr Magen machte einen aufgeregten Hüpfer. »Polizei«, stand auf dem Leuchtschild neben dem Eingang der Inspektion Mitte, einem Gebäude, das wie eine Ansammlung überdimensionaler Schuhkartons wirkte.

»Ach du Scheiße!«, entfuhr es Hanna beim Anblick des seltsamen Ensembles aus Grün, Braun und einer Oberfläche, die dem Korkfußboden in ihrem Apartment glich, den sie damals beim Einzug so schnell wie möglich mit Auslegware bedeckt hatte. Der dreistöckige Karton hinter der Wache musste die Kripo und damit ihre neue Wirkungsstätte sein, befürchtete Hanna. Dunkelbraun gestrichene Metallstangen ragten in unregelmäßigen Abständen aus dem Boden, als müssten sie der Stein gewordenen Bausünde Halt geben, damit sie trotz aller Scheußlichkeit nicht in sich zusammenfallen konnte. Hanna wusste nicht, was sie mehr verabscheute: den Anblick des unansehnlichsten Gebäudes, das sie seit langer Zeit gesehen hatte, oder dessen Einfriedung mit Zwergmispeln der Gattung Cotoneaster, diesem kleinblättrigen, anspruchslosen Bodendecker, der so ziemlich jede Grünfläche an öffentlichen Gebäuden verschandelte und leider nicht totzukriegen war.

Eine amüsierte Stimme hinter Hanna sagte: »Wenn man erst mal drin ist, ist es nicht mehr so schlimm, glauben Sie mir.«

Es roch nach Frittierfett. Hanna dreht sich um und stand einem großen, schlanken Polizeibeamten mit rotblonden Locken gegenüber, der einen Stapel dampfender Päckchen aus fettgetränktem Wachspapier auf dem Arm balancierte.

»Das Essen wird kalt. Kommen Sie!«

Die Fußgängerampel stand auf Rot, doch der Beamte hakte sich bei Hanna ein und zog sie über die Straße. Da körperliche Nähe zu Fremden – und Bekannten – nicht gerade Hannas Spezialgebiet war, versuchte sie sich unauffällig loszumachen, während der Polizist sie über die verschneite Straße zerrte. Er war darauf bedacht, seinen Stapel Pakete aus der Pommesbude nicht zu verlieren.

»Es könnte doch sein, dass es um den Schmuggel von besonderen Gütern, sogenannten Hochwertressourcen geht, wie zum Beispiel ein Langwellenfunkgerät, einen speziellen Sender oder einen Zünder. Zacharis hat mir eine Liste mit möglichen Objekten besorgt, die im militärischen Kontext interessant sind. Minidrohnen sind auch denkbar. Die Türken bauen sie zum Beispiel, der Iran und auch Singapur«, führte er an.

»Wer könnten die Drahtzieher sein? Für welche Nationen ist das auf diesem Weg interessant, und wozu braucht man da einen Kriminellen?«, fasste sie fragend zusammen, was ihr durch den Kopf ging.

»Es gibt eine Menge Möglichkeiten. Kreta ist für so viele Nationen von Bedeutung. Die Lage der Insel macht es zum Beispiel möglich, mit moderner Abhörtechnik die Ohren bis in den Nahen Osten zu spitzen. Oder es wird einfach nur auf einem sicheren – und damit auch vom Militär losgelöst –, *unauffälligeren* Weg über die Berge transportiert und von dort auf einen offiziellen Frachter verladen …«

»Ich verstehe nicht, warum man sich so eine Mühe machen würde, draußen auf dem Meer vor Sitia etwas zu übergeben, und es dann quer durch die Pampa schleppt, um es im Anschluss wieder aufs Meer zu schicken. Dann könnte man doch gleich etwas von Boot zu Boot geben. Wobei das wohl einige Risiken birgt, wenn ich so darüber nachdenke.«

Er nickte bestätigend, und sie fuhr fort: »Diese Schiffe müssten sich ja irgendwo treffen, um das *Dings* zu übergeben, damit gibt es in der Besatzung eine Menge Mitwisser, und die Gefahr, dass so ein Treffen beobachtet wird, ist auch sehr groß. Okay, ich sehe es selbst: Das ist nicht clever. Aber so ein Hubschrauber ist ja auch nicht gerade unauffällig.«

»Er könnte aber etwas von einem kleineren Schiff mit geringer Besatzung und in kurzer Zeit übernehmen: Position ansteuern, Seilwinde runter, was auch immer anhängen, hochziehen, und weg ist er. Das Manövrieren von zwei

Schiffen auf hoher See ist wahrscheinlich wesentlich komplizierter und zeitaufwendiger.«

»Warum dann aber drei Leute im Heli?«, sinnierte sie.

»Der *Entre...*, also der Unternehmer – so werde ich ihn jetzt nennen, denn dieses französische Wort ist doch wirklich albern – ist wahrscheinlich dabei, um alles zu beaufsichtigen, und fliegt logisch nicht selbst. Er nimmt die Ware entgegen. Wahrscheinlich ist er sogar derjenige, der den Deal eingefädelt hat, oder eben der Kontaktmann zwischen Verkäufer und Käufer ... oder sogar offiziell der Käufer.«

»Kein ungefährlicher Job, aber es steckt bestimmt eine Menge Profit dahinter.« Sie nickte anerkennend.

»Findest du das irgendwie ... gut?« Er schaute sie irritiert an, denn er hatte ihren Tonfall richtig gedeutet.

»Nein, ich finde das nicht gut, aber wenn es so abläuft, dann ist das eine krasse Organisation, und dieser Typ, okay, nun ist er ziemlich tot und hat von seiner Kohle nichts mehr, hält eine ganze Menge Fäden in der Hand und hat bestimmt irgendwo auf einem Offshore-Konto Millionen liegen!«

»Es ist und bleibt zum Kotzen«, sagte er mit angewidertem Blick, »mit legaler Arbeit kannst du selten so viel verdienen wie mit Macht und Zerstörung. Doch ich bin nicht bereit, bei alldem stillschweigend mitzumachen und mich wie eine Puppe an Fäden führen zu lassen.« Er bewegte seine Hand, als würde er mit einer Schere etwas über seinem Kopf durchschneiden.

»Wir müssen vorsichtig bleiben und uns gut überlegen, wie jeder unserer Schritte aussieht, und am besten unterhalten wir uns ab jetzt weder im Präsidium oder im Institut noch über ein technisches Kommunikationsmittel«, schlug sie vor und kam sich vor, als wäre sie versehentlich in einem Agententhriller gelandet.

Er nickte langsam. »Wir gehen stattdessen ohne Handy spazieren.«

»Ohne Handy? Musste ich deshalb mein Handy wegbringen?«

»Ich habe mal einen entsprechenden Bericht gelesen, in dem stand, dass Hacker die Kamera und das Mikrofon eines Smartphones einschalten können und so alles Mögliche sehen und hören können, was du tust und sagst«, erklärte er.

Einen Moment lang kroch Übelkeit in ihr hoch. Sie nahm einen Schluck des fruchtigen Weines und sagte dann entschlossen: »Wir finden einen Weg, aber jetzt kümmern wir uns erst einmal um deine Kassia!«

78. Kapitel

Sie hatte sich für ein Taxi entschieden, da die Tasche schwerer geworden war als gedacht. Sicher wäre es intelligenter gewesen, zu Fuß zu gehen, um sich noch mehr zu beruhigen und Abstand zu gewinnen. Doch intelligent hatte sie an diesem Abend insgesamt nicht gehandelt, also kam es nun auf diese Entscheidung auch nicht mehr an. Sie hatte keinen Plan B gehabt für so einen Fall. Kaum war sie an der Bar aufgetaucht, um sich zu erkundigen, hatte der Kerl tatsächlich neben ihr gestanden. Fast so, als hätte er auf sie gewartet. Doch warum sollte er das getan haben? Es gab viele Mädchen wie sie. Sie war nichts Besonderes. Andere waren hübscher, besser gebaut und vermutlich viel bereitwilliger als sie.

Konstantinos.

Sie bekam kurz keine Luft, als sie an ihn dachte. Was hatte sie nur getan, und wie sollte sie damit umgehen? Sie wollte ihn nicht belügen, denn das war Gift für jede Beziehung. Doch es war unmöglich, ihm zu erzählen, was sie getan hatte, um an Informationen zu kommen. Obwohl sie es getan hatte, um ihnen beiden eine bessere Zukunft zu bescheren und nicht etwa, weil ihr langweilig gewesen war oder sie den Sex mit einem Fremden vermisst hatte. Der Agententyp hatte sie bedrängt, sie hatte nur mit ihm reden wollen. Ihm ein paar belanglose Fragen stellen wollen, um ihn so dazu zu bringen, dass er ins Erzählen kam. Doch diesmal war er nicht so leicht bereit gewesen, von den Geheimnissen, die ihn umgaben, zu schwärmen.

Er hatte ihr seine feuchtkühle Hand auf den Oberarm gelegt, sie langsam hinabgleiten lassen, so, als hätte er erwartet, dass sie bei dieser Berührung dahinschmolz und sich ihm noch an der Bar hingab. Er hatte nicht geahnt, wie wenig anziehend sie ihn fand. Er war ein Job! Mehr nicht. Sie hatte verführerisch gelächelt und mit allen möglichen Maschen versucht, das Unvermeidbare zu verhindern. Doch irgendwann war ihr klar geworden, dass sie nicht den ganzen Abend hier herumhocken konnte. Schließlich hatte sie Konstantinos versprochen, bald zurück zu sein. Sie musste zum Ziel kommen. Der Kerl musste reden, und das tat er eben am liebsten, wenn sie vor ihm kniete und ihn befriedigte.

Sie wischte sich über den Mund, und der Taxifahrer beobachtete sie im Spiegel, als wüsste er, was sie getan hatte. Sie schämte sich. Das, was ihr der Mann dann letzten Endes erzählt hatte, war dummes Zeug gewesen, denn sie glaubte nicht, dass er alle auf der Insel in der Hand hatte, jeden nach seiner Pfeife tanzen lassen konnte und seine Macht sogar bis Athen reichte. Das war vollkommener Blödsinn.

Kurz vor dem Orgasmus hatte er gestöhnt: »Sogar die Mafia tanzt in meinem Takt. Ich kenne jeden dieser kleinen dreckigen Mörder und kann sie alle jederzeit hochgehen lassen!«

Dann war das Spiel zu Ende gewesen. Er hatte bezahlt, und sie gab dieses schmutzige Geld nun dem Taxifahrer. Wie sollte sie ihr Wissen nutzen, ohne ihrem Geliebten zu sagen, dass sie ihn für 10 Euro und ein paar lächerliche Angebereien verraten hatte? Es war unmöglich, ihm die Wahrheit zu sagen, denn egal, wie gelassen er bisher auf ihre Vergangenheit reagiert hatte, nun waren sie verlobt, und das, was sie getan hatte, war widerlicher Betrug. Er täte gut daran, sie einfach aus dem Haus zu werfen und sie wieder dorthin zu schicken, wo sie hergekommen war. Sie war anscheinend schon vollkommen von diesem Leben aufgesogen und konnte sich nicht mehr befreien, egal, welche wundervolle Perspektive ihr geboten wurde. Trotzdem überlegte sie, wie sie Konstantinos berichten konnte, was ihr der Mann vorgestöhnt hatte, um zu überprüfen, ob alles Blödsinn war oder ob tatsächlich ein Fünkchen Wahrheit in alldem steckte.

Erneut fuhr sie sich mit dem Handrücken über den Mund, um sich das ekelhafte Gefühl wegzuwischen, das der Oralsex dort hinterlassen hatte. Das Auto hielt vor dem hell erleuchteten schönen Anwesen, und die Scham drohte sie fast zu erdrücken.

»Was ist denn nun?« Der Taxifahrer hielt ihr fragend die Hand hin, und sie drückte ihm den Schein hinein.

Dann schnappte sie sich ihre Tasche, das Taxi brauste davon, und sie machte sich auf den Weg zur Haustür, immer noch voller Sorge, dass er es sofort bemerken würde. Doch eigentlich war sie eine recht gute Schauspielerin, denn oft genug hatte sie irgendwelchen Typen Spaß an der Sache vorgemacht, obwohl sie sich danach gesehnt hatte, dass es endlich vorbei und sie wieder allein war. Sie musste sich nur zusammenreißen, dann würde es schon funktionieren. Konnte sie vielleicht behaupten, dass ihre Mitbewohnerin den Mann nun am Hals hatte und dass er ihr ebenjene Aufschneidereien aufgetischt hatte? Das wäre eine Möglichkeit. Sie hatte Konstantinos schon davon erzählt, dass sie über allerlei sprachen, was die Kundschaft anging, sich warnten, Empfehlungen aussprachen, aber auch aufeinander achtgaben. Ja, das war eine gute und umsetzbare Idee.

Sie atmete tief durch, klopfte an die Tür, und als er sie überschwänglich und mit einem glücklichen Strahlen öffnete, musste sie sich gar nicht verstellen, um sofort genau wie er zu fühlen. Sie liebten einander, und nur darauf kam es an.

79. Kapitel

Zacharis schaute Maria an und konnte kaum glauben, dass sie an Stelios Mentakis' Schreibtisch saß.

»Das wird heute noch alles offiziell verkündet. Also mach den Mund zu, sonst fliegen noch Mücken rein«, sagte sie lachend und bedeutete ihm, sich zu setzen.

Was war hier nur los? Er hatte das Gefühl, dass sich alles auf sonderbare Weise veränderte. Sein Vorgesetzter hatte ihm mitgeteilt, dass er keinerlei Informationen über den aktuellen Fall mit ihm am Telefon oder per Mail teilen wollte, und auch sein Büro hatte er zur Tabuzone erklärt. Stattdessen wollte er mit ihm spazieren gehen. Draußen! In der knallheißen Sonne! Er konnte es nicht fassen, und nun erfuhr er, dass der Major für einen aktuell unbekannten Zeitraum krankgeschrieben war und seine Assistentin Maria auf dem Chefsessel saß.

»Ich mache als CAO alles, was bei dieser Position zum Verwaltungsbereich gehört, und die anderen Aufgaben wird Elonidas Spectros von der Cyber-Einheit als COO übernehmen«, fuhr sie fort, während er versuchte, eine angenehme Sitzposition zu finden. Die Situation überforderte ihn ein wenig.

»W's h'ßt d's?«, nuschelte er, und ihm war klar, dass es sich noch unverständlicher als sonst anhörte.

»Die englischen Abkürzungen?«

Er nickte.

»CAO bedeutet einfach nur Chief Administration Officer und COO Chief Operation Officer«, erklärte sie grinsend, »ich finde, das hört sich außerordentlich wichtig an.«

Sie lachte schallend, und er fühlte sich noch unsicherer. Maria war wie eine Naturgewalt, wenn sie lachte. Alles an ihr bebte dann, und er hatte jetzt sogar das Gefühl, dass auch der Raum zu wackeln begann.

»Es ist nur vorübergehend, Zachari. Stelios braucht eine Auszeit, das ist in diesem Irrenhaus auch kein Wunder. Er erholt sich ein paar Wochen und ist bald wieder frisch und munter zurück. Aber jetzt zu uns beiden. Was hast du herausbekommen?«

Zacharis legte die Ausdrucke, die unter seinem klammernden Griff etwas gelitten hatten, auf den Schreibtisch.

»Selbsterklärend?«, fragte sie mit hochgezogenen Augenbrauen.

Er war sich nicht sicher, ob er nicken oder den Kopf schütteln sollte. Er war noch nicht in dieser Wirrnis angekommen und befürchtete daher, kaum einen verständlichen Satz herauszubringen. Doch gerade gestern erst hatte seine Freundin ihm gesagt, dass man im Präsidium sehr zufrieden sein müsse, einen Mitarbeiter wie ihn zu haben, und er solle sich dessen bewusst sein und sich daher nicht kleinmachen. Er solle sich aufrichten, hatte sie gesagt, und so tun, als wolle er zwei bis drei Kerzen von der Ferne auspusten. Das machte er nun, er drehte seinen Kopf ein wenig zur Seite, pustete imaginäre Kerzen aus und sagte dann. »Frag, w'nn du was nicht verst'nden h'st.« Verwundert nahm er wahr, dass es zu funktionieren schien, und obwohl Maria ihn beobachtete, pustete er noch drei weitere Kerzen aus und fühlte sich etwas gelassener.

Sie ließ den Finger über das Papier gleiten, und ihre Lippen bewegten sich beim Lesen. »Also stimmt es. Sie holen den Jungen nicht ab, weil er Mist gebaut hat und Serpantakis nun an dem Sohn seiner Schwester ein Exempel statuiert.«

Zacharis nickte. Es war zwar ein wenig frei interpretiert, doch sie hatte recht. Der achtundzwanzigjährige Achilleas war vor nicht allzu langer Zeit aus den USA zurückgekommen, und der Clanchef hatte ihm rasch anspruchsvolle Aufgaben zugeteilt. Sicher auch, weil er einen Flugschein hatte oder zumindest fliegen konnte, und natürlich, weil er nicht irgendein Neffe war, denn auf Kreta war der Begriff weit gefasst, sondern der Sohn seiner Schwester und damit tatsächlich von seinem Blut.

»Wenn er w'rkl'ch allein v'rantwortl'ch war«, Zacharis pustete noch einmal, »dann ist er auch allein sch'ld!«

»Ja, so wird sein Onkel das wohl beurteilen, denn schließlich ist der Junge tot, und auch ein weiterer wichtiger Drahtzieher lebt nicht mehr«, sinnierte Maria.

»Und d'r Mörd'r ist spurlos v'rschwund'n.«

»Niemand kann spurlos verschwinden. Selbst auf unserer Insel geht das nicht. Man kann sich hervorragend irgendwo in einer Höhle verstecken und wird unter Umständen niemals gefunden. Aber auch das geht gewiss nicht ohne Spuren. Wir müssen diese Spuren finden, Zachari.«

Er nickte. Maria hatte recht. Der Mann – oder vielleicht war es auch eine Frau gewesen – musste irgendwie vom Wasser an Land gekommen sein.

»Dr. Demostaki hat Selbstmord ausgeschlossen?«, fragte Maria.

»Ja.«

»Wir suchen also einen Mörder aus dem Dunstkreis von Serpantakis, der dem Clanchef wohl nicht sehr zugetan ist, oder der Junge war ein Kollateralschaden und es ging nur um diesen Typen mit dem französischen Namen. Hast du schon herausgefunden, wie er sich aktuell bei uns genannt hat?«

Er deutete auf den Namen *Rheos Papadopoulos.* Dies war der griechische Name, unter dem der Mann gearbeitet hatte. Er hatte unterschiedliche Identitäten besessen, und der Kollege von der DEE hatte die Vermutung geäußert, dass der Mann die Namen kontextbezogen nutzte, je nachdem, in welchem Land und Umfeld er sich bewegt hatte.

»Gibt es irgendwas, womit wir etwas anfangen können?«, wollte Maria nun wissen.

Er fächerte die Papiere weiter auf und zog das unterste Blatt hervor. Es war ein sehr körniges Bild, das einen Mann mit dunklem Seitenscheitel, Anzug mit Fliege und einem Lächeln im Gesicht zeigte. Neben ihm stand ein Uniformierter, der selbst bei der miesen Qualität des Fotos als hochdekorierter US-amerikanischer Offizier zu erkennen war.

»Na bravo«, sagte sie, »die Amis kennen ihn also auf jeden Fall schon mal. Von wo stammt die Aufnahme?«

»Von ein'm Empfang in Ch'nia. K'ptakis von der DEE hat sie m'r g'schickt.«

»Ich sollte mich also dringend einmal mit dem Herrn von der Direktion für kriminologische Ermittlungen unterhalten, stelle ich fest.« Sie lächelte wieder, aber diesmal sah sie aus wie ein grinsender Hai.

Es schauderte ihn kurz. Mit Maria sollte man es sich nicht verderben.

»Du od'r eher Spectr's?«, wagte er zu fragen, denn das ging in seiner Welt doch etwas über die klassische Verwaltungsarbeit hinaus und sollte daher eher von dem Kommissar, der mit ihr die Abteilung leitete, in Angriff genommen werden.

Sie winkte ab. »Schließlich ist es mir und meinen *Kontakten«*, sie setzte das Wort mit den Händen in Anführungszeichen, »zu verdanken, dass wir wissen, was die Familie Serpantakis davon abhält, Achilleas abzuholen und ordentlich zu beerdigen. Also darf ich da auch nachhaken, oder spricht aus deiner Sicht etwas dagegen?«

Sie deutete mit ihrem knallrot lackierten langen Nagel auf ihn, und er wäre beinahe zurückgezuckt. Langsam schüttelte er den Kopf. Unterm Strich ging es ihn nichts an. Es war nicht sein Verantwortungsbereich.

»In Ordnung, Zachari. Danke für deine Unterstützung, ich halte dich über die Entwicklung informiert und erwarte das selbstverständlich auch von dir.«

80. Kapitel

Hyeronimos konnte sich nur schwer mit all dem, was sich in der Führungsriege entwickelte, arrangieren, aber immerhin noch besser als Christos, der schier ausgeflippt war. Er hatte so ausgesehen, als wollte er Maria und Elonidas Spectros seine Marke vor die Nase knallen. Nicht nur, dass man Christos und ihn anscheinend übergangen hatte, Stelios hatte es noch nicht einmal mehr für nötig gehalten, seinen Abgang selbst zu erklären, sondern hatte es Maria überlassen, die richtigen Worte zu finden.

Doch das war für Hyeronimos nur noch ein kleiner Nebenkriegsschauplatz. Unterm Strich würde es seine Arbeit wahrscheinlich so gut wie gar nicht tangieren. Er machte seinen Job, und nach dem langen Gespräch mit Penelope hatte er zwar so gut wie gar nicht geschlafen, hatte aber bezüglich Kassia doch irgendwie Hoffnung geschöpft. Sie hatte mehr als ein Dutzend Mal versucht, ihn zu erreichen, und ihm mehrere aufgeregte Kurznachrichten geschickt. Sein Herz hatte gebrannt bei dem Gedanken, wie sehr sein Verhalten sie verletzen musste. Doch Penelope würde das schon hinbekommen. Sie wollte gleich heute Kassia anrufen. Kassia kannte ihren Namen selbstverständlich und erschrak hoffentlich nicht allzu sehr. Die Pathologin würde ihr dann in einer Art Frauengeheimcode, so hatte sie es genannt, erklären, was los war. Doch auch wenn sie danach Bescheid wusste, würde es nichts daran ändern, dass sie nicht mehr wie bisher in Kontakt miteinander stehen konnten. Alles hatte sich durch seine Annahme, im Fadenkreuz des EYP gelandet zu sein, geändert.

Diese Gedanken raubten ihm die Motivation. Die aktuelle Fallsituation und alles, was damit zusammenhing, machte ihm zudem erheblich zu schaffen, denn Zacharis hatte ihn bei einem Spaziergang über all das, was er herausgefunden hatte, informiert. Für Hyeronimos war es immer offensichtlicher, dass sie die Antworten auf ihre Fragen nur von Serpantakis bekommen würden, was letztlich bedeutete, der Wahrheit wahrscheinlich so nah zu sein wie Kreta dem Nordpol. Am liebsten hätte er einfach die Arbeit niedergelegt und es Stelios gleichgetan, denn er konnte nur verlieren, dessen war er sich vollkommen bewusst.

Den Mord an den beiden Verbrechern aufzuklären würde ihn nicht besser schlafen lassen, sondern ihm vermutlich jede Menge Albträume bescheren.

Die Bilder von dem Mädchen an der Bar waren zwar krisselig, aber man konnte sie trotzdem erkennen. Auch Xylouris war auf zwei Fotos so getroffen, dass man ihn ohne Zweifel identifizieren konnte, und er brannte noch immer darauf, diesen widerlichen Schleimbeutel mit seinem Wissen zu konfrontieren. Doch Penelope hatte recht. Noch gab es nichts, was er damit für sich an Vorteil herausschlagen konnte, er würde sich den Mann aktuell einfach nur zum Feind machen. Er musste also auch hier bedächtig Informationen sammeln und dann die Falle im richtigen Augenblick zuschnappen lassen.

Gerade klappte es nicht so gut mit der Besonnenheit, er war so voller Zorn über all das, was ihm immer mehr zu entgleiten schien, dass es schwer war, die stoische Haltung unerschütterlichen Gleichmuts zu bewahren. Er musste aktiv werden und beginnen, all die losen Fäden zusammenzuführen. In der Strandbar konnte er auch mehr als einmal nach der hübschen Prostituierten fragen. Schließlich würde das doch nur verdeutlichen, dass er echtes Interesse an ihr und ihren Diensten hatte. Penelope hatte zwar darauf hingewiesen, dass man ihn aus der Presse kannte, doch gleichzeitig auch eingeräumt, dass Polizisten genau wie andere Männer Sex käuflich erwarben. Warum also nicht auch er? Er konnte auf jeden Fall nicht weiter hier an seinem Schreibtisch sitzen und schweigend Trübsal blasen. Wie würde er herausfinden, ob er abgehört wurde oder nicht? Wem konnte er trauen? Dann kam ihm der Gedanke, dass sein Interims-Vorgesetzter sicher genau wusste, wie man so etwas feststellte und unter Umständen auch, wie man es unterbinden konnte. Spectros war vielleicht nicht die geborene Leitung für ein Dezernat, aber er machte in seiner Abteilung einen hervorragenden Job, und Hyeronimos schätzte ihn sehr. Das änderte zwar nichts an der Tatsache, dass die Gesamtsituation unangenehm war, denn jedem im gesamten Präsidium musste nun deutlich klar sein, was Mentakis von seinen beiden Hauptermittlern hielt. Gleichzeitig musste es dem aktuellen Leiter der Mordkommission aber auch wichtig sein, Willkür durch andere Behörden zu unterbinden und die beiden demontierten Kollegen irgendwie kooperativ zu stimmen.

Er würde Spectros einfach einen Willkommensbesuch abstatten und dabei alles Notwendige klären.

Atemstillstand

81. Kapitel

Nicht vielen Menschen wurde es in ihrem Leben zuteil, das Monster in den eigenen Seelentiefen zu sehen – ihm von Angesicht zu Angesicht zu begegnen und es an manchen Tagen sogar zu lieben. Je mehr man mit sich und seinem Schmerz, dem tiefen Kummer und der Schuld zu kämpfen hatte, umso öfter trat es aus dem Dunkel ins Licht. Hatte man je wirklich die Wahl, welchen Wolf man fütterte? Oder war es einfach nur vorbestimmt? Eine alte indianische Weisheit besagte, dass es der eigenen Wahl unterlag, ob man dem dunklen oder dem hellen Wolf in sich Nahrung gab: Neid, Angst, Hass, Schmerz und Lügen ließen das finstere Monster zu einem alles ausfüllenden Wesen anwachsen, während dadurch gleichzeitig Liebe, Güte, Vertrauen und das Verzeihen zu einem nicht mehr spürbaren Minimum schrumpften und damit alles Helle verloren ging. Der monströse Wolf wurde so rasch zum übermächtigen Herrscher des eigenen Seins. Die Alltagsmaske, die man trug, um das Scheusal zu verbergen, durfte ja niemals verrutschen, denn sollte dies geschehen, so würde man nie mehr dazu in der Lage sein, die Umwelt davon zu überzeugen, dass man eine Identität außerhalb der Bestie besaß. Denn dann würde jeder das erfahren, was man selbst schon lange erkannt hatte: Aus der Dunkelheit gab es keinen Weg zurück ins Licht. So wenig wie man Tote zurück ins Leben holen konnte, ohne einen hohen Preis zu bezahlen. Der Preis war unendlich, und meist verlor man sich selbst dabei vollkommen.

Man stand jeden Morgen auf, verrichtete das Tagwerk wie eine Maschine und warf dem Wolf täglich einige Bröckchen zu, denn der finstere Gefährte forderte knurrend seine Mahlzeiten. Man verschloss sein Herz immer mehr, sah es nur noch als den Muskel an, der es war, mit der originären Aufgabe, Blut durch den Körper zu pumpen. Jede andere Gefühlsregung sorgte nur dafür, dass der Schmerz, der daraus entstand, das Monster schneller wachsen ließ, und je schneller es groß wurde, umso furchtbarer waren die Taten, die man in seinem Namen vollbrachte. Am Abend eines jeden Tages, wenn man sich zu Bett schleppte und den müden Leib in einen unruhigen Schlaf mit albgeplagten Bildern gleiten ließ, verdrängte man die Scham über sich selbst, über all das, was man getan hatte und weiterhin tun würde, und machte sie so ebenfalls zur kraftvollen Nahrung.

Ein Kreislauf, der niemals endete, bis der Tod endlich kommen würde. Der erhoffte Tod, der einem strudelnd den Atem nahm, sodass man in diesem kurzen Augenblick der vollkommenen Atemlosigkeit das Leben an sich vorbeiziehen sehen konnte, die hellen Momente wiedersehen würde und diese hoffentlich im Sterben ihre Kraft wiedererlangten. Sodass das böse Untier zuerst sterben würde und die gute Seele am Ende doch noch gewinnen konnte. Darin lag alle Hoffnung, wenn man dem Monster in sich nicht mehr entfliehen konnte. Hoffnung war etwas Starkes. Hoffnung war etwas Grauenvolles!

82. Kapitel

Penelope hatte sich die ganze Nacht Gedanken darüber gemacht, wie sie einem Übergriff auf ihre Privatsphäre entrinnen konnte, da sie mittlerweile Hyeronimos' Befürchtung teilte, dass auch sie in den Fokus des Nachrichtendienstes geraten war. Ihr Handy fasste sie nur noch mit Vorsicht an, und eine unbeschwerte Benutzung schien ihr kaum noch denkbar. Natürlich bot die Lage auch die Chance, Informationen zu streuen und den EYP so auf falsche Fährten zu setzen oder gar die gesamte illegale Aktion auffliegen zu lassen. Sie stellte fest, dass sie schon vollkommen überzeugt war, dass Xylouris und seine Leute zu allem fähig waren.

Normalerweise brauchte sie Beweise. In ihrem Tätigkeitsfeld konnte alles durch Proben und Tests nachgewiesen werden. Sie mussten also einfach ein Gerücht verbreiten oder etwas unter dem Siegel der Verschwiegenheit austauschen, um dann zu beobachten, was geschehen würde. Was also, wenn sie Hyeronimos über einen Befund berichten würde über eine der Kugeln und einen Teilabdruck, den sie darauf gefunden hatte? Das musste diesen widerlichen Agenten doch auf den Plan rufen, sollte er wirklich den Befehl gegeben haben, sie alle zu überwachen. Sie kannte die Radarstation in den Bergen, die man auf dem Weg von Rethymno nach Irakleio hoch oben thronen sehen konnte, hatte es jedoch bisher nie in Betracht gezogen, dass man von dort aus die eigenen Leute bespitzelte, sondern es als notwendiges militärisches Übel angesehen, dass das Militär dort im Auftrag von wem auch immer Funksprüche militärischen Hintergrundes belauschte. Gott, was war sie naiv! Sie erlebte so oft, wie grausam Menschen sein konnten und dass es keine Grenzen zu geben schien für Verdorbenheit und Bösartigkeit, aber Tausende Erklärungen. Wobei man es wohl eher als Rechtfertigungen einstufen musste denn als Erläuterungen. Aus ihrer Sicht gab es für Gewalt weder das eine noch das andere. Da war einfach nichts, was solchen Verhaltensweisen eine Berechtigung erteilte.

Sie hatte noch immer keine sichere Lösung für das Problem ihres Freundes gefunden, und obwohl sie versucht hatte, jede Menge Zuversicht zu versprühen, fühlte sie sich aktuell eher in einem Gedankenkreislauf gefangen. Je mehr sie sich auf all das einließ, umso schlechter wurde ihr: Sie hatte mit Eleni telefoniert und versucht, der jungen Frau zu erklären, was sie empfand und was ihr so große Sorgen bereitete. Sie hatte mit ihrem Vater gesprochen und ihm wie so oft klargemacht, dass sie nicht nach Hause kommen würde. Das war ihre Privatsphäre. Sie hatte es damals in Athen erlebt, wie es sich anfühlte, wenn intime Dinge an die Öffentlichkeit gezerrt wurden, und es war demütigend gewesen. Genau das wollte sie im Zusammenhang mit ihrer Beziehung zu Eleni vermeiden. Sie wollte nicht, dass Menschen über ihr Sexualleben diskutierten, sie verurteilten oder sie als Vorlage für irgendwelche Fantasien benutzten. Zudem war ihr eben auch bewusst, dass man im Zuge dessen ihre Kompetenz als Pathologin in Zweifel ziehen würde. So war es immer. Sie war eine Lesbe und vergriff sich ganz klar an einem jungen Mädchen. Das ließ auf ein getrübtes Urteilsvermögen schließen und auf eine krankhafte Persönlichkeit. Wie sollte sie da eine gute Gerichtsmedizinerin sein?

Sie hatte solche Verleumdungen einfach zu oft mitbekommen, und genau aus dem Grund mied sie sogar ihre eigene Mutter. Sie konnte noch nicht einmal auf Unterstützung und Rückhalt aus der eigenen Familie zählen, und die patriarchal geprägte Welt dort draußen wartete gewiss nur darauf, dass sie einen Fehler machte, um sie dann erneut zu degradieren. Ja, Kreta war eine Degradierung, auch wenn sie die Insel und ihre Arbeit hier liebte. Ihre Karriereleiter war genau hier zu Ende. Mehr konnte sie nicht erreichen, denn es gab keine höhere Position auf dem Eiland. Sie spürte wie so oft die Wut in sich, ein unbändiges Gefühlsgemisch aus Zorn und Hilflosigkeit. Eleni war nicht nur mutig und laut, sondern auch gut informiert. Das war die junge Influencerin schon gewesen, als sie noch auf Kreta gelebt hatte, und sie hatte ihre Finger in die schwelenden Wunden der Gesellschaft gelegt und tat es auf ihre Weise jeden Tag aufs Neue.

»Es ist kein kretisches oder griechisches Problem«, hatte Eleni gesagt, »sondern ein globales. Frauen werden nach wie vor unterdrückt, und es scheint nicht besser zu werden, sondern an vielen Stellen wird es sogar schlimmer. Die Türkei ist aus der Istanbul-Konvention ausgetreten: einem Übereinkommen des Europarats zur Verhütung und Bekämpfung von Gewalt gegen Frauen. In Polen wurde Abtreibung komplett verboten, auch bei Vergewaltigungsopfern oder wenn der Fötus schwer geschädigt ist. Das ist menschenverachtend und bringt uns in unserer Sache nicht voran!«

Penelope hatte ihr nur recht geben können. Es war fürchterlich, was dort draußen in der Welt passierte und auch jeden Tag vor ihrer Haustür, und sie war ebenfalls dieser Bigotterie zum Opfer gefallen: Männer masturbierten überall auf dem Planeten zu Sexszenen zwischen Frauen, doch wenn eine Frau eine andere liebte, dann war das Grund genug, sie auszubremsen und zu mobben. Sie wollte sich einerseits nicht verbieten lassen, frei zu wählen, wie sie lebte und liebte, und andererseits war sie eine Gefangene genau dieses angstbesetzten Systems. Sie machte sich stundenlang verrückt, dass jemand ihre Kommunikation mit ihrer Freundin belauschen könnte, und zwar weil sie homosexuell war. Sonst wäre es sicher auch nicht lustig gewesen, doch wenn sie »normal« wäre – ihre Mutter benutzte die Bezeichnung immer gern –, dann wäre es wahrscheinlich auch für nachrichtendienstliche Zuhörer nicht von besonderem Interesse, was sie da mit ihrem Typen bequatschte. Frauenkram, Psychozeug, Gefühle und so. Wahrscheinlich würde man da rasch auf einen anderen Kanal wechseln. Frei nach dem Motto: *Die Demostaki hat wieder einen emotionalen Anfall, ihr armer Kerl kann einem echt leidtun.*

Sie schüttelte über sich selbst den Kopf. Wann war sie so spießig geworden? Oder lag es einfach daran, dass sie aufgrund ihrer Partnerwahl nach wie vor Repressalien in einer männerdominierten Welt zu befürchten hatte?

Sie ging in ihr Büro, nahm ihr Handy aus der Schublade und packte es wieder richtig herum in seine Schutzhülle. Sie hatte es heute früh mit Absicht so hineingepackt, dass die Kamera verdeckt war, denn die Paranoia hatte sie vollkommen im Würgegriff gehabt. Jetzt wählte sie Hyeronimos' Nummer und begrüßte ihn mit leichter Stimme: »Hey, Hyeronimo, ich habe großartige Neuigkeiten. Es hat mich einfach nicht losgelassen, dass wir so gar nichts gefunden haben, da habe ich mir die Beweisstücke noch einmal vorgenommen, und stell dir vor, ich konnte auf einer der beiden Kugeln einen Teilabdruck sicherstellen. Es war echt nicht einfach, deshalb haben wir das letzte Woche nicht gleich gesehen.« Sie hörte, wie er den Atem einsog, und plapperte einfach weiter, denn er musste doch begreifen, dass sie hier gerade eine Falle für Xylouris baute. »Aber heute habe ich ein besonderes Verfahren angewendet. Ich hatte bisher nur darüber gelesen und es noch nicht umgesetzt, doch es funktioniert tatsächlich hervorragend. Die Hautfette, die den Abdruck leisten, waren durch die Gehirnmasse geschützt.«

Er schwieg, und sie hätte ihm gern mental gegen das Schienbein getreten.

»Kannst du herkommen, dann können wir das vor Ort besprechen, und ich kann dir die Animationen auf meinem Computer zeigen«, fabulierte sie munter weiter, »park ruhig hinter dem Gebäude, und ich hole dich dann durch den Wäscheeingang rein, denn vorn lungern immer wieder ein paar Reporter herum, und sie sollten noch nichts von der neuen Wendung erfahren, denke ich.«

»Ich komme.« Er schien sich gefangen zu haben. »Ich muss nur noch etwas erledigen. Ich rufe dich dann an, wenn ich vor Ort bin, dann kannst du mich abholen.«

Beinahe wäre ihr ein triumphierendes *Yes!* entfleucht. Sie würden Xylouris mit seinen eigenen Waffen schlagen. Doch nun musste sie sich auch noch schnell eine Lösung für Hyeronimos' Liebeschaos einfallen lassen.

»Bis gleich!«, sagte sie und beendete das Telefonat.

Dann schaltete sie das Telefon aus, packte es in die Schreibtischschublade und setzte sich an ihren PC. Es musste doch eine Möglichkeit geben, Kassia zu erreichen, ohne dass alle Welt etwas davon mitbekam. Das sicherste Mittel gegen alle Arten des Abhörens war ein Rauschgenerator, doch die Dinger waren unfassbar teuer, und sie konnte auch nicht einfach in den Elektrofachhandel gehen und salopp sagen: *Ich hätte da gern mal so einen hübschen Ultraschall-Rauschgenerator.*

Aber Hyeronimos hat die Möglichkeit, so etwas zu bekommen, schoss es ihr durch den Kopf. Auch weil sein neuer Vorgesetzter genau in diesem Segment tätig war. Selbstverständlich hatte sie von Stelios Mentakis' Abgang gehört, denn Irakleio und die Behördenwelt in der Stadt glichen einem Stammtisch in einer Taverne: Spannende Nachrichten machten schneller die Runde, als man einen Kaffee aus dem Automaten ziehen konnte. Spectros hatte auf jeden Fall Zugriff auf Gerätschaften, die Übergriffe auf Gespräche in Behörden unmöglich machten. Doch es würde eben auch bedeuten, ihn zu informieren. Ob Hyeronimos seinem neuen Chef so sehr vertraute? Stelios hatte er vollumfänglich vertraut, aber Stelios war eben nicht mehr da. Sie hatte Verständnis für den Major und seine Entscheidung, schließlich bekam sie den Disput zwischen Hyeronimos und Christos oft genug mit. Stelios' Zustand war ihr auch nicht verborgen geblieben. Seit dem Ariakis-Fall im vergangenen Winter waren sie Freunde geworden, und sie hatte die Zeichen des Burn-outs schon länger kommen sehen. Maria und den Cyber-Kapetan zu einer Führungsspitze zu vereinen war aus ihrem Blickwinkel ein genialer Schachzug, und sie war gespannt, wie sich die Zusammenarbeit zwischen den vier Hauptakteuren in diesem Spiel entwickeln würde.

Am besten wäre es, sie hätte das Gerät sofort zur Verfügung, um die arme Frau in Athen aus ihrer Unwissenheit zu befreien und Hyeronimos die Last von den Schultern zu nehmen. Vielleicht konnte er sogar selbst mit ihr sprechen, und sie würde ihm dann nicht nur verzeihen, sondern auch feststellen, dass er ein Ritter in goldener Rüstung war, der alles dafür tat, die Menschen zu schützen, die er liebte. Sie konnte ihn jedoch nicht anrufen und den Rauschgenerator bestellen wie eine Pizza beim Lieferservice, denn dann würde auch ihre Scharade sofort auffliegen. Sie musste also geduldig sein und auf ihn warten. Geduld zählte jedoch nur am Sektionstisch zu ihren Eigenschaften. Vielleicht sollte sie wirklich die Kugeln noch einmal genauer betrachten. Ja, das war eine gute Idee. Auf jeden Fall besser, als hier herumzusitzen und sich verrückt zu machen.

Sie löschte ihren Browserverlauf, schaltete den Computer aus und schloss ihre Bürotür ab. Der Tag gestaltete sich nun doch aufregender als gedacht.

83. Kapitel

Michalis Serpantakis rückte sich die große Designerbrille zurecht. Er hatte ganz bewusst ein Modell aus schwarzem Horn ausgewählt, das seine dunklen Augen noch hervorhob. Er wusste, wie sehr die Menschen in seinem Umfeld seinen Blick fürchteten. Doch im Augenblick hatten ihn nur zwei Menschen zu fürchten: seine Schwester und Antonios, der seinen Fuhrpark leitete. Er war mehr als sauer, denn der *Entrepreneur* war in seinem Hubschrauber draufgegangen, und das würde man ihm für immer anlasten. Jemanden wie diesen Mittelsmann zu verlieren war mehr als ein Desaster. Nun würde er sich auch noch mit der Polizei herumschlagen müssen. Nicht einfach nur mit ein paar uniformierten Kerlen, die kaum trocken hinter den Ohren waren und wie alle in dieser Generation glaubten, die Weisheit mit großen Löffeln gefressen zu haben. Nein, diesmal war es die Mordkommission. Eine Abteilung, mit der er so gut wie nie etwas zu tun hatte.

Er regelte seine Angelegenheiten gern allein, und das war allgemein bekannt. Sein Neffe, dieser Dummkopf, hatte den Heli versenkt, und dass er mit einer Kugel im Kopf auf dem Grund des Meeres gelandet war, hatte er verdient. Auch wenn seine Schwester, die Mutter des Grünschnabels, das anders sah. Er warf einen Blick auf seine Rolex. Seine Schwester erlaubte es sich, zu spät zu kommen. Das sollte ihn wohl bestrafen oder in irgendeiner anderen Form eine Art Zeichen setzen. Er konnte sich noch nicht einmal ein müdes Lächeln für diese Albernheit abringen. Sie hatte noch nicht verstanden, dass er dadurch nur noch intensiver dafür Sorge tragen würde, dass alle in seinem Umfeld genau verstanden, was es bedeutete, leichtsinnig zu handeln, und welche Konsequenzen die daraus resultierenden Fehler nach sich zogen.

Achilleas war für den Flug verantwortlich gewesen. Er hatte darum gebettelt, endlich eine Aufgabe von Wert zu bekommen, um seinem Onkel beweisen zu können, dass er in den USA allerhand gelernt hatte. Was es wohl gewesen war, was er von den neunmalklugen Amis gelernt hatte? Wie man starb und dabei ein teures Fluggerät zerstörte und ein wichtiges Bindeglied für enorm bedeutsame Geschäfte dem Tod preisgab?

Der Sekundenzeiger seiner Hundertsechzigtausend-Euro-Uhr überschritt die Zwölf erneut, und Filomena war noch immer nicht da. Was wollte sie damit nur beweisen? Dass er bei seiner Schwester Gnade vor Recht würde walten lassen? Glaubte sie das wirklich? Er lachte trocken auf, und ihm war bewusst, dass es eher einem Bellen glich. Doch er war einer von den Hunden, die auch bissen, und dort, wo seine Zähne landeten, floss immer Blut. Wenn auch manchmal nur im übertragenen Sinne, doch es machte ihm keineswegs etwas aus, den roten Lebenssaft real fließen zu lassen. Es gab nichts, was er von seinen Leuten verlangte, was er nicht auch bereit war, selbst zu tun, oder bereits getan hatte. Ihm konnte niemand etwas vormachen, denn er war nicht einfach so der Herr über dieses Imperium geworden. Er hatte sich seinen Sitz in der ersten Reihe erkämpft, und in seinem Metier ging es nun einmal nicht ohne drakonische Strafen und eine gewisse Kälte. Nur dann konnte man Entscheidungen treffen, die der Familie zum Vorteil gereichten. Ganz offensichtlich hatte er sich diesmal von Gefühlen leiten lassen und seinen scharfen Verstand dem Zugehörigkeitsgefühl geopfert. Er hatte den Jungen gemocht, so war es nicht, doch vielleicht hatte genau hierin sein Fehler gelegen, und er hatte diesen Flug genehmigt, obwohl er nicht zu hundert Prozent davon überzeugt gewesen war, dass Achilleas schon so weit war. Als zweiter Mann hatte er sich schon ein paarmal bewiesen, und er war ein hervorragender Pilot mit diesem gewissen Etwas an Mut und Abenteuerlust, das es brauchte, wenn man unter dem Radar hinausfliegen musste. Doch mit der alleinigen Verantwortung war er offensichtlich vollkommen überfordert gewesen, und Michalis machte es sich zum Vorwurf, dass er das nicht gesehen hatte. Es war einerseits schade um den Jungen, denn er hätte wirklich Karriere machen, vielleicht sogar eines Tages in seine Fußstapfen treten können, und andererseits war es wohl besser, dass es jetzt schon schiefgegangen war. Denn es gab gewiss irgendwo noch ein schlimmeres Unheil, das der blutige Anfänger hätte anrichten können. Der Tod des Mittelsmannes war zwar kaum zu übertreffen, aber schlimmer wäre Michalis eigener Tod gewesen, hätte er sich Achilleas eines Tages anvertraut. Die Frage, die jedoch über allem stand, war: Wo war der Mörder abgeblieben?

Seine Leute suchten auf Hochtouren nach dem Mann, jedoch bisher ohne Erfolg. Er musste sehr klug handeln, denn zum jetzigen Zeitpunkt konnte der Mord an diesen beiden Männern alles bedeuten: Auch ein gut inszenierter Schlag gegen sein Imperium war denkbar, denn der Tod seines Neffen konnte ebenso eine Botschaft an ihn sein. Jemand wie er war nie wirklich sicher. Das war wohl der Preis, den er zu zahlen hatte.

Die Tür öffnete sich so langsam, dass er spürte, wie das Blut in seinen Adern zu kochen begann. Seine Schwester kam in einer schmutzigen Jogginghose und einem viel zu großen T-Shirt mit dem Aufdruck der amerikanischen Eliteuniversität, die Achilleas besucht hatte, hereingeschlurft. Ein schlampiger grauer Bademantel und Fellstiefel rundeten das abscheuliche Outfit ab. Fellstiefel! Es war Mai. Wieso trug sie Fellstiefel? Sie sah so heruntergekommen aus, dass er sie beinahe nicht erkannt hätte, und das erschreckte ihn tatsächlich ein wenig, denn sie war sonst eine gepflegte Schönheit. Doch er riss sich zusammen und führte sich das Chaos, das sein Neffe geschaffen hatte, vor Augen. Sofort war der unbeugsame Zorn zurück.

»Filomena, wie schön, dass du es doch noch geschafft hast«, sagte er, und seine Stimme troff vor zuckrigem Sarkasmus.

Sie hob den Kopf, und ihre Augen blickten einfach durch ihn hindurch. Sie schien ihn zwar zu hören, reagierte aber nicht.

»Mir ist zu Ohren gekommen, dass du begonnen hast, ein Begräbnis zu organisieren. Es wird jedoch keines geben!«

Ihre Haare lagen wie ein glanzloser Helm um ihren Kopf, und ihr sonst so attraktives Gesicht wirkte grau und verhärmt. Es war interessant, zu sehen, wie Menschen sich innerhalb weniger Tage unter psychischem Druck veränderten. Nicht, dass er seine Schwester brechen wollte, nichts lag ihm ferner, aber er konnte eben auch nicht zulassen, dass sie seine Autorität untergrub. Sie wollte ihren Sohn beerdigen, und er wollte verdeutlichen, dass er die Macht hatte, genau dies zu verhindern. Es war ein bisschen, wie Gott zu sein, aber er hatte beileibe keinen Gottkomplex. Er musste nur verdeutlichen, dass es Fehler gab, die nicht mit einem Federstreich wiedergutzumachen waren, sondern weitreichende Konsequenzen hatten.

Dass er das ausgerechnet an seinem Neffen demonstrieren musste, gefiel ihm auch nicht, und das wollte er ihr erklären: »Ich mache das nicht gern, das musst du mir glauben.«

Sie hob den Kopf, drehte ihn in seine Richtung, aber ihre Augen blieben tot und sahen ihn irgendwie nicht.

»Es war seine Schuld, und mal ganz abgesehen von den hunderttausend Euro für den Heli hat er sein Leben und das dieses immens wichtigen Mannes für unsere Geschäftsverbindungen auf dem Gewissen. Er war unachtsam, draufgängerisch, leichtsinnig und dumm, und das muss geahndet werden. Denn sonst denkt ab jetzt jeder dort draußen, dass man so schlampig arbeiten kann und dann davonkommt.«

»Er ist tot«, sagte sie mit einer Stimme, die den Raum gefrieren ließ, »wie sollte er ein Beispiel dafür sein, dass man davonkommt? ER IST TOT, MICHALI!«

»Du weißt sehr gut, was ich meine. Es ist mein letztes Wort: Er bekommt keine Beerdigung mit allem Tamtam, um dadurch rehabilitiert zu werden!«

»TOT! Verstehst du das nicht?« Jetzt schien Leben in sie zu kommen. »TOT! Da gibt es nichts zu rehabilitieren. Ich werde meinen Jungen heimholen!«

»Nichts dergleichen wirst du tun, und solltest du dich meiner Anordnung widersetzen, werde ich ihn wieder dahin zurückwerfen, wo die Bullen ihn hergeholt haben, und dann können die Fische ihren Job zu Ende führen.«

»Das wagst du nicht.«

Ihr kaltes Flüstern ließ ihn kurz erschauern, und er erschrak über sich selbst. Warum reagierte er so? Er hatte nichts zu befürchten, denn jeder hier war von ihm abhängig, nicht umgekehrt. Und doch war Filomena immer diejenige gewesen, die ihm am nächsten gestanden hatte. Sie war stets an seiner Seite gewesen, hatte seine Entscheidungen immer mitgetragen und seine harten Strafen unterstützt. Nicht einmal seine Ehefrauen kamen dem im Ansatz nahe, was ihn mit seiner Schwester verband. Umso schwerer fiel es ihm, zu begreifen, warum sie seine Entscheidung nicht nachvollziehen konnte. Es war wichtig für die Moral im Clan, und die stand nun einmal an erster Stelle. Sie konnten sich dabei keine Sentimentalitäten leisten.

»Ich drohe dir nicht gern, Filo«, sagte er und nutzte bewusst ihren Kosenamen, »doch du lässt mir keine andere Wahl.«

»Man hat immer eine Wahl«, sagte sie tonlos, drehte sich um und ging hinaus.

Michalis spürte, wie der Zorn auf ihr stures Nichtverstehen ihn übermannte, und beinahe hätte er das schwere Kristallglas, das neben ihm stand, genommen und ihr hinterhergeworfen. Doch er wusste, dass sie es genau darauf abgesehen hatte: Sie wollte ihn provozieren. Das war alles. Doch egal, was sie auch versuchte, er saß am längeren Hebel, und Achilleas konnte in der Kühlkammer des pathologischen Instituts verrotten oder vom Staat irgendwo verscharrt werden, er würde gewiss nicht nachgeben, sondern durch seine geradlinige Haltung verdeutlichen, dass man es sich mit ihm auf keinen Fall verscherzen durfte. Er war der Boss!

84. Kapitel

Konstantinos war verunsichert, und das kam sehr selten vor. Er ruhte im Regelfall in sich selbst, denn nur so hatte er es geschafft, mit einem Vater wie Dimitris zu leben. Welcher Sohn konnte es schon ertragen, vom eigenen Familienoberhaupt wie ein räudiger Hund behandelt zu werden? Die Liebe seiner Mutter hatte ihn gestärkt, und auch Nicholas hatte sich als großartiger Bruder erwiesen. Sie hatten ihm beigebracht, dass er gut so war, wie er war. Doch die kaltblütige Ader, mit der er Dimitris entgegentrat, hatte er lange kultivieren müssen. Es war seine Art, den Alten für dessen mangelnde Liebe zu bestrafen. Um in diesen Zustand zu kommen, hatte er sehr viele Atemübungen machen müssen. Das hatte ihm geholfen, sich selbst immer mehr zu zentrieren. Für viele Menschen machte er deshalb wahrscheinlich auch den Eindruck, stoned zu sein, denn sie konnten es nicht nachvollziehen, dass er so in sich ruhte.

Melina hatte ein Loch in diese schützende Schicht gebohrt, und das machte ihn nun irgendwie durchlässig. Sie hatte sich an ihn geklammert wie eine Ertrinkende, und er hatte das Gefühl gehabt, dass etwas vorgefallen sein musste, während sie ihre Sachen geregelt hatte. Doch als er sie darauf angesprochen hatte, hatte sie abgewehrt und sich so sehr an ihn geschmiegt, dass er die Botschaft verstanden hatte. Sie wollte gehalten werden, denn ganz sicher war es nicht einfach, wieder mit alldem konfrontiert zu werden, was in den vergangenen Monaten ihr Leben gewesen war. Und vielleicht war es ihr auch nicht leichtgefallen, das alles loszulassen. Ein sonderbarerer Gedanke, aber immerhin war es möglich. Er hatte reden wollen, doch sie hatte seinen Mund mit ihren Lippen verschlossen, und er hatte ihre salzigen Tränen geschmeckt. Er zweifelte nicht an seiner Entscheidung für sie, und doch nagte es an ihm, dass sie ihm nicht so sehr zu vertrauen schien, wie er ihr vertraute. Warum sonst erzählte sie ihm nicht, was vorgefallen war?

Er packte Kaffee, Toast und Orangensaft auf das Tablett und legte eine Jasminblüte aus dem Garten dazu, dann trat er zu ihr und betrachtete sie. Ihr Haar hatte sich wie ein breiter Schleier auf dem Kopfkissen ausgebreitet, ihr Gesicht war rosig vom Schlaf und ihre Lippen leicht geöffnet. Sie lag auf dem Rücken und sah aus wie eine Prinzessin aus einem Märchen, die darauf wartete, von ihrem Prinzen geküsst zu werden. Er stellte das Tablett vorsichtig neben dem Bett ab und beugte sich über sie. Sie schien ihn zu spüren und schlug ihre Augen auf. Ihre Blicke trafen sich, und er versank in ihnen, bevor er sie sanft küsste.

»Ich habe dir Frühstück gemacht.« Er hob das Tablett an, und sie setzte sich mit großen Augen auf. Das leichte Hemdchen, das sie trug, machte sie nur noch verführerischer. Er klappte die Füße des Betttabletts aus, stellte es über sie und strich ihr sanft den Arm entlang. »Wenn du reden willst, Liebste, ich bin für dich da ...«

»Es ist alles gut.« Sie schaute ihn an und nahm dann vorsichtig einen Schluck Kaffee. »Ich habe nur ... also ich habe gestern mit meiner Mitbewohnerin geredet. Es war nicht mehr so wie früher. Aber ich habe sie gefragt, ob sie diesen Agenten vielleicht auch kennt.« Sie machte eine Pause, nippte weiter an ihrem Kaffee, und ihr Blick glitt irgendwie in die Ferne.

Er wartete ab, saß einfach nur da und gab sich Mühe, sich nicht anmerken zu lassen, dass er spürte, dass sie etwas konfus zu machen schien. Wenn er jetzt zu stark insistierte, würde sie vielleicht gar nicht mehr reden wollen. Er fühlte sich ihr so sehr verbunden, und es kam ihm daher wirklich so vor, als gehörte sie schon lange zu seinem Leben, doch in der Realität kannten sie sich nur wenige Tage, und gewiss war es für sie viel schwerer als für ihn, die Vergangenheit hinter sich zu lassen. Also durfte er sie nicht bedrängen. Er konzentrierte sich darauf, einfach nur ihre Nähe zu genießen und den Duft von Schlaf aufzusaugen. Sie roch wundervoll.

»Sie kennt ihn«, stieß sie hervor, »und er war auch ihr Kunde.«

»Ist das gut?«, fragte er nach, denn ihre Reaktion war seltsam emotional.

»Ja. Ja, das ist gut.«

Wieder entstand eine lange Pause. Sie kaute an dem Toast, den er mit Käse und Tomaten belegt hatte, trank den frisch gepressten Orangensaft in kleinen Schlucken dazu und schien vollkommen in Gedanken versunken.

»Melina, ist etwas passiert? Du wirkst so abwesend. So, als wäre etwas anders zwischen uns beiden.«

»Ich wollte doch nicht ohne dich recherchieren. Wir hatten uns darauf geeinigt, und ich habe mich nicht daran gehalten.« Sie hörte sich an, als wäre sie vollkommen verzweifelt, und sein Herz zog sich zusammen.

»Aber, Liebes, wenn du mit deiner Mitbewohnerin sprichst, dann ist das doch vollkommen in Ordnung«, versuchte er, sie zu beruhigen.

»Sie hat gesagt ... willst du das wirklich so hören ... oder soll ich die *Situation* weglassen?«

»Bitte erzähle es so, wie es für dich am besten ist.« Er formulierte die Worte so offen wie möglich, und etwas in seiner Magengrube zog sich ganz plötzlich zusammen.

»Sie hat ihn mitgenommen, erst vorgestern und er hat wohl geredet. Sehr viel sogar, während sie ihn ... also sie hat ihn mit dem Mund befriedigt.«

Er konnte sehen, dass sie der Gedanke daran ekelte. Er legte sich vorsichtig neben sie, einerseits aus reinem Eigennutz, denn ihre Nähe tat ihm gut, und andererseits, um ihr zu verdeutlichen, dass er für sie da war und ihn ihre Vergangenheit wirklich nicht abstieß. Er wollte sie nicht einengen oder gar bedrängen, nur einfach da sein, sich ihrer sicher sein.

Sie hörte sich gequält an, als sie weitersprach: »Ich bin mir noch immer nicht sicher, ob man ihm glauben kann, aber er behauptet, die Polizei und auch die Mafia in der Hand zu haben.«

»Wie sollte das gehen?«, fragte er.

»Er sagt, er habe über jeden, auf den es ankommt auf dieser Insel, Audiodateien und könne damit alles erreichen, was er wolle.« Sie spuckte die Worte beinahe aus.

Er ließ das Gehörte einen Augenblick sacken. Wenn es tatsächlich stimmte, was der Mann behauptete, und nicht nur das Geschwätz eines Angebers war, dann war er ein Quell an Informationen und wusste wahrscheinlich auch etwas über den Helikopter und die Drahtzieher, die sein Vater so dringend suchte. »Wir müssen ihn identifizieren und aufsuchen«, sagte er entschlossen.

Sie hob so rasch abwehrend die Hand, dass das Glas auf dem Tablett gefährlich zu kreiseln begann.

Rasch griff er zu und stoppte es, bevor es umfallen konnte. »Ist wirklich alles in Ordnung mit dir?«

»Bitte frage mich das nicht andauernd. Es geht mir gut. Wirklich! Ich bin so froh, bei dir zu sein, aber ...«

»Aber was, Melina?« Er legte ihr vorsichtig die Hand unter das Kinn und drehte ihren Kopf zu ihm.

Ihre Lippen bebten: »Aber ich bin, wer ich bin, und ich bin nicht gut genug für dich!«

Er fuhr auf, schnappte das Tablett und stellte es mit einer harten Bewegung auf den Boden, sodass das Porzellan verdächtig klirrte, dann zog er sie ungestüm in seine Arme. »Sag das nie wieder!«

»Es ist wahr«, flüsterte sie an seinem Ohr, »du kannst nicht mit ihm reden. Er wird nur mit ihr oder mir sprechen und …«

»Und?« Der Schmerz, der ihn durchfuhr, als er die Frage stellte, war gleißend, so, als würde ein heißer Dolch sein Herz zerteilen. Er kannte die Antwort bereits in dem Augenblick, in dem er die Frage stellte. »Er wird einen Preis dafür verlangen.«

»Ja.« Ihre Stimme klang nun tränenerstickt.

»Dieser Preis ist zu hoch, Melina! Wir schaffen es auch ohne das Geld meines Vaters. Wir suchen uns Arbeit, wohnen hier und sparen. So teuer sind die Stand-ups nicht, und wenn wir ein halbes Dutzend zusammen haben, können wir Training für kleine exklusive Gruppen anbieten.« Er würde es nicht in Kauf nehmen, dass sie einem solchen Widerling noch einmal zu Diensten war.

»Wir finden Arbeit und schuften zehn Stunden am Tag für fünfunddreißig Euro … sehen uns kaum noch, fallen todmüde ins Bett, und am nächsten Tag machen wir es wieder genauso. Und gute Jobs finden wir nur, wenn uns jemand mit Beziehungen dabei hilft, denn die Saison hat schon angefangen, und dann sind die begehrten Stellen bereits weg, das weißt du so gut wie ich.«

»Wenn wir fünf Monate arbeiten, können wir locker sechs Boards kaufen und haben auch noch Geld für eine kleine Wohnung und einen Platz am Strand«, redete er weiter und selbst in seinen Ohren klang es anstrengend. Wenn sie in diesen Monaten keinen Cent ausgeben würden und wirklich alles Geld sparten, würden um die zehntausend Euro zusammenkommen. Damit würden sie, immer vorausgesetzt, sie blieben auch noch den Winter über hier wohnen und aßen am Tisch seiner Mutter, in die nächste Saison starten können. Es war weiter im Osten ohne Probleme möglich, eine

Wohnung für drei- bis vierhundert Euro zu finden und auch eine kleine Strandhütte zu mieten, um dort für die Touristen sichtbar zu sein, Kurse zu geben und die Boards zu vermieten. Das würde dann sofort Geld in die Kasse spülen, und man konnte sicherlich auch einiges so einstecken, um nicht gleich von Anfang an zu viele Steuern zahlen zu müssen.

»Du hast recht«, sagte sie leise, »es ist möglich.«

Er glaubte, einen resignierten Unterton mitschwingen zu hören, und auch in seinem Kopf ploppten die leicht verdienten zweihunderttausend Euro auf, die sein Vater ihnen angeboten hatte. Dafür müssten sie unter normalen Bedingungen rund zwanzig Jahre jede Saison arbeiten. Seine Schultern sackten niedergeschlagen nach unten. Sie hatte recht. Natürlich war es eine Möglichkeit, irgendwo zu knechten, aber das große Geld lockte mit verführerischem Ruf, und unter Umständen hatten sie es sogar in wenigen Tagen oder gar Stunden verdient. Noch dazu war es so viel reizvoller, als in einer stickigen Küche dreckige Teller zu spülen oder bei vierzig Grad Getränkekisten zu schleppen.

»Du hast recht, Liebste. Bitte verzeih mir. Denkst du, deine Mitbewohnerin lässt sich noch einmal mit ihm ein und kann ihn dann für uns aushorchen? Wir können ihr ja ... Nein, das geht dann doch zu weit!«, unterbrach er sich selbst.

Sie hatte ihn jedoch auch ohne eine weitere Erklärung verstanden. »Sie macht den Job schon länger als ich und kommt besser damit zurecht. Professioneller eben. Wenn der Preis stimmt, wird sie ihn mitnehmen. Er ... er ist nicht ... also er ist nicht pervers oder gewalttätig oder so.« Sie verstummte und wirkte peinlich berührt.

»Dann sollten wir uns überlegen, was wir brauchen, und ihr einige Fragen aufschreiben, oder ist das zu gewagt?« Er ärgerte sich über sich selbst, denn er war doch sonst nicht so unsicher. Aber diese Situation war irgendwie absurd, und das machte ihm ganz offensichtlich zu schaffen.

»Ja, das sollten wir, und ich werde in Ruhe mit ihr sprechen.«

Sie hörte sich ein wenig gefasster an, hatte aber nichts mehr mit dem glücklichen Mädchen vom Vortag gemein.

85. Kapitel

»Das war zu gewagt.« Er spürte noch immer die Mischung aus Ärger und Angst in sich, die ihn während ihres Telefonats befallen hatte, als er erkannt hatte, was sie im Schilde führte.

»Unterm Strich kann uns nichts passieren, also nicht mehr, als eventuell sowieso schon passiert ist, aber es könnte uns Gewissheit verschaffen, und dann können wir uns schützen.« Sie zog ihn weiter vom Krankenhaus weg, so, als könnten sogar die Mauern Ohren haben.

Aber er empfand ähnlich, er fühlte sich schon paranoid. »Ich habe mit Spectros gesprochen, habe ihn genauso wie heute früh Zacharis nach draußen gezerrt. Ich dachte, er lässt mich gleich einweisen.« Er versuchte zu lächeln, während er von dem Gespräch mit seinem neuen Chef berichtete.

»Kann er uns helfen?«

»Es ist eine schwierige Sache. Der Nachrichtendienst ist eine eigenständige Behörde, Spectros hat somit keinen Zugriff auf deren Material. Und es ist wohl auch kaum möglich, herauszufinden, was sie hören und was nicht, aber irgendwo müssen die Daten gespeichert werden, und« – jetzt war er es, der sie nah heranzog – »das ist wohl nicht ganz legal, aber Spectros war sehr in seiner Ehre getriggert, dass jemand aus den eigenen Reihen die Ermittlungsbehörde bespitzelt, also wird er es auch sehr gern in Auftrag geben, nach diesen Datenmengen zu suchen.«

»Das ist doch klasse, Hyeronimo.« Penelope klang geradezu erleichtert.

»Ich bin noch nicht ganz so angetan davon, denn was, wenn dann die Typen aus der Cyber-Abteilung unsere Gespräche, also sollten sie abgehört worden sein, mitbekommen?«

»Oh!« Sie wurde blass.

»Spectros hat mir versichert, dass das nicht geschehen wird, aber wie gesagt ...«

»Nun ist der Stein ins Rollen gekommen, und wir beiden dürfen uns einfach darin üben, anderen zu vertrauen. Er will seinen neuen Job bestimmt gut machen und wird daher sehr auf die Regeln achten«, machte sie ihm Mut.

»Ja, daran möchte ich auch glauben, und ich denke, Stelios hätte ihn nicht ausgewählt, wenn er ihn nicht für loyal halten würde.«

»Er hat mir eine Mail geschickt«, platzte Penelope heraus.

Nun war es an ihm, »Oh!« zu sagen.

»Du weißt, dass wir seit dem Ariakis-Fall so etwas wie Freunde geworden sind?«, erinnerte sie ihn leicht vorwurfsvoll.

»Ich weiß«, gab er zu, »und mir ist klar, dass er und ich keine Freunde sind, doch sein Abgang hat mich irgendwie ...« Er suchte nach Worten.

»Verletzt«, warf sie helfend ein.

Er zögerte kurz. »Ja, das passt wohl.«

»Er musste sich selbst schützen«, erklärte sie, »es geht um seine Gesundheit und darum, dass er zurückkommen und seinen Job wieder machen kann. Wenn er erst vollkommen zusammengebrochen ist, ist das fast unmöglich, denn dann wird man ihn immer mit diesem Gedanken im Kopf betrachten: der Major der Mordkommission mit dem Burn-out. Ein depressiver Bulle. Ein Weichei. Ein Psycho!«

»Das Attribut gehört schon mir«, warf er grinsend ein.

»Ich bin froh, dass du deinen Humor noch hast.«

»Ich bin froh, dass ich dich noch habe, Penelope.« Er fühlte den Schmerz in sich, als er es zuließ, an Kassia zu denken. »Hast du schon mit ihr Kontakt aufgenommen?«

»Ich brauche deinen neuen Chef dazu!«

Er fuhr sich verwirrt durchs Haar und hätte seine Hand am liebsten mit der anderen eingefangen, um sie daran zu hindern, das zu tun. »Niemand soll davon erfahren, Pen, und schon mal gar nicht mein Chef.«

»Ich will ihm doch auch nichts von deinem Liebesleben erzählen, Hyeronimo«, sie schubste ihn ganz leicht an, »ich will so ein Rauschding von ihm haben, damit ich sicher arbeiten kann.«

»Ein Rauschding?«, fragte er verständnislos, doch dann wusste er, was sie meinte. »Ah einen Ultraschall-Rauschgenerator. Das ist eine sehr gute Idee.«

»Ich habe mir die Dinger im Internet angeschaut und die sehen aus wie meine Bluetooth-Boxen zu Hause. Das kann ich überall mit hinnehmen und du übrigens auch. Dann können wir sicher kommunizieren, aber wenn wir nicht wollen, dass die sofort Bescheid wissen, müssen wir auch Gespräche führen, die durchgehen, und da quasseln wir möglichst viel Blödsinn«, schlug sie vor.

»Das klingt ja schon nach einem fertigen Plan.«

»Jap«, gab sie ihm recht, »und sogar nach einem Riesenspaß. Ich habe mir die Kugeln tatsächlich noch mal angesehen, aber leider nichts gefunden. Der Mörder war clever und hat wahrscheinlich beim Laden der Waffe Handschuhe getragen. Er will nicht, dass wir ihm so leicht auf die Schliche kommen.«

»Das wäre ja auch zu einfach«, sagte er enttäuscht.

»Wir hätten ja mal Glück haben können ... oder?«

»Stelios hatte noch mit Stavros Limanakis Kontakt aufgenommen, bevor er abgezischt ist«, er wusste, dass es bitterer klang als beabsichtigt, »und den Auftrag gegeben, Tauchroboter nach den Handys der Männer suchen zu lassen, denn auf Achilleas Serpantakis ist keine Rufnummer angemeldet. Auch nicht auf Rheos Papadopoulos und ebenso wenig auf einen anderen und bekannten Namen des *Unternehmers.«*

»Du ziehst es echt durch«, sagte sie anerkennend.

»Ja, das ist mir zu albern. Ich komme mir sowieso schon vor wie in einem Bond-Film, und wenn ich den Kerl nun noch den *Entrepreneur* nenne, dann kann ich auch gleich *P* zu dir sagen und *M* zu Stelios. Aber der ist ja weg, wie wir alle wissen, und Spectros, nun ja, ich glaube, *Spectre* ist bei Bond eine Geheimorganisation der Bösewichte.« Er unterbrach sich selbst, denn seine Gedanken glitten ab, und die filmischen Bezüge waren doch eher irrelevant.

»Du bist ein echter Craig-Fan«, neckte sie ihn, »mir sind ja eher Goldfinger, Dr. No und der Beißer im Kopf geblieben ...«

»Darüber sollten wir unbedingt ein Telefonat ohne das Rauschdings führen«, zog er sie nun ebenfalls auf.

»Gute Idee, Galavaki.« Penelope nickte anerkennend, und sie kehrten um. »Besorg uns die Dinger bitte, denn dann geht es uns echt besser!«

86. Kapitel

Zacharis hatte sich darangemacht, Marias Auftrag zu zerpflücken, um sie nicht zu demontieren oder ihr etwas vorzuenthalten, kaum dass sie die Leitung übernommen hatte. Nichts lag ihm ferner.

Der Mittelsmann war wie eine Art Geist, und ohne die DEE und Kaptakis hätten sie rein gar nichts über ihn. Wahrscheinlich war es normal, wenn man einen solchen Job machte, nicht auf Facebook zu posten, an welchem Strand man gerade lag. Er würde wohl nicht drum herum kommen, noch einmal mit dem Kollegen von der Direktion für kriminologische Ermittlungen zu sprechen. Doch wenn er die neue Kommunikationsorder seines Vorgesetzten beachten wollte, würde er hinfahren müssen und den Mann aus seinem Büro herauslocken. Er schien freundlich und zugewandt und hatte Zacharis bisher bei keinem Gespräch das Gefühl gegeben, ein minderbemittelter Idiot zu sein, so, wie es zum Beispiel Christos immer tat. Als hätte er sich seinen Sprachfehler ausgesucht und wäre nur zu faul oder dumm, um etwas dagegen zu tun. Er hatte sogar das Gefühl gehabt, Kaptakis sei ehrlich an einem Austausch interessiert. Also musste er die Gelegenheit wohl beim Schopfe packen und mit ihm spazieren oder sogar etwas essen gehen. Das konnte er gewiss per Mail ausmachen, aber wie sollte er ihn darauf aufmerksam machen, sein Handy im Büro zu lassen? Es war wirklich kompliziert. Auch wenn er Hyeronimos vertraute und glaubte, kam ihm das trotzdem alles leicht übertrieben vor. Er tippte den Text, klickte auf Senden und war erstaunt, wie schnell der Arbeitskollege antwortete.

Sie würden in kaum zwei Stunden gemeinsam in der Stadt etwas essen. Kaptakis hatte das *Antipodas* am Rande der Fußgängerzone nahe dem Plateia Eleftheria vorgeschlagen, und Zacharis mochte das traditionelle Essen dort auch sehr gern.

Bis dahin hatte er noch einiges zu tun, und er musste sich auch noch Fragen aufschreiben, die er dem Ermittler stellen wollte. Es war besser für ihn, gut vorbereitet zu sein, dann konnte er das Stottern und Nuscheln eher kontrollieren. Er wandte sich der Suche nach dem vermeintlichen dritten Mann zu. Ganz sicher hatte jemand wie Michalis Serpantakis eine Menge Feinde, doch dieser musste ja wohl aus seinen eigenen Reihen stammen, denn ansonsten wäre er wohl kaum in den Hubschrauber gekommen. Es war bestimmt nicht möglich, mal eben an dem geheimen Startplatz aufzutauchen und um eine Mitfluggelegenheit zu bitten. Das schien ihm bei intensiverem Nachdenken auch nicht möglich, wenn man bekannt war. So ein Flug, mit welchem Ziel auch immer, war kein lustiger Ausflug. Was, wenn es vielleicht gar kein Mann gewesen war, sondern eine Frau? Eine, auf die einer der beiden Typen gestanden hatte und die es zu beeindrucken galt? Wäre es möglich, dass sie unerwarteterweise in den Heli hätte klettern können? Frauen waren genauso gute Kämpferinnen wie Männer, und sie waren oft mutig, furchtlos und entschlossen. Sie fixierten sich total auf einen männlichen Täter. Warum eigentlich? War es so absurd, dass es im Umfeld des Mafiabosses auch Frauen gab, die zu seinem Erfolg einen Beitrag leisteten? Er war sich nicht sicher, denn je höher man in die Berge vordrang, umso präsenter war das Patriarchat, und solche Strukturen schlossen es dann eher aus, dass Posten mit Einfluss an das weibliche Geschlecht vergeben wurden. Und das, obwohl es in jeder Familie genügend Frauen gab, die während des Zweiten

Weltkriegs und anderer Besatzungszeiten massive Gegenwehr geleistet und die Verantwortung für das Überleben der Familie innegehabt hatten. Seine Freundin gab ihm oft kluge Hinweise und viele Anregungen zu diesem Thema, und er war offen, alles zu hinterfragen, was man ihm in Kirche, Schule und Familie beigebracht hatte.

Er würde auf jeden Fall in beiden Richtungen suchen, auch wenn es insgesamt schon eine Herausforderung barg, etwas über die Strukturen in Zoniana und Umgebung herauszufinden, ohne persönliche Kontakte zu haben. Natürlich hatten die aufwendigen Ermittlungen vor einigen Jahren eine Menge zutage gebracht, doch am Ende hatte es nichts daran geändert, dass Serpantakis extrem einflussreich war. Zacharis war überzeugt davon, dass es eine Menge Menschen an Schaltstellen in Wirtschaft und Politik gab, die der *Boss* in der Hand hatte oder die sogar freiwillig bei alldem mitmachten und davon profitierten. Geld, Sex und Macht beherrschten die Welt. Dieses Triumvirat machte auch vor Kreta nicht halt. Vielleicht war es auch genau das, was eine Frau so wütend machen konnte, dass sie zwei Männer in einem fliegenden Helikopter abknallte und dann spurlos verschwand. Maria zum Beispiel war das Sinnbild einer solchen Frau. Sie hatte Haare auf den Zähnen, beschützte ihre Familie mit dem Mut einer Löwin und nahm kein Blatt vor den Mund. Gleichzeitig war sie einfühlsam, und man konnte bei ihr Rat suchen. Wenn man sie jedoch gegen sich aufbrachte, dann gnade einem Gott.

Eine Gänsehaut überzog seinen Körper bei diesem Gedanken. Eine Frau kam für sein Empfinden absolut infrage. Er spürte das Bedürfnis, Penelope oder Hyeronimos zu fragen, warum das bisher kein Thema gewesen war, doch leider durfte er ja weder sein Handy noch E-Mail benutzen, um fallrelevante Informationen auszutauschen.

»Zachari!«

Zusammenzuckend fuhr er hoch. Er hatte Galavakis nicht kommen hören.

»Ch'f«, stieß er erschrocken aus.

Hyeronimos winkte ihn zu sich, also loggte er sich aus und folgte ihm. Nicht ohne sich zu vergewissern, dass er das Handy nicht bei sich trug. Sein Vorgesetzter schritt voran zu seinem Büro, öffnete die Tür, und Zacharis trat in den ordentlichen Raum ein. Hyeronimos platzierte etwas auf dem Tisch, das einem Lautsprecher glich, und sagte: »Ultraschall-Rauschgenerator! Eine grandiose Idee von Penelope. Ich gehe zwar wirklich gern spazieren, gleichzeitig möchte ich aber auch Unterlagen einsehen und Informationen visuell verarbeiten können.«

Zacharis hob anerkennend den Daumen, atmete pustend aus und fragte: »Wieso k'ne Frau?«

»Wieso keine Frau?« Hyeronimos wiederholte die Frage verständnislos, und Zacharis wurde bewusst, dass die Frage nur in seinem Kopf logisch geklungen hatte, da er den Kontext kannte und der Ermittler noch nicht. Rasch erklärte er seine Gedanken und fragte erneut: »Wieso also nicht?«

»Sicher liegt es an der Organisation der mafiösen Strukturen in den Bergdörfern, aber auch an der Art zu töten. Dieses Hinrichten scheint eher männlich geartet, aber du hast selbstverständlich vollkommen recht. Eine Frau kann ebenso unser Täter sein, obwohl uns das aktuell ja auch nicht weiterbringt, da wir gar keinen Verdächtigen im Auge haben – weder männlich noch weiblich. Wir haben nichts, oder weißt du mehr als ich?«

»Serp'nt'kis hat eine Schwester«, begann er und Hyeronimos unterbrach ihn nickend.

»Filomena, Achilleas' Mutter, das ist mir bekannt, aber sie wird wohl kaum ihren Sohn in dem Heli in den Kopf geschossen haben!«

»Nein«, gab er seinem Chef recht, »ab'r sie hat Einfl'ss.« Er holte einige Fotos aus der Mappe, die er geistesgegenwärtig unter den Arm geklemmt hatte, als er Hyeronimos gefolgt war. Sie zeigten Filomena und Michalis in edlen Outfits bei diversen Veranstaltungen, die meisten davon mit offiziellem Charakter. Dies erläuterte er seinem Vorgesetzten. Immer war es nur seine Schwester, die ihn begleitete. Sie war vor vielen Jahren Witwe geworden und hatte nicht wieder geheiratet. Serpantakis war zum zweiten Mal verheiratet, er hatte vor rund fünf Jahren eine dreißig Jahre jüngere Frau geehelicht, und die durfte wohl das Haus hüten und die beiden Kleinkinder, die der Beziehung entsprungen waren, aufziehen.

»Was ist mit seiner Ex-Frau?«, wollte Hyeronimos wissen, und Zacharis konnte nur mit den Schultern zucken. »Ich konnte n'chts find'n. Sie ist w'g. Einf'ch w'g.«

»Wie weg?« Der Ermittler kratzte sich am Kopf und rief dann: »Nein, warte. Ich erinnere mich. Man hat damals bei der Riesenrazzia vermutet, dass einige Tipps von ihr gekommen waren und dass die DEE sie außer Landes gebracht und in ein Zeugenschutzprogramm gesteckt hatte. Ich glaube ja eher, dass sie tot ist. So etwas kann Serpantakis doch nicht auf sich sitzen lassen.«

»Nein, kann er n'cht! Doch d'nn muss es Dokumente geb'n, die die Ehe aufh'ben.«

»Sonst kann er nicht offiziell wieder heiraten. Eventuell ist er auch nur kirchlich verheiratet, denn *diese* Brüder hat er gewiss vollkommen in der Hand.«

»N'cht jeder Priest'r ist gleich ein Verbrech'r«, begehrte Zacharis auf. Er hieß beileibe nicht alles gut, was die Kirche tat, aber er war Christ.

»Das wollte ich damit auch nicht sagen, doch du weißt genauso gut wie ich, dass Kerle wie Serpantakis viele Menschen und Institutionen kontrollieren. Nicht ohne Grund ist damals der komplette Polizeiapparat in Rethymno ausgetauscht worden, und diese Art zu herrschen macht eben auch nicht vor der Kirche halt. Es ist nicht immer nur Geld, was dazu führt. Es ist sehr oft auch einfach nur Angst. Jeder hat jemanden, um den er sich sorgt.« Hyeronimos stoppte seine Ausführungen abrupt, und sein Blick glitt in die Ferne.

Zacharis stand still da und wartete, bis sein Chef gedanklich wieder zurück in den Raum kam. Galavakis hatte recht mit dem, was er ausführte. Egal, wie rechtschaffen man auch war, wenn man liebte, war man angreifbar. Er würde auch alles tun, um seine Freundin zu beschützen. Er hielt kurz inne: alles? Doch ja, alles. Dieser Gedanke befiel ihn wie ein stechender Schmerz, und er schnappte nach Luft.

»Ist alles in Ordnung, Zachari?«, fragte Hyeronimos mit überraschend einfühlsamer Stimme.

»W'nn ich alles tue, um zu beschütz'n, b'deutet das d'nn auch Mord?«

»Ganz ehrlich, Zachari? Ich weiß es nicht. Wir, die Hüter des Gesetzes, stehen hier und sagen vielleicht: ›Nein, das würde ich niemals tun, denn es gibt bestimmt auch einen anderen Weg, ohne die Gewaltspirale weiterzuführen‹, doch wir wissen nicht, wie wir handeln, wenn wir tatsächlich in eine solche Situation kommen. Wenn jemand meine Liebsten mit dem Tod bedrohen würde ... wirklich ... ich weiß es nicht!« Hyeronimos' Stimme brach, und Schweigen breitete sich im Raum aus. Dann fasste sich der Kommissar wieder: »Finde alles über die Frauen in Serpantakis' Leben heraus, was möglich ist, und wenn du schon dabei bist, auch alles über das Liebesleben von Achilleas und dem zweiten Toten. Jede Information kann wichtig sein, Zachari. Gute Arbeit!«

Zacharis nickte erfreut, Hyeronimos' Lob tat ihm gut. »Mach ich, Ch'f, aber erst tr'ffe ich m'ch mit K'ptakis.«

Galavakis nickte anerkennend, griff in die Tasche, die er auf seinen Schreibtischstuhl gestellt hatte, zog einen weiteren Rauschgenerator heraus und reichte ihm diesen lächelnd: »Spectros hat mich großzügig versorgt.«

Zacharis fühlte sich zwar nicht vollkommen sicher mit diesem Ding, aber doch etwas besser.

»Nimm es bitte auch mit nach Hause«, forderte sein Chef, und er nickte.

Doch in Zacharis Kopf entstand eine neue Frage: Was, wenn diese Leute ihre Informationen nicht wie erwartet über das Abhören bekommen würden? Wie weit würden sie gehen? Kurz überlegte er, es laut auszusprechen, doch dann erschien es ihm leichter, den Gedanken zu verdrängen und der Paranoia so weniger Raum zu geben.

Er verließ das Büro, um sich an die Arbeit zu machen, und stieß im Flur beinahe mit Costas Xylouris zusammen.

87. Kapitel

Der Mann hatte sich zu ihr an den Tisch gesetzt, ohne sie zu fragen. Er war einer der typischen kretischen Bergdorfbewohner: sonnengegerbte Haut, dunkles, lockiges Haar, ein zum Moustache gezwirbelter Oberlippenbart und einige offensichtliche Zahnlücken. Er war von stabiler Statur, und seine Hände zeugten von harter Arbeit. Sie hatte Zeit gehabt, sich diese genau anzuschauen, als er ihr das kleine Tütchen langsam hinübergeschoben hatte, das halb unter der Hand verborgen lag.

Sie hatte darüber nachgedacht aufzubegehren. Drogen! War der Typ bekloppt? Sah sie so aus, als würde sie *das* suchen? Aber gut, sie saß dauernd hier herum, versuchte, mit den Einheimischen ins Gespräch zu kommen, und verzweifelte beinahe, weil sie so gut wie nichts in Erfahrung bringen konnte. Nun war klar, dass man sie bemerkt hatte und zu dem Schluss gekommen war, dass die neugierige Frau nur das eine suchte. Sie hatte den Augenblick gefürchtet, in dem der Clan auf sie aufmerksam werden würde – und ihn gleichzeitig herbeigesehnt. Diese Leute hatten ihre Augen und Ohren überall auf der Insel, und sie hoffte so sehr, etwas zu hören, was ihr das Unglück erklärte, das ihr Leben zerstört hatte, denn egal, wie sehr man ihr zugeredet hatte, sie glaubte nicht, dass es eben einfach nur schlechtes Wetter gewesen war. Davon war sie ebenso besessen wie von dem Gedanken, dass Vangelis noch lebte.

Sie hatte das Tütchen betrachtet und das Gras darin erkannt, aber auch eine kleine Pille mit einem aufgedruckten

Sternchen. Würde das Zeug Vergessen bringen? Würde es sie zu einer Person machen, der der ganze Scheiß irgendwann egal wäre? Es fühlte sich verführerisch an, doch sie hatte gesehen, was Rauschmittelmissbrauch aus Menschen machte, und hatte sich deshalb geschworen, die Finger davon zu lassen, was nicht hieß, dass sie nicht mal ein Glas Wein trank oder hier oben den selbst gebrannten rauen Tsikoudia probierte. Sie hatte nur eben nicht vor, sich von etwas vereinnahmen zu lassen, was die Persönlichkeit eines Menschen massiv verändern konnte. Also hatte sie das Tütchen wieder zurück über den Tisch geschoben, den Kopf geschüttelt, einen Schein für ihr Essen und ihre Getränke neben ihr Glas gelegt und war aufgestanden.

»Was suchst du dann?«, hatte er sie mit dunklem Timbre gefragt.

Sie hatte innegehalten, nachgedacht, ob es nicht besser wäre, zu verschwinden und wirklich nicht mehr zurückzukommen, hatte gehört, wie seine Finger fordernd auf den Tisch geklopft hatten und sich dann doch umgedreht.

»Mein Mann ist einer von den drei verunglückten Fischern«, war sie aufs Ganze gegangen, »und ich glaube nicht an ein Unglück. Ich suche also Antworten!«

»Auf welche Fragen?«, hatte er nachgehakt, und seine dunklen Augen hatten sie durchbohrt.

»Was ist dort draußen passiert? Wer hat sie getötet und warum? Was geht dort vor sich?«

»Gefährliche Fragen, auf die es keine Antworten gibt«, hatte er geantwortet und sie durch diese deutliche Bewertung noch wissbegieriger gemacht. Sie hatte sich wieder auf ihren Platz gesetzt und ihn provokativ angeschaut. Was hatte sie schon zu verlieren, außer ihrem Leben, das ohne Vangelis nicht mehr lebenswert zu sein schien.

»Gaia«, hatte er gesagt, und sie war kurz erschrocken, weil er ihren Namen kannte, doch so viele Wirte hier wussten, wer sie war, also warum auch nicht jemand, der höchstwahrscheinlich zum Umfeld von Serpantakis gehörte. »Gaia, Gaia, Gaia ... so neugierig und so voller Zorn. Das ist keine gute Kombination, Mädchen, und das weißt du auch.«

Sie hatte abgewartet, denn sie hatte ihm kein Futter bieten wollen. Er war zu ihr gekommen, und sie hatte begonnen, sich zu fragen, ob die Drogen nur eine Art Test gewesen waren.

»Das, was auf dem Meer geschieht, bleibt auf dem Meer.«

»Was soll das bedeuten?«

Er hatte den Kopf langsam hin und her gewiegt: »Du kommst nie mehr in unser Dorf, du benutzt deine Knarre nicht mehr, um auf unsere Schilder zu schießen und unserem Nachwuchs damit zu beweisen, wie hart du bist. Du verschwindest von hier in dein Dorf dort unten und tust irgendwas Normales, an der Kasse im Supermarkt arbeiten oder deinen traurigen Schwiegereltern auf dem Feld helfen. Irgendwas. Nur was du nicht mehr tust, ist, hier herumzulungern und Fragen zu stellen, die implizieren, dass wir deinen Mann auf dem Gewissen haben!«

Sie erinnerte sich noch heute an die eisige Kälte, die ihr über den ganzen Körper gekrochen war und sie quasi hatte erstarren lassen.

Doch dann war wieder genau jenes Gefühl aufgekommen, das sie aufrecht gehalten hatte: Sie war lebensmüde. Und zwar im wahrsten Sinne des Wortes. »Denn sonst?«, fragte sie also mit erhobenem Kinn.

»Sonst holen wir uns deinen Jungen ...«

Nach diesem Satz war es so gewesen, als wäre alles Blut aus ihrem Körper gewichen. Wie konnten diese Leute davon wissen? Was hatten sie alles angestellt, um in ihrer Vergangenheit zu graben? Was wussten sie noch? Sie hatte zum Widerspruch ansetzen wollen, doch der Mann hatte seine Hand so abrupt gehoben, dass ihr die Worte im Hals stecken geblieben waren.

»Wir wissen, dass dein Onkel sich an dir vergangen hat«, er hatte voller Abscheu ausgespuckt, »und du dann nach Gavdos zu einer entfernten Cousine geschickt wurdest, um das Kind dort zur Welt zu bringen. Und wir wissen, wo der Junge jetzt lebt. Er ist ein hübscher Kerl und sieht dir ähnlich.«

Sie war voller Entsetzen aufgesprungen. Niemand wusste davon, außer ihren Eltern, die bereits tot waren, und der Cousine auf Gavdos. Weder Vangelis hatte sie davon etwas erzählt noch irgendeiner Freundin. Sie hatte den Vorfall aus ihrem Leben gestrichen und sich alle Erinnerungen daran herausgerissen. Doch ganz egal, wie sie zu dem Jungen stand: Er war ihr Kind, und sie musste ihn schützen, wenigstens das war sie ihm schuldig.

Also war sie gegangen und nie mehr nach Zoniana zurückgekehrt. Gleichzeitig hatte ihr die Aktion des Mannes jedoch klargemacht, dass es eben nicht nur ein einfacher Unfall gewesen war, der zu dem Unglück auf dem Meer geführt hatte, denn das hätte diesen Aufwand und die Bedrohung eines Kindes nicht gerechtfertigt. Sie hatte geglaubt, mit diesem heroischen Handeln ihr Vergehen gesühnt zu haben und zukünftig ein Mensch zu sein, der keine schlimmen Taten mehr vollbringen würde. Doch weit gefehlt! Ihre Ursprungsfamilie hatte recht gehabt: Sie war sittenlos, verderbt und unmoralisch, und ihre nächste Freveltat hatte dies erneut bewiesen.

Auch jetzt, Jahre später, war ihr dies schmerzlich bewusst. Sie war diejenige, die es in der Hand gehabt hatte, Gutes zu tun, doch sie hatte sich für einen anderen Weg entschieden.

88. Kapitel

Er hatte gerade darüber nachgedacht, ob er es mit dem Rauschgenerator wagen konnte, Kassia selbst anzurufen. Er hielt den kleinen Kasten noch grübelnd in der Hand, als es vehement an seine Tür klopfte. Geistesgegenwärtig stopfte er das Gerät in die Schreibtischschublade, bevor er »Ja« rief.

Dann stand Xylouris unangemeldet in seinem Büro, lächelte feist und sagte: »Ich störe doch nicht!?«

Hyeronimos klemmte sich die Hand unter den Oberschenkel, denn er traute ihr in diesem Augenblick nicht, und die hektische Geste, mit der sie normalerweise sein Haar in solchen Situationen glättete, hätte Xylouris gezeigt, wie nervös er war. Gott sei Dank hatte er den bereits deaktivierten Störsender reaktionsschnell versteckt und nicht noch offen auf dem Schreibtisch stehen.

»Was kann ich für Sie tun?«, fragte Hyeronimos bewusst knapp und wenig umgänglich.

»Nun, ich dachte, wir wären uns einig darüber, dass Sie mich über alles informieren, was den Fall betrifft?« Der EYP-Agent drehte sich zu dem Whiteboard und ließ seinen Blick langsam und provokativ darübergleiten.

»Es gibt nichts Neues zu berichten.«

»Galavaki! Ihr Chef, also der, der jetzt gerade *beurlaubt* ist«, Xylouris setzte das Wort mit den Fingern süffisant lächelnd in Anführungszeichen, »schwört so große Stücke auf Ihren Scharfsinn und Ihre Ermittlungsgabe. Da wird es doch nach einer Woche Ergebnisse geben, die Sie selbstverständlich nicht nur gern, sondern auch pflichtbewusst mit uns teilen!«

Hyeronimos musste an sich halten, um nicht zornig aufzufahren und dem scheinheiligen Kerl zu sagen, was er von ihm hielt. Die vergangenen vierundzwanzig Stunden hatten ihm arg zugesetzt, und er hatte tatsächlich kein Interesse an dem verlogenen Spiel, das hier gespielt wurde. »Wir. Haben. Nichts.«

»Was tun Sie denn alle den lieben langen Tag hier? Sitzen Sie nur rum und schaukeln ihre Eier?«

Hyeronimos hasste es, wenn Menschen sprachlich auf einem solchen Niveau unterwegs waren, aber was war schon von einem Agenten, der Prostitution begünstigte, anderes zu erwarten? Er reagierte nicht, denn er würde sich keinesfalls auf diese Ebene hinabbegeben.

»Es kann doch nicht angehen, dass es weder hier noch in der Pathologie Neuigkeiten gibt! Haben Sie noch andere Morde aufzuklären, die Sie daran hindern, mit Hochdruck diesen Fall zu bearbeiten?«

Die Erwähnung der Pathologie hatte Hyeronimos sofort aufhorchen lassen, jetzt musste er das Gespräch geschickt lenken, und dann würden sie Gewissheit haben über die illegalen Machenschaften des Nachrichtendienstes. »Dr. Demostaki ist die Beste ihrer Zunft und arbeitet grundsätzlich hart, damit sie uns alle notwendigen Informationen liefern kann, um die Täter zu überführen.«

»Tut sie das?«

Hyeronimos nickte und überlegte fieberhaft, wie er die Falle zuschnappen lassen konnte. »Selbstverständlich ... und sie gibt jeden neuen Wissensstand, so schnell es geht, an uns durch.«

»Dann müssen Sie wohl alle härter arbeiten, um belastbares Material zusammenzutragen.«

»Wir brauchen Fakten und vor allem solche, die auch vor Gericht standhalten«, argumentierte Hyeronimos, denn Fingerabdrücke waren genau so etwas.

»Dafür gibt es doch die Pathologie, die Kriminaltechnik und auch die Ermittlungsbehörde, drei Teile des Systems, die zusammenarbeiten müssen, und in einem Fall wie diesem gehört meine Behörde eben auch zu diesem Kreis. Ihnen sollte deutlich bewusst sein, wie wichtig wir sind, wenn es um organisierte Kriminalität und zudem noch um mögliche internationale oder militärische Zusammenhänge geht«, dozierte Xylouris.

»Herr Xylouri, vielleicht wissen Sie ja viel mehr als wir und halten mit Informationen hinter dem Berg ...« Im wahrsten Sinne des Wortes, dachte Hyeronimos. »... und lassen uns im Dunkeln herumstochern. Die Frage, die sich mir dabei stellt, ist, welches Ziel Sie und Ihre Behörde damit verfolgen, denn für mich sieht es so aus, als wollten Sie uns ins offene Messer rennen lassen und würden uns sogar noch einen Schubs geben!«

»Was wollen Sie damit unterstellen, Kapetan Galavaki?«, echauffierte sich der Agent nun.

Vielleicht war das der richtige Weg, um ihn aus der Reserve zu locken. Hyeronimos erhob sich, er hatte sich wieder im Griff, und die Hand würde sich nun vollkommen normal verhalten, dessen war er sich sicher. »Sie werfen uns Bröckchen hin und wissen viel mehr. Das kann doch nur das Ziel verfolgen, meine Behörde zu demontieren. Auch wenn es aus meiner Sicht vollkommen sinnfrei ist, das zu tun. Sie wissen mehr und geben es nicht preis – um was zu erreichen? Dass Serpantakis wieder einmal davonkommt? Dass Dimitris Stefanakis seine Position verliert, weil er es war, der mich unbedingt an vorderster Front haben wollte? Wollen Sie dann ins Ministerium wechseln, und ich bin Ihr Ticket dorthin?« Er wusste, dass das harter Tobak war und dass Xylouris das nicht auf sich sitzen lassen konnte.

»Sie halten sich für ganz schön wichtig, Galavaki, und an Ihrer Stelle wäre ich sehr vorsichtig mit solchen Aussagen …«

»Sonst?«

»Sonst lernen Sie mich mal von meiner unangenehmen Seite kennen!«

»Aha«, sagte Hyeronimos und schaute den Mann auffordernd an.

»Bisher war ich kooperativ, was man von Ihnen nicht sagen kann, denn alles, was uns in Richtung Täter führen kann, darf nicht auf Mutmaßungen beruhen, sondern muss belegbar sein, und Sie wissen genau, wie Dinge belegt werden: über Fingerabdrücke, DNA-Spuren, Geständnisse und glaubhafte Zeugenaussagen. Muss ich Ihnen Ihren Job eigentlich erklären?«

»Wir haben nichts dergleichen vorliegen«, widersprach Hyeronimos.

»Sagten Sie nicht eben, dass Dr. Demostaki in dieser Richtung Untersuchungen angestellt hätte?«, lief Xylouris in die Falle.

Hyeronimos lächelte maliziös. »Sagte ich das?«

Xylouris war für einen winzigen Augenblick irritiert, und Hyeronimos konnte die Aura des Mannes flackern sehen. Das blutige Rot verschwand fast vollkommen, und er war sich nun sicher, dass er nicht unter Verfolgungswahn litt, sondern den richtigen Riecher gehabt hatte.

»Vielleicht nicht in diesem Wortlaut, aber so habe ich es verstanden.«

Es war so lächerlich, zu sehen, wie sich der Agent aus der Sache herauswinden wollte, und Hyeronimos war versucht, ihm sein Wissen vor den Kopf zu knallen und ihn zudem mit dem blonden Mädchen zu konfrontieren, doch dann besann er sich eines Besseren. Die Zeit war wirklich noch nicht reif dafür. Penelope hatte recht. Er würde dafür sorgen, dass es niet- und nagelfest war, und dann zusehen, wie man Xylouris degradierte. Die Sache war persönlich geworden, und er war ein netter und gelassener Mann, doch wenn man ihn betrog und seine Liebsten in Gefahr brachte, dann war er kampfbereit.

»Ich denke, wir beide verstehen uns überhaupt nicht, und deshalb ist es besser, wenn Sie sich fernhalten von allem, was mit mir und mit meiner Arbeit zu tun hat. Haben Sie das jetzt verstanden?«

»Galavaki, Sie vergreifen sich nicht nur im Ton mir gegenüber, sondern Ihnen fehlt es an dem Verständnis, wer ich bin!« Der Nachrichtendienstler wurde nun laut.

»Ich weiß sehr wohl, wer und *was* Sie sind. Doch Sie unterschätzen mich, und das ist ein wirklich dummer Fehler – und nun guten Tag, Herr Xylouri!«

Hyeronimos wies auf die Tür, und tatsächlich verließ der Mann wutschnaubend den Raum. Hyeronimos griff in die Schublade, platzierte den Generator, schaltete ihn ein und wählte Penelopes Nummer, um ihr zu berichten, dass ihre Idee bereits Früchte trug und er sich mittlerweile sehr sicher war, dass der Nachrichtendienst sie tatsächlich belauschte. Zudem erachtete er es doch für besser, dass *sie* das aufklärende Telefonat mit Kassia führte, um seine Geliebte nicht in Gefahr zu bringen. Dann konnte Kassia entscheiden, ob sie das Risiko eingehen wollte, weiter mit ihm in Kontakt zu stehen.

Sein Herz zog sich zusammen bei dem Gedanken, dass sie sich für das Ende ihrer Beziehung entscheiden konnte, doch wenn dem so war, musste er es akzeptieren, denn sie noch mehr in eine bedrohliche Lage zu bringen, würde nur bedeuten, dass er egoistisch war und sich über ihre Sicherheit stellte. Und so war er nicht.

Seufzend stellte er sich dem Gespräch mit Penelope.

89. Kapitel

Melina hatte den Zettel mit den Fragen in ihrer Handtasche und saß in ihrer alten Wohnung am Küchentisch. Sie hatte Konstantinos so sehr belogen, dass sie nicht mehr ein noch aus wusste. Der Agent war immer nur *ihr* Kunde gewesen, und es würde keine simple Erklärung für ihre Mitbewohnerin geben, um ihr plausibel zu machen, warum sie den Kerl mit einem Fragebogen aushorchen sollte. Zudem würde die Erklärung ganz sicher dazu führen, dass die junge Frau mehr vom Kuchen würde haben wollen, und damit verkomplizierte sich alles deutlich. Es war also erneut an ihr, ihm zu Diensten zu sein und sich noch tiefer in ihr Lügengespinst zu verstricken. Sie war ein Nichts. War es das wirklich alles wert?

Sie schrak hoch, als sich der dunkle Pagenkopf ihrer Mitbewohnerin in die Küche streckte. »Was machst du denn hier? Ich dachte, du wohnst jetzt bei deinem Prinzen ...«

»Ja, ich ... also ich«, stammelte sie und versuchte, sich zu konzentrieren.

»Du ... ja?«

»Ich will noch ein paar Sachen holen. Meinen Mietanteil hast du gestern gefunden?«, fokussierte sie sich auf pragmatische Dinge.

»Hab ich.« Sie tapste auf nackten Füßen herein, ihr kurzes Shirt ließ den Blick auf ihre wohlgeformten Beine und den tollen Hintern frei. Sie waren unter sich, also mussten sie sich nicht verstellen oder ihre *Masken* aufpinseln.

»Giannis aus der Bar hat mir erzählt, dass du gestern nicht allein gegangen bist, und der Beschreibung nach zu urteilen, war es kein hübscher junger Mann, sondern ein alternder Angeber. Ich dachte, du bist raus aus dem Business?«

Melina überlegte fieberhaft, was sie sagen sollte, doch dann kam sie zu dem Schluss, dass ihr alle Lügen hier sowieso um die Ohren fliegen würden, denn Emmy kannte sie einfach zu gut. So hatten sie sich draußen oft genannt: Emmy und Melly. Kurzformen von Emmanouela und Melina, die sich cool und international anhörten. Anfangs waren sie oft als Team losgezogen, denn Melina war noch unsicher gewesen und Emmy hatte sich ihrer angenommen. Waren sie nicht auf eine gewisse Art Freundinnen oder doch nur Arbeitskolleginnen? Das war schwer zu beantworten.

»Ja, eigentlich bin ich raus, und ich wollte mich irgendwie nur verabschieden, und dann kam er und ... Na ja, du kennst das ja. Er hat mir ein gutes Angebot gemacht und ...« Sie ließ den Satz mit einem Schulterzucken ausklingen.

Ihre Mitbewohnerin machte sich einen Kaffee, schaute fragend zu ihr hin, und Melina nickte wider besseres Wissen. Sie hatte an sich schon genügend Koffein intus, aber für den Zweck, den sie verfolgte, war es besser, gemeinsam gemütlich am Tisch zu sitzen.

»Kennst du den Kerl auch?«, fragte sie nun und versuchte, irgendwie unbeteiligt und doch neugierig zu klingen.

»Ist das der, der immer mit der *Ich habe jeden in der Hand*-Tour kommt?«

Melina nahm vorsichtig einen Schluck des heißen Gebräus und nickte. »Mmh.«

»Ja, ich kenne ihn, aber er wollte noch nie mit mir gehen. Ich bin nicht sein Typ, der steht auf langhaarige Schönheiten, wie du eine bist.«

»Hm, ja, kann sein. Der redet immer ziemlich viel und lauter so Agentenkram. Ich denke dann immer, ich bin einer der drei Engel für Charlie«, versuchte sie, dem Ganzen einen lockeren Anstrich zu geben, und Emmy lachte tatsächlich.

»Er sagt so Sachen wie«, Melina verstellte ihre Stimme, »›ich habe sogar den *Boss* in der Hand.‹ Das klingt so albern. Den *Boss* ... Wer um Himmels willen hat denn einen so albernen Namen?«

»Ach, Schätzchen, du bist einfach so herrlich naiv«, stellte Emmy trocken fest, und es klang nicht einmal abwertend, sondern nur wie eine Feststellung. »Den *Boss* kennt doch jeder auf der Insel, und du kommst aus den Bergen, für dich müsste doch vollkommen klar sein, wer das ist!«

»Tut mir echt leid, ich stehe da voll auf dem Schlauch.« Melina ließ ihre Hand über das gefaltete Papier mit den Fragen gleiten und begann langsam und wie unabsichtlich, einen kleinen Ball daraus zu formen, denn plötzlich war ihr klar, wer gemeint war: »Serpantakis!«

»Kluges Kind!«

»Glaubst du echt, dass man *den* in der Hand haben kann?«

»Alles ist möglich.« Emmy lehnte sich in ihrem Stuhl zurück und nippte nachdenklich an der Tasse.

»Dann wäre dieser Kerl ja wirklich gefährlich«, stellte Melina fest und erschauerte kurz.

»Jap. Ich hatte neulich einen Arzt aus dem Krankenhaus«, ihre Mitbewohnerin beugte sich vertraulich vor, »und die Kerle quatschen im Bett ja wie ein Buch ... Der hat mir erzählt, dass einer von den Toten aus dem Helikopter von letzter Woche Serpantakis' Neffe ist. Der Junge hatte 'ne Kugel im Kopf, die komplette Matsche aus seinem Gehirn gemacht hat. Der andere Typ übrigens auch. Der hat so einen komischen Namen. Irgendwas wie *Äntre...* Ich bekomme es nicht mehr zusammen, aber der war wohl einer von den ganz bösen Buben. Der Doc wusste zwar nichts Genaues, hat aber gehört, dass der Mann bei richtig schlimmen Geschäften zum Einsatz kam. Tja, jetzt ist er mausetot, aber spannend ist das schon. Wobei ich mich nicht mit dem *Boss* anlegen würde. Ich bin froh, dass noch keiner von seinen Schergen bei mir aufgetaucht ist, denn dann ist es vorbei mit der freien Entscheidung. Dann können wir, also jetzt ja nur noch ich, nicht mehr darüber bestimmen à la: *Ich sage, wann, ich sage, wer, und ich sage, wo!*«

Melina hatte mit großen Augen gelauscht. Das waren wirklich interessante Informationen, und damit hatte sie doch schon etwas, was sie mit nach Hause bringen konnte. Das Beste war: Sie hatte es wirklich von ihrer Mitbewohnerin erfahren und sich nicht erneut auf den schmierigen Angeber einlassen müssen.

»Wer will schon etwas mit diesen Typen zu tun haben, keine von uns will das. Wobei es schon komisch ist, dass sie uns so lange in Ruhe gelassen haben, also vor allem dich«, dachte Melina laut und zerknüllte das Papier noch fester.

»Ich bin wie der Hubschrauber: Ich fliege unter dem Radar«, lächelte die Frau.

Und hoffentlich stürzt du niemals ab, kam es Melina in den Sinn, doch diesmal sprach sie ihren Gedanken nicht aus. Sie nahm einen weiteren Schluck aus der Tasse und sagte dann: »Wenn es für dich besser ist, nicht allein zu wohnen, musst du es nur sagen, dann ziehe ich komplett aus und gebe dir meinen Mietanteil so lange, bis du eine Nachfolgerin gefunden hast oder vielleicht auch einen Nachfolger.«

Tatsächlich hatten sich in den letzten Wochen auch einige sehr attraktive männliche Sexarbeiter eingefunden. Die Mehrheit der Jungs war sonst eher um Elounda herum aktiv, doch anscheinend folgte es wie immer dem Gesetz von Angebot und Nachfrage, und mit einem männlichen Mitbewohner würde die Gefahr erst gar nicht bestehen, sich mit der Kundschaft in die Quere zu kommen.

»Das ist gar keine so schlechte Idee. Ich höre mich mal um und sage dir dann Bescheid. Bist du dir echt sicher, dass dein Kerl der Richtige ist, für den du das alles hier aufgibst?«

Emmy lächelte warmherzig und schaute sich in der Küche um.

»Er ist es«, sagte Melina mit fester Stimme. Sie hatte sich wieder beruhigt. Sie musste Konstantinos nicht noch einmal betrügen, und das, was gestern Abend geschehen war, hatte nur dazu geführt, dass sie wichtige Informationen erhalten hatte, die sie nutzen konnten. Zum Beispiel konnte Konstantinos seinen Vater nach diesem bösen Buben, der »schlimme Geschäfte« betrieb, fragen. Dann würde Dimitris Stefanakis schon sehen, dass sie sich engagierten und auch die Möglichkeiten hatten, relevante Informationen zu ergattern. Auch wenn Emmy sie vor Serpantakis warnte, so liefen doch ganz offensichtlich alle Fäden bei ihm zusammen und sie mussten irgendwie in Zoniana an weitere Fakten kommen. Das musste möglich sein. Sie waren ein unauffälliges Paar, niemand würde sie als Gefahr auf dem Schirm haben.

»Ich freue mich für dich«, sagte Emmy in die Stille der Küche und klang aufrichtig.

»Ich muss dann auch los.« Melina erhob sich. Sie stellte ihre Tasse in die Spülmaschine und warf den festen Papierball in den Müll. Dann beugte sie sich über ihre Mitbewohnerin und hauchte ihr einen Kuss auf die Wange. »Danke für alles!«, sagte sie und ging durch den kleinen Flur in Richtung Tür.

»No problem. Wolltest du nicht noch Zeug mitnehmen?«

»Ach ja, selbstverständlich.« Melina fühlte sich ertappt, flitzte in ihr Zimmer und packte noch ein paar Klamotten ein. Dann verabschiedete sie sich winkend.

»Sie sind zwei Wochen zu früh, Frau Broder. Sie sind doch Hanna Broder? Oder mache ich mich gerade der Entführung einer Zivilperson schuldig?« Kürten lachte, da er offenbar wusste, dass er die richtige Frau am Haken hatte.

»Nein, ich …«, doch Hanna kam ins Schleudern.

»Vorsichtig!« Kürten hielt sie aufrecht, und die beiden rutschten über eine Kreuzung mit Abbiegespur, die in eine Straße namens Kronengarten mündete. Hanna war entsetzt über den Anblick des Gebäudes, verwirrt von der Überrumpelung durch den Schutzpolizisten und schlicht überfordert mit der ganzen Situation. Sie verlor auf der mittleren Spur erneut das Gleichgewicht, während Polizeiobermeister Werner Kürten sich vorstellte und gleichzeitig versuchte, weder Hanna noch die fettig triefenden Päckchen zu verlieren.

»Also lag ich richtig mit der Vermutung, dass Sie es sind. Ich hatte das Foto nur kurz auf dem Schreibtisch, aber wissen Sie was? Ich vergesse *nie* ein Gesicht! Sie können mir Hunderte …«

Kürtens Gezerre an ihrer Jacke und Hose strapazierte Hannas hauchdünnes Nervenkostüm. Sein unablässiges Geschwafel tat ein Übriges. Dann setzten Sirenen ein.

Noch bevor die beiden die Straße ganz überquert hatten, waren Kürten und Hanna von zwei Streifenwagen und einem älteren Opel-Astra-Zivilfahrzeug umstellt, die rutschend zum Stehen kamen.

»Das ist nicht lustig!«, rief Hanna. Sie war den Tränen nah.

Natürlich kannte sie Einführungszeremonien wie diese zur Genüge. Für neue Kollegen, sogenanntes Frischfleisch. Diese Mätzchen waren überall gleich. Sie wollte nicht heulen, aber Nervosität zerfaserte schon seit Tagen ihren gesunden Menschenverstand. Und nun dieser verdammte Streifenbulle, der sich wie Jacques Tati benahm und herumfuchtelte, bis die Pommes frites auf dem Boden lagen und er auf Mayonnaise und Ketchup herumtrat, ohne ihre verdammte Jacke loszulassen!

Die anderen Polizisten waren aus den Wagen ausgestiegen, die Hanna den Fluchtweg abschnitten. Sirenen heulten.

»Feuertaufe« hieß diese Art von Einstand bundesweit. Neuen Kollegen jagte man erst einmal eine Scheißangst ein, und wenn sie dann in vollgepissten Hosen vor den alten Hasen standen, waren die Frischlinge nackt und hilflos wie Neugeborene. Formbar und willig, sich im Team unterzuordnen.

Für Hanna bedeutete diese grobe Behandlung eine Übertretung all ihrer persönlichen Grenzen.

Sie sieht rot. Nicht nur auf der Ampel über sich. Alles gerinnt zur Zeitlupe. Beamte schreien auf den Streifenpolizisten und Hanna ein. Passanten bleiben auf beiden Seiten der Straße stehen. Manche verblüfft, einige zeigen mit dem Finger auf die Kreuzung.

Den eiskalten Kaffee-Cola-Mix in ihrem Bauch spürt Hanna nicht mehr. Die Hand an ihrer Taille wehrt sie mit einer Drehung ab. Kürtens Hand reißt von ihrer Lederjacke, er stürzt.

Hanna zählt drei Autos, sieben Männer und eine Frau. Alle gegen sie, um den Frischling aufzumischen. Die beiden Streifenwagen stehen quer und blockieren die Kreuzung. Der verbeulte dunkelblaue Opel Astra steht vor ihr, die Kühlerhaube Hanna direkt zugewandt. Daneben rudert und rutscht Kürten am Boden herum, kommt nicht auf die Füße. Der Schnee färbt sich rötlich braun. Hanna riecht Currysoße.

Sieht aus wie Blut, denkt sie, *als wäre er mitten auf der Kreuzung geschlachtet worden.*

»Kollegin!«, hört Hanna eine Frauenstimme, ordnet sie einer Schwarzhaarigen in Uniform zu.

Kürten verstreicht Currysoße auf seiner Uniform. Er sieht nicht so aus, als würde er in den nächsten zweitausend Jahren noch einmal mit Hanna reden.

Hoffentlich hat er sich nichts gebrochen. Scheiße, das sind Kollegen, vielleicht ist sogar ein Vorgesetzter dabei!, geht es Hanna durch den Kopf.

Die Schwarzhaarige hilft Kürten auf, redet leise auf ihn ein und gibt ihm einen Kuss, bevor sie in einen der Streifenwagen steigt.

Die Sirenen entfernen sich. Hanna atmet mit verzerrtem Gesicht und zusammengebissenen Zähnen, den Blick auf die interessante Struktur des Asphalts unter der Schneedecke gerichtet. Nun blockiert nur noch der Astra die Kreuzung. Hände heben

Hanna vom Boden auf und schieben sie auf den Rücksitz des Opels.

Schliddernde Reifen, das Gebläse auf höchster Stufe. Blaulicht und Sirene.

Der Beamte auf der Beifahrerseite rührte sich nicht. Der Fahrer blinzelte in den Rückspiegel.

»Spaziergänger haben eine männliche Leiche im Wald zwischen Hilden und Haan gefunden. Wir müssen den Tatort sichern, bis die Spurensicherung kommt.«

Hanna hielt den Atem an.

Oh Gott. Das ist überhaupt keine Einführungszeremonie gewesen. Sondern ein Einsatz. Das Ganze galt überhaupt nicht mir!

Sie rutschte mit schamrotem Gesicht in die Polsterung des Rücksitzes, so tief es ging. Der Sinn stand ihr nicht nach verschneiter Landschaft. Als die Beamten Hilden in Richtung Haan verließen, hatte Hanna bereits einige stumme Stoßgebete gemurmelt. Die meisten davon enthielten die inständige Bitte, dass Rheinländer wirklich mit einer großen Portion Humor bedacht sein mögen, wie man immer behauptete. Denn sonst konnte sie ihre Tasche schultern und die Gegend, am besten das Bundesland, sofort wieder verlassen. Die Stille im Auto brannte mit ihrer negativen Energie fast ein Loch in Hannas Sitz. Sie war unfähig, auch nur ein einziges klärendes Wort oder eine Entschuldigung an die Kollegen zu richten, so sehr schämte sie sich für ihre Hysterie auf der Kreuzung vor dem Präsidium. Endlich brach der Beifahrer das Eis und fragte, ohne sich umzusehen: »Sie sollten eigentlich erst im Dezember auftauchen, oder?«

»Das stimmt.«

»Schlechtes Timing.«

»Das, äh … stimmt auch«, gab Hanna zu.

Montag, 13. November – 15:56 Uhr

Der Tote lag auf dem Bauch. Sein linker Arm befand sich unter dem massiven Körper, der rechte stand in einem unnatürlichen

Winkel ab. Das Gesicht des Toten war bis zu den Ohren in den Schnee eingesunken. Hier, am Fuß eines Turms mit Aussichtsplattform, lag der Schnee deutlich höher als in der Stadt.

Hanna war quälende Minuten lang schweigend hinter den beiden Kollegen von der Kripo hergestapft, da der Waldweg nicht befahrbar war. Sie atmete schwer und versuchte, sich die ersten Eindrücke einzuprägen und das Bild, das sich ihr bot, in sich aufzunehmen, bevor die Spurensicherung auftauchte und jeden Quadratzentimeter des Fundorts dokumentierte. Kürten stand mit der Beamtin, die ihn auf der Kreuzung vor dem Präsidium geküsst hatte – was Hanna immer noch irritierte –, etwas abseits. Er hielt das Absperrband in seinen schwarzen Handschuhen, mit dem sie das Gebiet weiträumig gesichert hatten. Trotzdem glich der Fundort einem Schlachtfeld. Hundebesitzer mit ihren Tieren, Spaziergänger und Skilangläufer hatten ihrer Neugier freien Lauf gelassen – im wahren Sinn des Wortes. Die Oberfläche des Schnees glich der schmuddeligen Schicht auf der Kreuzung, an die sich Hanna ungern erinnerte. Nur unmittelbar um den Toten herum lag die Schneedecke hoch und unberührt. Ein respektvoll eingehaltenes Hoheitsgebiet um die Leiche, von wenigen Pfotenspuren einmal abgesehen. Kürtens Kollegin – oder Freundin? – rief einen Mann zur Ordnung, der seinen aufgeregten Collie nicht an die Leine bekam.

Die Leiche trug eine beige Stoffhose, ein hellbraunes Cordjackett und Straßenschuhe.

Kein Mantel, kein Schal, keine Handschuhe, fiel Hanna auf.

»Was denken Sie?«

Hanna zuckte zusammen. Kürten hatte die Gabe, unvermutet neben ihr aufzutauchen und sie zu überraschen, trotz ihrer Antennen.

»Hören Sie, ich muss mich bei Ihnen entschuldigen. Es tut mir furchtbar leid, dass ich …«

»Schon gut«, antwortete Kürten, ohne den Blick von der Leiche abzuwenden, »konzentrieren wir uns auf diese Sache. Was halten Sie davon?« Als hätte er einen Schalter bei ihr umgelegt, lieferte Hanna eine vorläufige Diagnose der Situation.

»Keine sichtbaren, äußeren Spuren einer Verletzung. Anscheinend auch keine Kampfspuren, zumindest nicht im Umkreis. Ich denke, der Tote wusste nicht, dass er hier enden würde.«

»Sie meinen, das ist nicht der Tatort?«

Hanna schüttelte den Kopf. »Nein. Das Opfer ist für diese Temperaturen absolut unpassend gekleidet. Die Täter haben ihn hier abgelegt, um vom Tatort abzulenken. Und zwar, bevor die Totenstarre einsetzen konnte.«

»Mehrere Täter?«, wollte Kürten wissen.

»Möglich. Diesen Weg kommen Sie im Moment höchstens mit einem Schneepflug rauf, niemals mit einem Auto. Und der Tote liegt nicht unter dem Schnee, sondern darauf. Das heißt, so lange kann es nicht her sein, dass er hier abgelegt wurde. Ich schätze, er wurde getragen. Und dafür braucht es bei der Statur des Toten mindestens zwei kräftige Männer.«

»Oder einen Schlitten«, gab Kürten zu bedenken.

»Mag sein. Aber um das nachzuvollziehen, ist die Spurenlage zu verwirrend. Hier finden Sie alles an Spuren. In vielfacher Ausführung.«

»Aber wieso ausgerechnet dieser Ort?«, wollte Kürten wissen.

Hanna sah sich um. »Es ist ein Aussichtspunkt. Eine häufig besuchte Stelle. Vielleicht sollte die Leiche gefunden werden.«

»Sie meinen, der Täter setzt eine Art Zeichen?«, fragte Kürten.

»Das ist bisher reine Spekulation.« Hanna deutete auf die beiden Herren mit Metallkoffern, die sich dampfend und schwer atmend den Weg zur Fundstelle erarbeitet hatten. »Vielleicht können die Kollegen vom Erkennungsdienst helfen.«

»Endlich«, keuchte der Erste, als er Hanna und Kürten erreichte, und ließ seinen Metallkoffer in den Schnee fallen.

»Scheiße! Der ganze Bereich ist total kontaminiert«, stöhnte der Zweite und wischte sich den Schweiß von der Stirn.

Als kaum noch jemand seine Zehen und Fingerspitzen fühlen konnte, zog sich Hanna mit den Kollegen, die sie hergebracht und sich als Esser und Schulz vorgestellt hatten, vom Tatort zurück. Auch, um dem Erkennungsdienst nicht weiter im Weg zu stehen. Auf dem Fußmarsch zum Parkplatz sprach niemand ein Wort.

Nur der Schnee knirschte unter ihren Schuhen. Gedrückte Stimmung hing wie ein Mühlstein um Hannas Hals und schnürte ihr die Luft ab. Kurz bevor die drei den Parkplatz erreicht hatten, bog ein schwarzer Audi A4 mit Düsseldorfer Kennzeichen auf den Platz.

»Da kommt Cocker. Jetzt müssen wir uns warm anziehen!«, sagte einer der Beamten.

»Was heißt das?«, wollte Hanna wissen, froh, die Stille endlich mit einer Frage brechen zu können.

»Die Leitung einer Mordkommission wird in solchen Fällen von Kollegen aus dem Düsseldorfer Präsidium übernommen. Bei uns macht das meistens Cocker.«

Aus dem Wagen entfaltete sich ein Hüne von einem Mann, der sich ungelenk in einen schwarzen Kamelhaarmantel zwängte. Hanna hatte nicht bemerkt, dass die beiden Kollegen langsamer geworden waren, und erreichte den Audi zuerst. Da sie niemand vorstellen konnte, streckte Hanna selbst die Hand aus und lächelte freundlich. »Kollege Cocker, mein Name ist Broder. Ich freue mich, dass ...«

Der Hüne mit dem roten Stoppelbart ignorierte ihre ausgestreckte Hand, kniff die Augen zusammen und starrte Hanna wortlos an, als wolle er ihr Rückgrat gefriertrocknen. Dann setzte er eine Sonnenbrille auf und ging wortlos an ihr vorbei. Unfähig, sich zu bewegen, hörte Hanna hinter sich, wie Cocker die beiden Kollegen mit einem tiefen Bass anraunte:

»Wo habt ihr die denn ausgegraben? Soll das witzig sein?« Ohne auf Antwort zu warten, stapfte der Leiter der Mordkommission in den Wald. Dann rief er über die Schulter: »In einer Stunde ist Lagebesprechung in der Mitte!«

Dass die Kollegen nun doch noch eine Chance bekommen hatten, sie reinzulegen, erklärten Esser und Schulz Hanna erst, als sie wieder Luft bekamen und die Lachtränen auf ihren Kragen zu gefrieren begannen.

»Cocker hat seinen Spitznamen wegen der auffälligen Armbewegungen bekommen. Er hat eine steife Schulter oder so was«, sagte Schulz und wischte sich über die Wangen.

»Und der Erste Kriminalhauptkommissar Edgar Brandt ist

nicht gerade für seinen Humor bekannt«, keuchte Esser, immer noch atemlos vor Lachen.

»Aber wieso ... Cocker?« Hanna verstand es einfach nicht. Esser deutete Richtung Waldweg, wo Brandts immer kleiner werdende Figur den Anstieg zum Jaberg begonnen hatte – und richtig: Aus der Rückansicht waren die Bewegungen eindeutig – Hanna erinnerte sich an ein Open-Air-Konzert im Rockpalast. Dort hatte sie den Sänger zum ersten Mal gesehen. War das 1984 oder '83 gewesen? Joe Cocker hatte *With a little help from my friends* gesungen und aus steifen Schultern heraus mit den Armen gerudert. Trotz der misslungenen ersten Begegnung mit ihrem zukünftigen Gruppenleiter musste Hanna grinsen.

»Okay, Leute. Ihr habt mich am Arsch.« Das Eis war endlich gebrochen. Esser hielt Hanna sogar die Tür des verbeulten Dienstwagens auf.

Auf der Fahrt zurück in die Stadt war die Stimmung gelöst. Esser wollte von Hanna wissen, wie sie den Dienststellenwechsel über die Landesgrenzen von Niedersachsen hinweg bewerkstelligt hatte.

»Solche länderübergreifenden Versetzungen sind doch eigentlich gar nicht möglich, oder?«

»Doch, wenn du mit einem Kollegen tauschen kannst, schon«, antwortete Hanna.

»Du meinst, Wolfgang wollte aufs platte Land?«, erkundigte sich Esser belustigt. Hanna sah aus dem Fenster. Rechts und links der Landstraße war eine verschneite Waldlandschaft zu sehen. Links begann eine Mauer, die ein weitläufiges Gelände einfriedete.

»Wie die Wiege der Zivilisation sieht es hier auch nicht gerade aus. Kollege Sacher hat den Tauschantrag für die Dienststelle in Peine aus familiären Gründen gestellt«, antwortete sie.

»Sacher hat doch 'ne Maus aufgerissen, die da ...«, Schulz stockte. »Ich meine, er hat 'ne Freundin, die dort wohnt.«

»Dann muss es wohl was Festes sein«, lächelte Hanna. »Was ist das links für ein Gelände?«

»Die Waldkaserne«, antwortete Esser über die Schulter. »Hier werden Musiker der Bundeswehr ausgebildet. Außerdem sind noch zwei Kompanien Feldjäger und der Führungsstab des Feldjägerbataillons stationiert.«

Hanna nickte gedankenverloren und versuchte sich zu merken, welche Strecke Esser fuhr, um zur Wache zu gelangen.

Hinter dem Kasernengelände begann die Stadt, und aus dem hellen Schnee wurde wieder grauer Matsch. In einem plötzlichen Anfall von Heimweh drückte sich Hanna in den Rücksitz. Dieses Gefühl hatte sie nicht mehr gehabt, seit sie mit elf Jahren von ihren Eltern mit einer Jugendgruppe an die Nordsee geschickt worden war. Sie fror, obwohl das Gebläse im Wagen auf Hochtouren lief, und spürte eine Gänsehaut, die sich vom Hosenbund aus über ihren Rücken ausbreitete. Sie dachte an Julian und Frieder und fühlte sich einsam. Als der Wagen auf dem Parkplatz zum Stehen kam, ärgerte sich Hanna, dass sie nun doch nicht aufgepasst hatte, welche Strecke der Kollege gefahren war.

»Das Opfer wurde an den Jabergturm, einen schwer zugänglichen Ort, verbracht, an dem viel Publikumsverkehr ist. Dort wurde der Tote in die Büsche geworfen, als ob er versteckt werden sollte.« Cocker alias Brandt ging mit seinen merkwürdigen Armbewegungen vor der versammelten Mannschaft der soeben ins Leben gerufenen Sonderkommission auf und ab. Auf diese Weise würde Hanna die Endlosschleife der Melodie von *With a little help from my friends* nie loswerden.

»Die Ablagesituation ist also widersprüchlich und lässt auf einen unorganisierten Täter schließen. Andere Erkenntnisse weisen allerdings auf das Gegenteil hin.« Außer den Kommissaren Esser und Schulz, dem Vorgesetzten Meuser und den Beamten des Erkennungsdienstes waren einige Beamte der Schutzpolizei im Besprechungsraum der »Mitte«, wie alle den hässlichen Kasten im Zentrum von Hilden nannten, darunter auch Kürten und seine küssende Kollegin.

»Interessant ist in diesem Zusammenhang, dass der Tote sorgfältig gewaschen und komplett neu eingekleidet wurde. Darüber informiert euch Kollege Fichtner«, sagte Cocker und deutete auf einen der beiden Beamten, die mit Metallkoffern am Tatort aufgetaucht waren. Fichtner war ohne seine dicke Kleidung und den weißen Einwegoverall, den er am Jaberg getragen hatte, geradezu winzig. Er stand auf, stellte sich neben Cocker und fuchtelte beim Reden mit den Händen. Fichtners Augen lagen in dunklen Höhlen, er sah müde aus. Hanna musste unwillkürlich an einen Rhesusaffen denken.

»Wie Kollege ... Brandt bereits ausführte«, Fichtner machte eine kleine Pause, wohl um sich auf Cockers richtigen Namen zu konzentrieren, was bei der versammelten Mannschaft unterdrückte Heiterkeit auslöste und Brandt seine buschigen, rötlichen Augenbrauen ärgerlich heben ließ. »Wie gesagt, das Opfer wurde wahrscheinlich nach seinem Tod komplett entkleidet, sorgfältig gewaschen und mit neuen Kleidungsstücken wieder angezogen.«

»Neu im Sinn von fabrikneu?«, fragte Hanna und merkte, wie plötzlich alle Augen auf ihr ruhten. Fichtner nickte. »Frisch aus dem Geschäft. Aus welchem Laden, wollte der Täter verschleiern, alle Etiketten wurden säuberlich aus den Sachen herausgetrennt.« Er las aus einer Akte ab: »Schwarze Baumwollsocken, weiße Feinrippunterwäsche, eine Baumwollhose, kariertes Hemd und Cordjackett. Typische Altherrenkleidung in durchschnittlicher Kaufhausqualität, wie man sie in der Stadt an jeder Ecke bekommt. Sogar die Slipper aus Kunstleder waren neu und ein bis zwei Größen zu groß. Außerdem fehlen dem Opfer sämtliche Ausweispapiere, ebenso Tascheninhalt, wie zum Beispiel Schlüssel, Kleingeld et cetera. Die Identität des Opfers ist unbekannt. Wir versuchen es über Fingerabdrücke und Zahnschema.«

»Todesursache?«, wollte Meuser wissen. Fichtner deutete ein Kopfschütteln an. »Noch unklar. Er hat eine leichte Prellung am Kopf, die aber nicht tödlich gewesen sein dürfte.«

»Die Leiche wurde in die Düsseldorfer Gerichtsmedizin verbracht. Bald wissen wir mehr«, ergänzte Brandt. »Das weitere Vorgehen besprechen wir nachher in der MK. Wer wird Aktenführer?« Brandt sah sich um, bis Schulz den Arm hob, er nickte ihm zu.

Jürgen Meuser, ein rundlicher Fünfziger, trat vor und ergriff das Wort. »Bevor ich es vergesse: Die neue Kollegin aus Niedersachsen, Hanna Broder, ist von nun an mit von der Partie. Sie sollte eigentlich erst im Dezember kommen, ist aber jetzt schon hier.« Er wandte sich direkt an Hanna. »Sie möchten sich sicher noch offiziell vorstellen.« Hanna war gezwungen, sich von ihrem Stuhl zu erheben und vor die erwartungsvoll blickenden Beamten zu treten. Sie wurde schlagartig nervös und ärgerte sich insgeheim, dass sie auf diesen Augenblick nicht vorbereitet war, obwohl sie es besser hätte wissen müssen. Eine offizielle Vorstellung war schließlich unvermeidlich.

»Ja, also ... guten Tag. Mein Name ist Hanna Broder, und wie der Kollege ... äh, Brandt, soeben schon andeutete«, Esser und Schulz stießen sich feixend an, »... komme ich aus Peine in Niedersachsen und habe die Stelle mit dem Kollegen Sacher getauscht, der sich aus familiären Gründen nach Niedersachsen versetzen lassen wollte. Ich, äh, freue mich auf gute Zusammenarbeit.«

»Das war's?«, fragte Brandt mit hochgezogenen Augenbrauen. Hanna zuckte mit den Schultern und nickte.

»Na gut«, sagte Brandt und sah in die Runde. Da er selbst nicht aus dem Kreis der Mitte kam, hielt er es offenkundig nicht für nötig, Hanna in irgendeiner Form willkommen zu heißen.

Höflich ist anders, Cocker, dachte Hanna und sah unbehaglich zu Boden. Einen Moment herrscht Stille. Kürten lächelte freundlich, dann klopfte er mit den Fingerknöcheln auf die Tischplatte. Einige Beamte, nicht alle, machten es ihm nach und begrüßten die neue Kollegin auf diese Art. Die neuen Kollegen standen nach und nach auf und verließen den Raum. Selten hatte Hanna sich in ihrem Leben so einsam gefühlt. Fehl am Platz.

Montag, 13. November – 18:09 Uhr

Die Tasche aufs Bett werfen. Endlich. Der Blick aus dem Fenster zeigte eine triste Industriegebietskulisse. Flachdächer, Wellblechhallen, große Buchstaben auf grellem Grund brüllten »FLIESEN-DISCOUNTER« und »REIFEN HARRY«. Auf dem Parkplatz vor dem Hotel flirtete ein Trucker durch die offene Tür seines Führerhauses mit einem frierenden Mädchen in Hotpants und offener Lederjacke. Blonde Zöpfchen standen ihr rechts und links vom Kopf ab. Sie wirkte wie eine Version von Pippi Langstrumpf für Volljährige, zog einen Kaugummifaden aus dem Mund und drehte ihn um den zitternden Finger.

Einen Augenblick lang dachte Hanna darüber nach, wie es wäre, eine erwachsene Tochter zu haben, um die sie sich Sorgen machen müsste. Dann atmete sie auf und ließ in dem winzigen Badezimmer heißes Wasser in die Wanne. Ihre Nase, die Ohren, sogar ihre Ellbogen waren eiskalt. In dem kleinen an die Wand geschraubten Fernseher stritten sich zwei Strandkrabben um einen wasserumspülten Stein. Blaue Brandung schwappte, brach über sie herein und spülte die Tiere davon. Hanna hätte gern gewusst, in welchem Paradies die Krabben stritten, konnte aber keine Fernbedienung finden.

Der Blick unter das Bett jagte ihr eine Gänsehaut über den Rücken. Fusseln und Undefinierbares, deren Beschaffenheit und Herkunft sie gar nicht wissen wollte, lagen dort herum. Die Heizung lief auf Hochtouren und klopfte leise. Nur in T-Shirt, Slip und Socken gekleidet, schlüpfte Hanna wieder in ihre australischen Schuhe. Zur Sicherheit, falls etwas von dem Zeug unter dem Bett noch leben sollte. »Geisterscheiße« nannte Frieder solche Flusen.

Bei der Erinnerung musste Hanna grinsen, dann wurde sie traurig und betrachtete sich im Spiegel. Die schwarzen Blundstones mit Stahlkappe sahen schwer und klobig aus. So, wie Hanna sich fühlte. Nur dass die Schuhe im Gegensatz zu ihr sicher und robust waren, wie Hanna zwar wirkte, sich aber so gut wie nie fühlte. Sie nahm ihre Dienstwaffe und posierte als fünfundachtzig Kilo schweres Tank Girl vor dem Spiegel. Die Haut am Oberschenkel wellte sich ein wenig. Schlecht. Ihr Slip war mit Blumen bedruckt. Nicht schlecht. Sie musste lachen. Ein neuer Blick aus dem Fenster, die Neonschrift funkte Botschaften über den Platz. Der Trucker und Pippi Langstrumpf waren nicht mehr zu sehen, doch der Laster parkte immer noch auf dem Parkplatz des Geländes neben dem Hotel, und in der Kabine leuchtete schwaches Licht.

Hanna stellte sich den Trucker vor, wie er mit seinen schwieligen Händen einen Träger ihres BHs über die Schulter schob. Er roch nach Zigaretten und Schweiß, doch es war kein schlechter Geruch. Eher würzig.

Hanna streifte die Schuhe ab und zerrte sich die Socken von den Füßen. T-Shirt und BH landeten auf dem Bett. Mit dem Slip ließ sich Hanna Zeit. Sie hatte nicht vor, dem Unbekannten alles auf einmal zu geben. Vor ihren Augen öffnete der Trucker seine Hose. Es war eine Levi's 501, bei der die Knöpfe so geil aufspringen, wenn man am Hosenlatz zieht. Franko hatte eine 501 getragen. Immer noch dunkelblau, aber *used* genug, um die Knöpfe mit einem sanften Ruck alle auf einmal öffnen zu können.

Die Affäre mit ihrem Kollegen hatte Auswirkungen gehabt. Frieder schlief sechs Monate lang nicht mehr mit Hanna, als er davon erfuhr. Außerdem hatten seitdem alle ihre sexuellen Fantasien mit gesichtslosen Fremden von Frankos Statur zu tun. Dabei hasste sie den brutalen Scheißkerl! Auch der Trucker war mit diesem merkwürdigen nach außen gestülpten Bauchnabel ausgestattet, wie Franko ihn hatte. Hanna ließ den Slip absichtlich an, als sie in das heiße Wasser stieg. Mit der Hand unter den Bund schlüpfen zu können, erhöhte den Reiz. Auch wenn ihr völlig klar war, dass sie in diesem heißen Wasser nichts Verbotenes tat, fand sie es erregender, von dem engen Slip ein wenig daran gehindert zu werden, mit Zeige- und Mittelfinger sanft ihren Kitzler zu massieren. Das heiße Wasser trieb ihr Schweiß auf die Stirn, der über ihr Gesicht lief. Hanna leckte ihr eigenes Salz. In ihrer Vorstellung schmeckte sie den rauchgeschwängerten Schweiß des Truckers.

Merkwürdigerweise trieben sie es in der Sitzecke aus Buchenholz, die Hanna zuvor im Hotelfoyer gesehen hatte. Die dünnen grünen Polster rieben an ihrem nackten Hintern, während der Lkw-Fahrer in sie eindrang, sie rhythmisch gegen die geriffelte Holzlehne schob und mit kurzen, heftigen Stößen in die mit Zimmerpflanzen begrünte Ecke trieb. Hanna konnte durch ein Fenster hinter den Pflanzen den Parkplatz übersehen, es begann zu schneien. Wunderbar! Die gelben Lampen des Parkplatzes färbten den Schnee wie einen Sonnenuntergang mitten in der Nacht. Hanna wurde heiß. Alles passte perfekt zusammen, ihre Finger kreisten eine Nuance fester, etwas schneller. Das Bild mit den Krabben –

Eine neue, große Welle baut sich auf. Nichts kann sie jetzt noch aufhalten. Hanna passt ihr kreisendes Becken den Stößen des Truckers an. Wasser schwappt über den Wannenrand. In rhythmischen Wellen kommt es über sie, brandet über sie hinweg und reißt sie fort.

Dienstag, 14. November – 9:46 Uhr

Carl Barth, Schwind, Menzel – Hanna schlich in dem verbeulten dunkelblauen Opel Astra durch ein Haaner Wohngebiet.

Das sind Maler, schätzte Hanna, war sich jedoch nicht sicher. Albrecht Dürer ... *Dürer ist doch Maler, oder?*

Sie dachte an einen hockenden Hasen. Ihr Magen machte einen kleinen Hüpfer und knurrte. Ihr Blick war auf die Straßen, dabei abwechselnd auf Schilder und die Lücken zwischen geparkten Wagen gerichtet, um keine spielenden Kinder zu überfahren. Bobbycars und Bälle, Förmchen und Spaten, Schlitten und sogar Mützen und Handschuhe – die Wohngegend sah aus, als wäre vor Kurzem eine Toys'R'Us-Filiale explodiert. Dennoch war kein Mensch zu sehen. Niemand, den Hanna nach dem Weg fragen konnte, und trotz des ganzen Spielzeugs war kein einziges Kind auf der Straße.

Ein Hoch auf die Familie, dachte Hanna. *Auf die funktionierende Familie!*

Wie auf Kommando begann Hannas Magen erneut zu knurren. Außerdem fror sie erbärmlich. Sie hämmerte auf das Lenkrad und verfluchte ihren neuen Dienstwagen. Den spartanischsten aller Opel, ohne Sitzheizung, ohne Navigationssystem, ohne alles. Die letzte Gurke!

»Wo ist dieses Fachwerkhaus, verdammt?« Wie so oft, wenn sie nichts im Magen hatte, und wie immer, wenn Stress als Ausrede herhalten konnte, dachte Hanna an einen Schluck. Nur einen.

Doch es gab etwa zehntausend Gründe, diesem Impuls nicht nachzugehen. Ihr neuer Job und die ausstehende Entscheidung des Familienrichters um das Sorgerecht für Julian waren nur zwei davon.

Die Albrecht-Dürer-Straße mündete in einen Kreisel aus Dürer und Klee. Hanna verstand diesen Umstand erst, als sie den Schneehaufen zum dritten Mal passierte, in dem ein roter Rennschlitten steckte. Hanna stellte das Radio an und hörte die Stimmen von Sting und Antonio Carlos Jobim.

How insensitive. When a love affair is over.

Sie dachte an Frieder. Ihr kamen die Tränen. Sie parkte den Astra in der Einfahrt zu einer Garage und hoffte, dass ein Bewohner der anliegenden Doppelhaushälften auftauchen und sich beschweren würde. Ein mürrischer Rentner, eine genervte Mutter. Irgendwer!

Hanna war auf Kollisionskurs, doch sie spürte ihre Energie ins Leere laufen, während sie die Umgebungskarte auf dem Dach des ungeliebten Opels ausbreitete. Die drei Finger der Paul-Klee-Sackgasse wiesen ins Grüne. Niemandsland auf der Straßenkarte, doch sie wusste, dass es sich um das Ittertal handeln musste. Gelbe Fahnenwimpel mit Hinweisen auf ein Familienparadies und das Rheinische Industriemuseum, das bereits zu Solingen gehörte, verdeckten die gesuchte Gegend auf der Karte.

Hanna seufzte frustriert und sah sich um. Zwischen verschneiten Hecken und vorweihnachtlich geschmückten Reihenhausvorgärten verlief ein Fußweg. In die Richtung, von der sie hoffte, das Haus von Rainer Steinberg zu finden. Sie schloss den Wagen ab, knüllte die Karte in die Seitentasche ihrer Lederjacke und stapfte an der Weihnachtsdekoration vorbei.

Hier beginnt der Weihnachtsterror auch schon im November. Was für ein Schwachsinn, dachte sie.

Der Fußweg führte an einer Reihe identischer Einfamilienhäuser vorbei und wurde dann schmaler. Hanna ging zwischen Maschendrahtzäunen entlang bis zu einer schmalen, völlig zugeschneiten Treppe, die steil nach unten ins Tal führte. Von oben war bereits der verschneite Wald zu erkennen. Hanna war überrascht von den schnellen Wechseln der Landschaft dieser Gegend. In ihrer niedersächsischen Heimat gab es das nicht. Dort war alles klar, flach und gerade. Weide und Mischwald, fertig!

Diese Art von Geradlinigkeit und Gleichmaß fehlte Hanna. Sie begann mit dem vorsichtigen Abstieg. Julian fehlte ihr. Natürlich vermisste sie auch seinen Vater. Aber dieses Thema war durch.

Einen Moment lang passte sie nicht auf. Rutschte aus und fiel hart auf ihr Steißbein.

What can you say when a love affair is over?, dachte sie, während sie stürzte, und hörte die Stimme von Sting, bevor der Schmerz vom Hintern ihr Hirn erreichte. Am Absatz der dritten Stufe blieb Hanna stöhnend auf der Seite liegen und erkannte, dass sie auf verschneite Bahnschwellen aus verwittertem Eichenholz hereingefallen war.

Aus diesem glitschigen Zeug bauen die Arschgeigen Treppen?, dachte sie. Als das Feuerwerk aus Schmerz abgebrannt war, richtete sich Hanna vorsichtig auf und sah sich um. Immer noch kein Mensch unterwegs.

Das gibt es doch nicht, diese Gegend ist dicht besiedelt, dachte Hanna. *Es ist Dienstagmittag! Wo sind die alle?*

Den weiteren Abstieg absolvierte Hanna wie auf rohen Eiern. Das Tal hinter dem Malerviertel lag etwa dreißig Meter tiefer und war von unberührter verschneiter Schönheit. Hanna hatte keinen Blick dafür, orientierte sich an dem vereisten Rinnsal und entschied sich am Fuß der Treppe für rechts.

Niemand hatte sie vorgewarnt. Doch Hanna musste zugeben, dass sie es den Kollegen auch nicht leicht gemacht hatte, sie ins Team zu integrieren.

Der Blick in den Hotelspiegel vor Hannas zweitem Arbeitstag hatte harte Gesichtszüge gezeigt. Eine Hakennase mit tiefen Furchen rechts und links ihrer schmalen Lippen. Ulkusfalten. Selbst als Hanna das Spiegelbild anlächelte, war ihre Anspannung deutlich zu sehen gewesen. Franko hatte Hannas Gesichtszüge mit denen der Schauspielerin Jodie Foster verglichen und hinzugefügt: »Baby, du lachst selten genug. Aber selbst dann siehst du unglücklich aus. Irgendwie gequält.«

Gequält. Genau das hat er gesagt.

Erst später stellte sich heraus, dass Franko seine Einschätzung als Kompliment verstand. Er sah sie als Opfer, und Hanna hatte zu spät geschaltet, denn sie war verliebt gewesen. Zuerst waren es kleine Sticheleien an öffentlichen Plätzen, auf der Straße, im Wagen oder im Restaurant, später erste Quälereien beim Liebesspiel nach Dienstschluss. Franko hatte Hanna ausgenutzt, zu demütigen und zu brechen versucht. Ein großer Fehler, denn Hannas Verliebtheit hatte sie nicht daran gehindert, dem verkappten Sadisten die rechte Schulter auszukugeln und zwei Finger zu brechen, bevor er die Treppe hinunter in den Hausflur stürzte. Ein Nachbar rief die Kollegen.

Der Notarzt kannte Hanna. Beruflich. Sie lächelte ihn an. Er war höflich, schien jedoch in Deckung zu gehen.

Bin ich so brutal?

Von da an wurde es immer schlimmer.

»Du hast eine Fahne!«

Bin ich wirklich so furchtbar?

»Viermal zu spät in einer Woche!«

Nimm mir Julian nicht weg!

»Ich habe Angst um meinen Sohn, Hanna. Das musst du verstehen. Es ist nicht so, dass ich dich nicht mehr mag, aber ...«

Er hat nicht »liebe« gesagt.

»Du hast nicht ›liebe‹ gesagt!«

Gequält.

How insensitive.

»Du Arsch!«

When a love affair is over.

»Verpiss dich einfach, Frieder! Ihr könnt euch ALLE verpissen!«

Dienstag, 14. November – 10:01 Uhr

Eine Brücke führte über den kleinen Bach zum Fachwerkhaus. Obwohl Hanna erst Minuten zuvor durch die Malersiedlung gefahren war, fühlte sie sich plötzlich verloren. Völlig allein in tiefster Wildnis. Trotz des auberginefarbenen Ford Mondeo Turnier, der gegenüber dem Fachwerkhaus geparkt war. Das Haus war mit einem blickdichten Zaun aus Bahnschwellen eingefriedet. Dicke Balken aus dunkler Eiche, hochkant im Boden steckend und als Zaun völlig übertrieben. Lustig war nur die Bemalung mit weißer Farbe, die den Bahnschwellen das Aussehen riesiger in den Boden gerammter Klaviertasten verlieh, nur unterbrochen von einem kleinen Tor aus Schmiedeeisen. Hanna strich über die glitschige Holzoberfläche und dachte an ihre Klavierstunden, die sie im Alter von sieben Jahren kurz genossen hatte. Dann ging sie durch das Tor, hinkte mit einer Hand auf der schmerzenden Hüfte über den spiegelglatten Weg zum Haus und hörte eine Stimme.

»Sind Sie verletzt?«

Hanna sah auf, sie konnte niemanden sehen. Sie spähte durch die Bohlen, doch auch außerhalb des Gartens war niemand zu sehen.

»Hier, in der Küche.« Eine Gardine bewegte sich am Fenster neben der offen stehenden Eingangstür. Ein getöpfertes Schild unterhalb des Klingelknopfs wies das Fachwerkhaus als »Casa Steinberg« aus.

Hanna winkte. »Alles in Ordnung!«

»Dann ist ja gut.«

Etwas ließ Hanna stutzen. Doch sie kam nicht darauf.

»Rainer Steinberg?«, rief sie.

»Wer will das wissen?«, hörte sie durch das Küchenfenster.

Klingt trotzig, fand Hanna.

»Mein Name ist Hanna Broder.«

Nicht gequält wirken. Ganz freundlich, ganz entspannt, dachte sie und fügte hinzu: »Ich bin von der Kriminalpolizei.«

How insensitive. Wie unsensibel. Es geht nicht anders!

»Ich habe nur ein paar Fragen.«

»Kommen Sie rein.« Hanna war erleichtert, dass er es ihr nicht schwerer machte als nötig.

Sie ging zur Tür, betrat den Flur und passte für einen kleinen Moment nicht auf. Jemand schob die grün gestrichene Tür zwischen Küche und Flur einen Spalt weit auf. Es war immer noch zu dunkel, um den Mann zu erkennen. Im Flur war es unordentlich. Nicht »normal« unordentlich. Sondern chaotisch.

Eigensicherung, ich muss ...

Der Schlag kommt schnell, hart und völlig unerwartet. Hanna bemerkt ihren Sturz über drei vereiste Treppenstufen aus der »Casa Steinberg« nicht mehr.

Der Mann sieht sich vor der Tür um und zerrt Hanna am Kragen die Stufen wieder hoch, zurück in das Fachwerkhaus.

Im Flur lässt er den Körper auf den Boden gleiten und überlegt, was er mit der Kommissarin machen soll. Sie liegt auf den Holzdielen und schnauft leise.

Bewusstlos. Verletzt und blutend, aber nicht lebensgefährlich verwundet. Die Platzwunde auf ihrer Stirn ist kein Problem. Eine kalkulierbare Sauerei. Kein Problem.

Er sieht sie an. Betastet ihre Falte am Mund. Zärtlich.

Ulkusfalte steuerbord. Irgendwie gequält, denkt er.

Dienstag, 14. November – 11:39 Uhr

Hanna hat keine Ahnung, wie lange sie auf dem Boden gelegen hat. Sie blinzelt, orientiert sich an der Stimme ihres Feindes, den sie undeutlich hinter sich hört. Sie zieht und entsichert ihre Dienstwaffe in einer fließenden Bewegung, rollt im Liegen in Schussposition. Dabei durchzuckt sie ein Schmerz in der Schulter, und sie bemerkt Blut in den Augen. Ihre Sicht ist nahe null. Die sich nähernden Füße auf dem Dielenboden geben ihr höchstens vier bis sechs Schritte lang Zeit. Zwei bis drei Sekunden, schätzt sie. Bevor der Angreifer nah genug ist und sich wieder auf sie stürzen kann.

»Sind Sie …«

Den ersten Schuss feuert Hanna blind in Richtung der sich nähernden Stimme.

Der Angreifer schreit erschrocken auf, scheint aber nicht getroffen zu sein. Er klingt wütend.

»Was soll das? Hören Sie auf!«

Mit dem Strickbund des linken Arms ihrer Lederjacke wischt sich Hanna über die Augen. Durch einen roten Schleier sieht sie die Gestalt auf dem Rückzug aus dem Wohnzimmer in den Flur flüchten. Der zweite Schuss trifft den Flüchtenden zwar nicht an der Stelle, auf die Hanna gezielt hat, reißt den Täter aber von den Füßen. »Hören Sie auf!«

Hanna versucht mit vorgehaltener Waffe auf die Beine zu kommen, knickt wieder ein und geht blutend zu Boden. Etwas stimmt mit ihrem Gleichgewichtssinn nicht. Blut rinnt in ihre Augen. Stöhnend landet sie auf der Schulter, die schon bei der Rolle seitwärts höllisch geschmerzt hat, und gibt aus Schmerz und Überforderung noch einen ungezielten Schuss Richtung Flur ab.

»Aufhören! ICH! WOHNE! HIER!«

Die Logik dieser Aussage erschließt sich Hanna nicht. Aber die Art des Vortrags lässt Zweifel daran zu, dass dieser Mann sie töten will. Müdigkeit legt sich wie ein dunkler Mantel um ihren zitternden Körper. Hanna fühlt die nächste Ohnmacht kommen und kann nichts dagegen tun. Daher hofft sie einfach, dass der Mann die Wahrheit sagt. Dann wird es wieder dunkel.

Dienstag, 14. November – 14:12 Uhr

»Ist er das?«, wollte Jürgen Meuser wissen. Hanna sah durch das kleine Fenster in der Zellentür und zögerte.

»Ist das der Täter, der Sie angegriffen hat?«

Hannas Vorgesetzter wusste, wie man Druck ausübt, kein Zweifel. Auf Befragte und auf Mitarbeiter. Doch Hanna wollte nicht den Fehler machen, einen Unschuldigen zu belasten, weil ihr ein Vorgesetzter Dampf machte. Sie sah hin, dachte nach und kam zu einem Urteil.

»Ich denke, nicht, nein«, sagte sie leise.

»Scheiße!«, entfuhr es Meuser.

In der Zelle tigerte ein großer, schlanker Mann hinkend auf und ab. Eins von Hannas Projektilen hatte ihn in den Oberschenkel getroffen. Der Mann trug dichtes dunkelbraunes Haar, das er nach hinten zu zwingen versucht hatte. Dennoch stand ihm seine gewellte Künstlermähne stilecht in alle Richtungen vom Kopf ab.

»Rainer Steinberg, vierunddreißig Jahre, ledig. Berufsmusiker, keine feste Anstellung, keine Vorstrafen«, las Jürgen Meuser aus einer Akte vor und ging hinter Hanna im Flur des Präsidiums auf und ab. Herablassung, Verachtung und Ekel. Das waren nur drei von vielen Empfindungen, mit denen Hanna beschreiben würde, wie ihr neuer Chef sie ansah und behandelte.

»Er ist der Neffe des Toten.«

Drei Stunden, vier Kaffee und achtzehn Stiche für die Platzwunde später ließ der Leiter des Kommissariats keinen Zweifel daran, dass er sich die Neue anders vorgestellt hatte – bereits am zweiten Tag mit mehreren Streifenwagen und Rettungsfahrzeugen hinter seiner neuen Mitarbeiterin aufräumen zu müssen, war absolut nicht nach Meusers Geschmack.

»Wenn er nicht unser Mann ist, kann er wegen Ihrer dummen Schießerei die ganze Dienststelle verklagen. Regeln Sie die Sache! Wenn's sein muss, kriechen Sie vor dem Mann durch die Zelle! Und zukünftig keine Alleingänge mehr, haben wir uns verstanden?« Meuser drückte Hanna die Untersuchungsakte in die Hand und ließ sie stehen. Er signalisierte seinen uniformierten Untergebenen, die neue Kollegin zur Vernehmung des Verdächtigen in die Zelle zu lassen. Die pulsierende Ader auf Hannas Stirn drohte ihre frisch genähte Platzwunde oberhalb der Braue zu sprengen. Sie atmete tief durch, rollte mit den Schultern, bis es knackte, und öffnete die Tür zum Vernehmungsraum.

»Sie haben auf mich geschossen!«, begrüßte Steinberg sie. Er wirkte gelassen.

»Hanna Broder, guten Tag. Hören Sie, es tut mir leid, dass ich ...«

»Sie dachten, ich hätte Sie zusammengeschlagen, oder?«

Hanna nickte, zog die Tür hinter sich zu, setzte sich auf die Pritsche neben dem Fensterloch der Zelle und stellte ein Diktiergerät neben sich auf, besprach es mit Datum, Uhrzeit und Namen des Vernommenen sowie ihrem eigenen. Dann sah sie auf. »Erzählen Sie mir bitte, was Sie in Ihrem Haus vorgefunden haben, Herr Steinberg.«

»Na Sie! Blutend am Boden und mit Ihrer Waffe in der Hand.«

»Könnten Sie die Gesamtsituation etwas präziser beschreiben?«, bat Hanna.

»Sie haben mir ins Bein geschossen! Sie lagen blutend im Flur. Was gibt es da groß zu beschreiben?«

»Fahren Sie einen auberginefarbenen Ford Mondeo Kombi, Herr Steinberg?«

»Opel Zafira. Schwarz.«

»Kennen Sie jemanden, der …«

»Nein!«

Hanna verfluchte sich, dass sie nicht auf das Kennzeichen des Wagens geachtet hatte.

»Kam Ihnen der Wagen vielleicht entgegen, als Sie zu Ihrem Haus fuhren?«

Steinberg schüttelte den Kopf.

»Haben Sie Feinde?«

Kopfschütteln. Auch die Fragen nach vermissten Gegenständen im Haus, anonymen Anrufen und merkwürdigen oder auffälligen Vorkommnissen verneinte Rainer Steinberg.

»Dass Sie meinen Onkel tot am Jaberg gefunden haben, ist natürlich … bedauerlich und merkwürdig«, gab er zu bedenken.

»Wann haben Sie William Styneberg zuletzt gesehen?«

»Willi war vorgestern bei mir.«

»Hatten Sie Streit?«, wollte Hanna wissen.

»Ach, jetzt habe ich nicht nur Sie umgehauen, sondern auch noch meinen Onkel getötet, ja?«

»Hören Sie«, begann Hanna, »Sie müssen zugeben, dass die Verbindung von zwei Gewalttaten in Ihrem unmittelbaren Umfeld innerhalb kürzester Zeit den Schluss nahelegt, dass Sie etwas damit zu tun haben könnten, oder? Also hören Sie auf, mir mit Ihrem Sarkasmus auf den Geist zu gehen, und beantworten Sie meine Fragen! Ich habe Kopfschmerzen und will hier raus, verdammt noch mal!« Hanna hatte ihre Lautstärke kontinuierlich gesteigert und die letzten beiden Sätze gerufen, um Steinbergs Gegenwehr zu brechen und ihn einzuschüchtern. Offensichtlich ohne eine Wirkung bei ihm zu erzielen, denn der Mann breitete grinsend die Arme aus.

»Na wunderbar. Ich möchte ebenfalls raus.«

Hanna dachte einen Moment lang nach. »Also gut, ich mache Ihnen einen Vorschlag …«

»Keine Anzeige, keine Klage, nichts?«, wollte Jürgen Meuser kurz darauf in seinem Büro von Hanna wissen. Sie legte einen von Rainer Steinberg unterschriebenen Zettel auf Meusers Schreibtisch, den dieser murmelnd durchlas. »›… verzichtet der Unterzeichnende auf jegliche Ansprüche ...‹ Klingt ja richtig wasserdicht. Haben Sie ein Formular für so was? Schießen Sie öfters Leute an?« Meuser genoss seinen Scherz einen Moment.

Hanna senkte den Blick, massierte ihre Stirn und fragte leise: »Also kommt er aus der Untersuchungshaft frei?«

»Auf keinen Fall!«, blaffte Meuser.

»Rainer Steinberg hat zur Tatzeit eine Reihe von Auftritten in niederländischen Diskotheken absolviert. Er spielt zusammen mit vier anderen Musikern in der Queen Reunion Band. Mit Bühnenpersonal gibt es insgesamt acht Personen, die seine Anwesenheit von Freitagmittag bis Montagmittag lückenlos bezeugen können.«

»Er hätte zwischendurch aus Holland zurückkommen und die Tat begehen können«, beharrte Meuser.

»Das ist vom zeitlichen Ablauf her ausgeschlossen«, antwortete Hanna. »Außerdem braucht er dafür ein eigenes Fahrzeug, aber zu den Konzerten in Holland reist die Band zusammen in einem Tour-Bus. Mit Fahrtenschreiber und allem Schnickschnack.«

»Hat Cocker das überprüft?«, wollte Meuser wissen. Hanna nickte und ärgerte sich im Stillen darüber, dass Meuser ihrem Urteil nicht zu trauen schien.

»Und der Angriff auf Sie? Das war dieser Musiker ebenfalls nicht?«

»Nein«, antwortete Hanna bestimmt. »Damit laufen mindestens einer, vielleicht sogar zwei Täter frei herum. Steinberg hat mir seine Hilfe angeboten. Er will den Tod seines Onkels geklärt wissen und kennt sich hier aus. Ich kann ihn wirklich gut gebrauchen.«

Mit Blick auf die Unterlassungserklärung winkte Meuser Hanna unwirsch aus seinem Büro. »Von mir aus. Aber er steht unter Ihrer Beobachtung. Ihre Verantwortung und Ihr Risiko, verstanden?«

Hanna nickte und wollte das Büro verlassen.

»Moment. Was unternehmen Sie als Nächstes?«, wollte Meuser wissen.

»Cocker ist nach Düsseldorf gefahren, um bei der Leichenschau dabei zu sein, und ich muss in die Stadt. Der Tote hat einen

Bruder, der in der Fußgängerzone einen Laden betreibt. Er ist Rainer Steinbergs Vater, und ich will ...«

»Ja natürlich«, Meuser richtete sich auf, »die Musikalienhandlung Steinberg. Dort habe ich schon als Knirps meine Blockflöte bekommen. Der Besitzer ist der Bruder des Toten? Ich dachte, das Opfer kommt aus Amerika.«

»Genau für solche Fragen kann ich den Mann aus der Zelle gut gebrauchen«, sagte Hanna und ging.

Sie holte Rainer Steinberg aus der Untersuchungshaft ab. Er begleitete sie zum Geschäft seines Vaters. Auf dem Weg zum Parkplatz ließ Hanna sich die Familienverhältnisse der Steinbergs erklären.

»Den Laden gibt es schon seit 1853. Mein Großvater war Klavierbaumeister und hat seine beiden Söhne durch die Lehre geprügelt. Meinen Vater als Kaufmann und Willi als Klavierbauer. Später hat mein Vater das Verkaufsgeschäft in der Mittelstraße geleitet. Willi sollte den Klavierbaubetrieb übernehmen. Aber irgendwas ist schiefgelaufen. Jedenfalls ist er '59 in die USA emigriert und hat dort Styneberg & Sons gegründet.«

Hanna fiel fast der Autoschlüssel aus der Hand. »Diese berühmten Styneberg-Klaviere?«

»Die Klaviere sind nicht so toll. Aber die Styneberg-Flügel sind eindeutig Spitzenklasse«, grinste er.

»Also diese Weltmarke? Das ist Ihr Onkel?«

Rainer Steinberg zuckte mit den Schultern. »Ja, Willi und seine beiden Söhne sind Styneberg & Sons. Das heißt, sie waren es ...«

»Ich werd verrückt. Das wirft ein völlig anderes Licht auf den Fall!«, sagte Hanna aufgeregt und schloss den klapprigen Astra auf.

»Wieso?«, wollte Steinberg wissen, als er neben Hanna im Wagen Platz genommen hatte.

Sie zählte an den Fingern ab: »Erpressung, Industriespionage, Schutzgeld, Konkurrenz zu anderen Unternehmen ... Wenn Ihr Onkel als Inhaber einer Weltmarke in der Unternehmer-Oberliga spielte, kommen völlig andere Szenarien in Betracht. Internationale Wirtschaftskriminalität zum Beispiel.«

»So habe ich das noch gar nicht gesehen.« Rainer Steinberg

dachte nach. »Sie meinen, deshalb wurde er in Deutschland ermordet?«

»Kennen Sie den Grund seiner Reise?«

»Soweit ich weiß, war Willi rein privat hier. Er wollte die Familie noch einmal besuchen. Er ist fast zwanzig Jahre lang nicht hier gewesen. Und schließlich war er fast siebzig. Da vorn müssen Sie links abbiegen.« Steinberg lotste Hanna über die Kirchhofstraße auf die Berliner Straße. »Willi wollte Frieden schließen, schätze ich. So ähnlich hat er sich jedenfalls ausgedrückt, als er mich besucht hat.«

»Mit wem?«

»Mit meinem Vater ... Aber nicht, dass Sie meinen alten Herrn zum Mordverdächtigen machen. Das hat er wirklich nicht verdient. Auch wenn Willi ihm früher übel mitgespielt hat.«

»Was ist mit Ihrer Mutter?«

»Sie ist schon lange tot. Das ist 'ne traurige Geschichte.«

»Bei den Befragungen funken Sie mir auf keinen Fall dazwischen, ist das klar?«

»Schon gut, warum sind Sie bloß immer so gereizt?«

»Mir ist schlecht.«

»Vielleicht sind Sie schwanger«, sagte Steinberg lächelnd. »Hier wieder links.«

»Das ist nicht witzig«, gab Hanna zurück, setzte den Blinker und hielt auf einer Abbiegespur. Sie sah quer über die Kreuzung hinweg ein Hotel, das sie ansprechend fand. »Wo wohnte Ihr Onkel, wissen Sie das?«

»Keine Ahnung, aber sicher nicht in einem Hildener Hotel mitten auf 'ner Kreuzung. Fünf Sterne müssen es für Willi mindestens sein.«

»Das macht die Sache einfacher«, sagte Hanna und fügte nachdenklich hinzu: »Ich muss mir unbedingt ein anderes Zimmer suchen.«

»Wo wohnen Sie denn?«

»In einer Billigbleibe im Industriegebiet.« Hanna seufzte.

»Haben Sie keine Wohnung?«, wollte Steinberg wissen.

»Noch nicht«, antwortete Hanna, »ich bin gerade erst angekommen.«

»Fahren Sie geradeaus in die kleine Straße. Wir sind gleich da.«

Hanna lenkte den Astra vorsichtig in eine mit Kopfstein gepflasterte Straße. Die Häuser wurden älter und kleiner. Sie sah restaurierte Fachwerkhäuser, eins mit einem Restaurant, daneben ein Hutgeschäft, die Auffahrt zu einer Kirche und einen Töpferladen auf der linken Seite, eine Steinbrücke und auf der rechten Seite ebenfalls prächtiges Fachwerk.

»Schön hier, ist das die Itter?«, fragte Hanna, und Steinberg nickte.

»Die Altstadt von Hilden oder was davon übrig ist. Winzig, aber ganz nett. Der Musikladen ist da vorn an der Ecke zur Fußgängerzone. Sie können auf den Hof fahren.«

Hanna folgte Steinbergs Beschreibung und parkte den Wagen. Als sie ausgestiegen war und die Fußgängerzone betreten hatte, kam ihr zum ersten Mal das Gefühl, einen Ort ihrer neuen Stadt wiederzuerkennen. Allerdings war ihr bei der ersten Durchquerung der Fußgängerzone das große Musikgeschäft nicht aufgefallen. Es zog sich um die Ecke der Mittelstraße bis in die Schwanenstraße. Das imposante Gebäude im Bauhaus-Stil war ein zweieinhalbstöckiges Eckhaus im Zentrum der Innenstadt. Die Schaufenster waren mit Klavieren und Flügeln dekoriert, davor standen Klavierbänke und Hocker. Ohne weiteren Schmuck und ohne Preisschilder wirkte die Auslage zeitlos, aber auch ein wenig düster.

Nicht besonders einladend, dachte Hanna, und der Begriff »Schwellenangst« fiel ihr ein, als sie vor der Glastür stehen blieb.

»Gehört das Haus Ihren Eltern ... ich meine, Ihrem Vater?«, fragte Hanna. Steinberg nickte.

»Mit Instrumenten kann man in der Region offensichtlich Geld verdienen«, sagte Hanna.

»Alles Klüngel.«

»Wie bitte?«

»Klüngel«, wiederholte Steinberg, dann lächelte er. »Ach so, Sie sind ja nicht von hier ... Beziehungen. Heute nennt man das auch Netzwerk. Mein Vater war schon immer gut darin, Beziehungen zu knüpfen.«

»Zum Musikkorps der Waldkaserne zum Beispiel?«, fragte Hanna. Steinberg zog anerkennend die Augenbrauen hoch. »Das wissen Sie?«

»Nein«, antwortete Hanna, »bisher kann ich nur raten. Aber ich hoffe, das ändert sich bald.«

»Nach Ihnen«, erwiderte Steinberg und hielt Hanna die große Glastür zur Musikalienhandlung Steinberg auf. Sie nahm seine höflichen Umgangsformen amüsiert und erfreut zur Kenntnis.

Dienstag, 14. November – 15:34 Uhr

Christoph M. Steinberg war völlig anders, als Hanna sich den Vater von Rainer Steinberg vorgestellt hatte. Der kleine, schlanke Mann im schwarzen Dreiteiler mit Nadelstreifen sah seinem verstorbenen Bruder William nicht einmal annähernd ähnlich. Sein dichtes weißes Haar war ordentlich gescheitelt und wurde von einem perfekt gestutzten Schnurrbart ergänzt.

Hanseatisch, fand Hanna und dachte an marineblaue Dinnerjacketts. Sie ließ sich von dem Inhaber durch das Musikgeschäft führen. An zentraler Stelle im Schaufenster stand ein großer Konzertflügel. Gegen die schräg einfallende Wintersonne waren Jalousien an den Schaufensterscheiben zu einem Drittel herabgelassen worden.

»Um den Lack nicht durch Sonneneinstrahlung zu schädigen«, hatte Steinberg senior mit einem feinen Lächeln zu Hanna gewandt gesagt, nachdem er sie mit einem angedeuteten Handkuss und seinen Sohn mit einem förmlichen Händedruck begrüßt hatte.

»Ist das ein Styneberg-Flügel?«, erkundigte sich Hanna interessiert.

»Spielen Sie?«, fragte Steinberg höflich. »Bitte, probieren Sie das Instrument doch einmal aus. Es handelt sich um ein japanisches Fabrikat der Marke Kawai.«

Fast tat es Hanna leid, ihren Dienstausweis zücken zu müssen, den sie, zusammen mit der Walther-P99-Dienstpistole, erst einen Tag zuvor von Jürgen Meuser ausgehändigt bekommen hatte.

»Herr Steinberg, ich bin von der Kriminalpolizei und habe leider schlechte Nachrichten ...«

Steinberg senkte den Kopf und sah zu Boden. Hanna kannte dieses Verhalten von Festnahmen und wurde sofort misstrauisch. Der alte Herr legte den Habitus von Tätern oder Mitwissern an den Tag. Sie gab ihm Zeit, vielleicht würde er sich äußern, doch sein Sohn funkte übereifrig dazwischen: »Paps, Onkel Willi ist ermordet worden.«

Steinberg senior hob den Blick und kniff die Augen zusammen. »Wie bitte?«

Hanna feuerte einen Blick zu Rainer Steinberg und atmete tief durch. »Ich muss Ihnen leider mitteilen, dass wir Ihren Bruder William Styneberg in einem Waldstück zwischen Hilden und Haan tot aufgefunden haben. Die momentane Lage der Dinge deutet auf ein Tötungsdelikt hin. Es tut mir leid.«

Wie immer, wenn Hanna eine Todesnachricht zu überbringen hatte, versuchte sie, sich so förmlich wie möglich auszudrücken. Die distanzierte Haltung machte ihr diesen unangenehmen Teil des Jobs etwas leichter. Besonders im Ambiente des Musikhauses mit seinem distinguierten Inhaber schien ihr dieses Verhalten angebracht. Umso überraschter war Hanna von der Reaktion des Seniors. Seine demütige Haltung, wie in Erwartung einer Bestrafung, wich von einer auf die andere Sekunde reiner Wut.

»So eine Schande!«, fluchte der Gentleman aufgebracht. »Was für ein gottverdammter Mist ist das denn?«

»Paps«, versuchte Rainer Steinberg seinen Vater zu beschwichtigen, »wir gehen nach hinten, komm.« Doch der Vater machte sich vom fürsorglichen Griff seines Sohnes frei und stürmte auf die Kommissarin zu.

»Wie ist das passiert? Was hat er wieder getan?«

»Über Einzelheiten kann ich Ihnen aus ermittlungstaktischen Gründen im Moment leider keine Auskunft geben. Aber ich müsste Ihnen einige Fragen stellen, wenn Sie erlauben«, sagte Hanna.

»Natürlich. Warten Sie einen Moment. Ich schließe den Laden. Rainer zeigt Ihnen den Weg.«

Steinberg junior führte sie in einen Raum, der einem exklusiven Wohnzimmer glich. Hanna nahm in einem schnaufenden Ledersessel Platz. Rainer Steinberg schob ihr ein paar Kekse über den Marmortisch zu und bot ihr Kaffee an.

»Mach das nie wieder«, zischte Hanna.

»Es tut mir leid. Ich war voreilig, ich weiß.« Rainer Steinberg wirkte zerknirscht.

»Ich will deinen Vater unter vier Augen sprechen.«

»Aber ...«

»Keine Widerrede«, unterbrach Hanna. »Du besorgst mir in der Zwischenzeit eine Liste mit Hotels in der Gegend, in denen dein Onkel abgestiegen sein könnte. Gibt es hier einen Internetanschluss?«

»Ja, aber ...«

»Ich will nur die Namen und Telefonnummern der Häuser auf einer Liste. Untersteh dich, da anzurufen. Das mache ich selbst, kapiert?«

»Seit wann duzen wir uns?«, wollte Steinberg amüsiert wissen.

»Ab jetzt. Weil wir in dieser Sache zusammenarbeiten«, antwortete Hanna, »und nun verschwinde!« Der Sohn folgte der Anweisung und wechselte mit dem Vater im Verkaufsraum ein paar leise Worte. Christoph M. Steinberg betrat das Zimmer, das für den Abschluss von Kaufverträgen eingerichtet worden sein musste. Er schaltete einen CD-Player an. Klaviermusik perlte über Lautsprecher auf Hanna herab.

»Hat mein Sohn Ihnen keinen Kaffee angeboten?«

»Doch, danke. Aber ich habe einen nervösen Magen. Würde es Ihnen etwas ausmachen, die Musik auszuschalten?«, bat Hanna. »Sonst kann ich mich nicht konzentrieren.«

»Natürlich.« Ohne zu zögern, stellte Steinberg das Klavierspiel ab und setzte sich gegenüber von Hanna auf das geknöpfte Ledersofa. Seiner Haltung nach saß er nicht oft auf dem riesigen Chesterfield, sondern eher in dem Sessel, in dem Hanna sich gerade genießerisch räkelte.

»Das ist ein Lounge Chair von Charles Eames«, sagte sie und strich bewundernd über eine Armlehne.

»Vom Ehepaar Ray und Charles Eames, um genau zu sein«, entgegnete Steinberg, der sich offensichtlich wieder gefangen hatte und nun fast angriffslustig wirkte.

»Gutes Design scheint Ihnen zu gefallen«, sagte Hanna. »Häuser wie Ihres existieren in Hilden sicher nicht viele, oder?«

Steinberg lächelte, schien plötzlich in Erinnerung versunken. »Nein, unser Vater liebte das Bauhaus. Er hat das Gebäude nach Plänen eines Berliner Architekten entwerfen lassen ...«

»Warum war Ihr Bruder in Deutschland?« Hanna platzierte ihre Frage zielgenau zwischen Steinbergs versonnene Betrachtungen.

»Ich, äh ... er wollte Geld von mir.«

»Warum? Hatte er finanzielle Probleme? Styneberg & Sons ist doch ein florierendes Unternehmen, oder?«

»Bis Ende der Neunziger war es das, ja«, entgegnete Steinberg. Aber William hat die Zeichen der Zeit zu spät erkannt.«

»Was meinen Sie damit?«, wollte Hanna wissen. Steinberg deutete in den Verkaufsraum, wo ein Flügel wie ein riesiges, glänzend schwarzes Insekt auf drei Beinen im Schaufenster stand. »Die Japaner kamen in den Siebzigern und Achtzigern. Wir selbst haben japanische Klavierbauer ausgebildet, wissen Sie. Die sind mit unserem Wissen dann in ihr eigenes Land zurückgekehrt. Dort haben sie die Instrumente kopiert, die hier entwickelt wurden, und so Unsummen an Entwicklungskosten gespart. Dann kamen die Koreaner in den Neunzigern. Jetzt sind es die Chinesen. Deutsche Klavierbauer können nicht mehr mithalten. Nicht mit Kampfpreisen aus Asien.«

»Also die chinesischen Autos sollen totaler Mist sein«, gab Hanna zu bedenken, und Steinberg lächelte. Es sah traurig aus.

»Aber wenn der deutsche Flügel so teuer ist wie ein Fertighaus, der asiatische nur den Gegenwert eines Kleinwagens kostet ... tja.« Er zuckte mit den Achseln. »William hat Probleme bekommen. Mit ein paar Flügeln für Prominente und einigen Konzerthäusern als Kunden konnte er auf Dauer keine schwarzen Zahlen schreiben. Der Markt für private Instrumente gehört mittlerweile fast völlig den Asiaten. Sie sind selbst dann noch billiger im Verkauf, wenn man die Instrumente aus Asien hierhin verschiffen lässt, das müssen Sie sich mal vorstellen.«

»Deshalb wollte Ihr Bruder sich bei Ihnen Geld leihen?«

Steinberg lachte auf. »Ich konnte es auch nicht glauben. Aber er kam hier reingeschneit, ohne sich anzumelden. Wedelte mit einem Schreiben, das ich ihm angeblich geschickt hatte. Eine E-Mail, in der ich ihm ankündige, ihn auszahlen zu wollen.«

»Auszahlen? Was bedeutet das?«, fragte Hanna.

Steinberg beugte sich vor und nahm einen Schluck von seinem Kaffee. Dann lehnte er sich wieder in dem Chesterfieldsofa zurück.

»Als Wilhelm damals verschwunden ist, hat er nichts mitgenommen. Wir wussten nicht, dass er sich absetzt. Eigentlich sollte er die Leitung der Fertigung unserer Instrumente übernehmen. Ich sollte für den Verkauf zuständig sein.«

»Was ist passiert?«

»Er ist ausgebrochen. War immer schon ein wilder Kerl. High Life! Jazz und Rock 'n' Roll. Das wollte er unbedingt in den Staaten erleben. Die Zeit war genau richtig dafür. Er ist in den Sechzigern abwechselnd mit Ray Charles und Liberace durch Las Vegas gezogen. Er hat in New York angefangen, Instrumente zu bauen. Von Thelonious Monk bis Keith Jarrett hat alles auf seinen Flügeln gespielt, was Rang und Namen hat. Er ist ... William *war* der Patenonkel von Mose Allisons Tochter Amy. Sie ist Countrysängerin ...« Eine Träne blitzte in den Augen des Seniors auf. Doch er hatte sich im Griff.

»Dann ist das mit den über hundert Jahren Tradition aber Quatsch, oder?«, fragte Hanna. »Das habe ich auf einem Styneberg-Flügel gelesen.«

»Absolut nicht! Wir haben vor über hundertfünfzig Jahren damit begonnen, Instrumente zu bauen«, antwortete Steinberg. Er klang entrüstet.

»Ihr Bruder konnte sich diesen deutschen Titel einfach so zu eigen machen?«

»William hat das Handwerk des Klavierbaus von unserem Vater gelernt und der von seinem Vater«, entgegnete Steinberg. Er sah Hanna traurig an.

»Und vor Kurzem haben Sie ihm einen Brief geschrieben, dass Sie Geld für ihn haben?«, fragte Hanna.

»Nein«, sagte Steinberg und sah Hanna in die Augen. »Das war ich nicht.«

In diesem Moment stürmte sein Sohn in den Raum und rief:

»Ich habe die Liste. Sechs Läden. Alles Top-Adressen. Mindestens fünf Sterne. Die müssen wir alle abklappern, oder?« Er wirkte aufgeregt. Wie ein Kind, das Detektiv spielen durfte.

»Suchen Sie das Hotel, in dem mein Bruder gewohnt hat?«, fragte Steinberg.

»Ja«, sagte Hanna, »kennen Sie es?«

»Sicher. Er wohnte im Steigenberger Parkhotel. In Düsseldorf. Ich habe ihm natürlich angeboten, bei mir zu übernachten. Aber er wollte ein paar Clubs in der Altstadt besuchen. Er ist ... er war süchtig nach Konzerten und Musik. William liebte Action.«

Rainer ließ seine Liste sinken. »Ach Mann!« Wieder wie ein Kind, diesmal enttäuscht.

»Ich danke Ihnen für Ihre Hilfe«, sagte Hanna, »und mein herzliches Beileid.«

»Danke«, antwortete Steinberg und nickte. Er geleitete Hanna durch den Verkaufsraum Richtung Ausgang. Hannas Kompliment »Sie haben ein sehr schönes Geschäft« quittierte er mit einem bescheidenen Lächeln.

Zwischen den Klavieren und Drehständern mit Noten prangte ein überdimensionales eiförmiges Loch im Boden aus Eichenparkett. Eine Treppe mit Eisengeländer führte nach unten. Das Kellergeschoss war dunkel und still. Hanna fand, es sah unheimlich aus. Wie ein schwarzes Loch. Außerdem irritierte sie die Art, wie die Treppe gebaut war. Das merkwürdige Loch passte nicht zur restlichen Architektur.

»Das ist aber kein Bauhaus-Stil, oder? Geht das Geschäft da unten noch weiter?«

Steinberg zwinkerte irritiert. Wieder stellte sich bei Hanna das Gefühl ein, dass er etwas verschwieg. So offen und ehrlich der alte Herr vorher auch gewesen sein mochte.

»Dort ist nachträglich eine Treppe gebaut worden. Da ist beim Hochwasser der Tank aufgeschwemmt und durch die Decke gebrochen«, sagte Rainer Steinberg.

»Was für Hochwasser? Vom Rhein?«, fragte Hanna.

»Quatsch«, lachte Rainer, »der Rhein ist viel zu weit weg, Ende der fünfziger Jahre ist die Itter über die Ufer getreten. Das war dramatisch damals.«

»Dieser kleine Bach?«

»Wenn Sie mich entschuldigen«, bat Steinberg senior, »ich muss jetzt wirklich mein Geschäft öffnen.«

Vor der Glastür wartete bereits eine ältere Dame. Hanna und Rainer verabschiedeten sich, verließen das Musikgeschäft und traten wieder auf die Einkaufsstraße. In der Strauss-Filiale gegenüber der Musikalienhandlung Steinberg fummelte gerade ein Schaufensterdekorateur ein Preisschild an das Fahrrad der mit Weihnachtsmützen und Christbaumschmuck dekorierten Auslage.

»Hundertneununddreißig Euro«, las Hanna erstaunt, »für ein Fahrrad.«

»Ist doch billig«, gab Rainer zu bedenken.

»Ja eben«, antwortete Hanna. »Das ist ein Schleuderpreis. Dieses Ding kommt garantiert auch aus Fernost. Dein Vater hat völlig recht.«

»Womit?«

»Erkläre ich dir im Wagen. Wir müssen nach Düsseldorf.« Hanna schob Rainer Richtung Hof. Für einen Moment kam es ihr so vor, als würde er sich an ihr reiben, ihre Berührung genießen. Sie zog die Hand weg und schloss die Beifahrerseite des Opels auf.

Rainer Steinberg lotste Hanna westlich, Richtung Düsseldorf, aus der Stadt. Sie erkannte das gelbe Lagerhaus eines Möbelriesen wieder, der überraschenderweise nicht aus Schweden kam, jedoch kaum kleiner wirkte und wie ihr Kollege Kürten hieß. Nachdem sie ein kurzes Waldstück namens Hasseler Forst durchfahren hatten, bog Hanna auf Steinbergs Wink rechts auf die Autobahn ab, um nach einem kurzen Stück A59 auf die A46 zu wechseln und in einen dichten Strom von Fahrzeugen einzuscheren, die sich dicht an dicht über drei Spuren Richtung Düsseldorf schoben.

»Verdammter Berufsverkehr«, murmelte Rainer und öffnete das Fenster einen Spalt. Kalte Luft strömte in den Wagen, und Hanna bekam eine Gänsehaut. Sie dachte an die Landstraßen der Gegend um Peine. Schnurgerade Alleen, nur unterbrochen von kleinen Dörfern, in denen die Besitzer von Gaststätten und Tante-Emma-Läden ihre Gäste und Kunden noch mit Handschlag und Vornamen begrüßten.

Der Astra schlich im Schritttempo durch einen Autobahntunnel. Rainer wies Hanna an, die zweite Ausfahrt nach dem Tunnel zu nehmen.

»Wann war dein Onkel zuletzt in Deutschland?«

»Oh, das ist lange her«, antwortete Rainer und fuhr im Plauderton fort: »Früher hat Willi uns jedes Jahr in der Adventszeit einen Besuch abgestattet. Als wir Kinder waren, hat er uns auf die Weihnachtsmärkte mitgenommen. Er hat mit der Kohle nur so um sich geworfen. Wir haben Zuckerwatte und gebrannte Mandeln gefressen, bis wir kotzen mussten!«

»Wir?«, fragte Hanna. Das verklärte Lächeln verschwand aus Rainers Gesicht. Plötzlich sah der Mann mit den im Fahrtwind wehenden Haaren verletzlich aus.

»Meine Schwester und ich. Sie ist '89 gestorben.«

»Das tut mir leid«, sagte Hanna und schämte sich für den routiniert mitfühlenden Klang ihrer Stimme. Doch gelernt war gelernt. Und Hanna hatte während ihrer Laufbahn bereits eine zweistellige Anzahl an Beileidsbekundungen aussprechen müssen. »Woran ist sie gestorben?«

Rainers Augen wurden zu Schlitzen. Mit einem Seitenblick erkannte Hanna das Glitzern von Tränen und beeilte sich, zu sagen: »Lass gut sein. Du musst nicht über diese Sache sprechen.«

Für eine Weile, in der sich der Verkehr quälend langsam in die Düsseldorfer Innenstadt schob, herrschte Stille im Wagen. Hannas knurrender Magen war eine Zeit lang das Einzige, was sie beschäftigte. Das Radio in dem sträflich schlecht behandelten Dienstwagen funktionierte ebenso wenig wie das Funkgerät. Daher zuckte Hanna aus ihren Gedanken gerissen zusammen, als Rainers Stimme die Stille zerbrach: »Ein Autounfall ... zusammen mit meiner Mutter. Sie sind damals beide gestorben.«

Hanna nickte und schwieg. Sie folgte Rainers gemurmelten Richtungsanweisungen durch die Düsseldorfer Innenstadt, bis er sagte: »Das Steigenberger ist eine der besten Adressen in Düsseldorf. Wird sicher nicht einfach sein, dort in Willis Zimmer zu kommen. Also, ich meine ...«, er sah Hanna an, »ohne die entsprechenden Papiere.«

»Das lassen Sie mal meine Sorge sein«, entgegnete Hanna im Brustton der Professionalität.

»Deine«, antwortete Rainer.

»Was?«

»Deine Sorge sein!«, sagte Rainer und betonte jede Silbe deutlich. »Wir duzen uns!« Er lächelte.

Wie ein Idiot, fand Hanna und beharrte: »Es ist aber meine Sache!«

»Siezt du dich denn? Ich meine, siezen Sie sich selbst?«

»Willst du mich verarschen?«

»Jetzt hast du's«, lächelte Rainer, »auch wenn ich dafür ein anderes Wort gewählt hätte, das nicht dem Fäkaljargon entspringt. Wie wäre es zum Beispiel mit dem schönen altmodischen Begriff ›foppen‹?«

»Was bist du bloß für ein merkwürdiger Typ?«, fragte Hanna, während eine Gänsehaut ihren Rücken herunterkroch. Rainer hüpfte aufgeregt und fröhlich auf seinem Beifahrersitz herum. Sie konnte ihn riechen. Sie konnte ihn sehr gut riechen, diese Mischung aus Aftershave und Schweiß. Sogar eine Note Zigarettenrauch fiel Hanna auf, obwohl sie ihn bisher noch nie hatte rauchen sehen.

»Da vorn links«, sagte er. »Ich zeige dir die Fifth Avenue von Nordrhein-Westfalen.«

»Aha.« Hanna folgte dem Verkehrsfluss und entspannte sich.

»Auf der Königsallee riecht sogar der Hundekot besser als sonst wo im Land.«

»Du klingst wie ein überzeugter Kapitalist«, sagte Hanna. Ihr wurde in diesem Moment bewusst, dass der Mann neben ihr Humor hatte. Ihren Humor. Dass er gut roch und höflich war. Während sie die Reichen und Schönen und die weniger Reichen und Schönen über die Königsallee flanieren sah, wurde Hanna Broder klar, dass sie drauf und dran war, Rainer Steinberg zu mögen.

Dienstag, 14. November – 17:34 Uhr

»Da vorn ist es«, sagte Rainer. »Das erste Haus am Platz. Königsallee eins a.«

Hanna fuhr vor dem Haupteingang des beeindruckenden Gebäudes vor. Sie ließ sich von einem livrierten Wagenmeister zeigen, wo sie den schäbigen Astra zwischen den Fahrzeugen der Oberklasse verstecken durfte. Hanna und Rainer betraten das von Marmor, Leder und polierten Edelhölzern beherrschte Foyer des Steigenberger Parkhotels. Unter den Blicken des perfekt gekleideten Personals kam sich Hanna seltsam fehl am Platz vor. Sie ging zum Empfang, zückte ihren Dienstausweis und fühlte sich als Vertreterin der Staatsmacht augenblicklich wieder wohler in ihrer Haut.

Unter dem Namen des Toten war niemand als Gast im Hotel eingetragen. Daher blieb Hanna nichts anderes übrig, als dem Hotelmanager eine Fotografie des Mordopfers unter die Nase zu halten und dabei zuzusehen, wie der Mann im dunkelgrauen Dreiteiler beim Anblick der Leiche blass wurde und schluckte.

Ich muss Steinberg … Ich muss Rainer unbedingt bitten, ein Foto des lebendigen William zu besorgen, dachte Hanna, während der Manager im Computer die Belegung des Hotels prüfte.

»Er müsste am Freitag aus den USA angekommen sein«, versuchte Rainer zu helfen. Der Manager gab ein paar Daten ein.

»Nein, also … Ich kann Ihnen leider nicht helfen, fürchte ich.«

»Darf ich?«, fragte Rainer und drehte den Monitor, ohne auf eine Antwort des Managers zu achten, zu sich. Kurz darauf lachte er auf. »Edward Ropemaker … Das ist er! Humor hatte der Alte, das muss man ihm lassen.«

»Äh, gebucht aus New York und eingecheckt am Freitag, dem 11. November, als Edward Ropemaker«, las der Manager vom Bildschirm ab und sah Hanna unbehaglich an.

»Wieso ist er das? Warum ist das komisch?« Hanna verstand die Pointe nicht.

»Ropemaker heißt Seiler auf Englisch«, grinste Rainer.

»Und?« Hanna zuckte mit den Achseln und kam sich begriffsstutzig vor, was ihr schlagartig die Laune verdarb.

»Eduard Seiler ist der Gründer einer der größten Pianofortefabriken Deutschlands. Willi hat den Namen anglisiert!«, antwortete Rainer fröhlich.

»Anglisiert«, sagte Hanna. Zu niemand Bestimmtem im Raum. Mit einer Stimme, die Glas schneiden könnte, wandte sie sich an den Manager: »Ich möchte mir das Zimmer dieses Herrn ansehen.« Trotz der höflichen Form handelte es sich nicht um eine Bitte, sondern um einen eindeutigen Befehl, was der Mann mit dem hüpfenden Adamsapfel verstanden zu haben schien.

Er versuchte dennoch einen Schritt in die falsche Richtung zu machen: »Ich glaube nicht, dass ich Ihnen in meinem Haus ohne Durchsuchungsbefehl Zutritt zu den Räumlichkeiten ...«

»Hören Sie mir ganz genau zu«, durchtrennte Hanna den Versuch seiner Gegenwehr. Gerade laut genug, damit alle im Foyer jedes Wort mitbekamen: »Es handelt sich hier um eine Mordermittlung, die Sie bereits behindert haben, als Sie mir den Namen Ihres Gasts aus New York nicht freiwillig nennen wollten.«

»Aber ich ...«, versuchte der Mann, dessen Gesichtsfarbe das Grau seines Anzugs zu imitieren begann. Doch Hanna schnitt ihn erbarmungslos in weitere Scheiben: »Wir können es auf zweierlei Art machen. Entweder Sie bestehen auf dem langen Dienstweg, und ich reise in wenigen Stunden mit großem Besteck wieder an ...«, sie beugte sich gespielt verschwörerisch über den Tresen, »... und mit ›groß‹ meine ich Fahrzeuge mit Blaulicht, Beamte, die hier lautstark herumtrampeln und die Gäste über den grausamen Mord aufklären, oder ...«

Hanna machte eine Kunstpause, in der der Manager unhörbar das »Oder« mit den Lippen formte.

»Sie schnappen sich den Schlüssel und begleiten mich auf das Zimmer, um es als potenziellen Tatort eines Mordes auszuschließen, haben Sie mich so weit verstanden?«

»Mein Gott, Mord? Hier?« Der Manager wand sich vor Entsetzen. Doch Hanna war noch nicht mit ihm fertig. »Auf dem Weg dahin werden Sie versuchen, mir zu erklären, wie sich ein Gast in Ihrem Haus unter falschem Namen eintragen konnte. Denn es ist äußerst unwahrscheinlich, dass dieser Mann im Besitz gefälschter Ausweispapiere auf den Namen Edward Ropemaker gewesen ist!«

»Äußerst unwahrscheinlich«, bestätigte Rainer Steinberg nickend, ganz der eifrige Assistent.

»Sie werden mir also erklären müssen, wieso ein ausländischer Gast ohne Vorlage gültiger Ausweispapiere unter falschem Namen hier einchecken kann … In Ihrem Haus!«

Der Manager duckte sich unter den Blicken einer Angestellten, die aus einem Hinterzimmer sah, und zwei Pagen, die betont teilnahmslos neben den Türen des Haupteingangs standen. Auch ein dandyhaft gekleideter Senior ließ in der Sitzecke vor der Marmortreppe seine Zeitung sinken und musterte den Aufstand am Empfang über die Ränder seiner Lesebrille hinweg.

Hanna war mit sich zufrieden, denn der graue Herr stürmte unverzüglich mit einer Plastikkarte in der Hand hinter dem Tresen hervor und gestikulierte unterwürfig, dass »die Herrschaften« ihm bitte zum Lift folgen mögen. Doch Hanna hielt Rainer zurück. »Du wartest hier.«

»Was? Wieso?«, protestierte Rainer. »Ich helfe dir!«

Hanna nahm Rainer zur Seite und redete leise, damit der Manager nichts davon mitbekam: »Wenn dein Onkel wirklich auf seinem Zimmer getötet wurde, kontaminierst du nur den Tatort. Bestell dir einen Kaffee und warte auf mich, okay?«

Murrend warf Rainer sich in einen der Sessel neben dem älteren Herrn und verschränkte die Arme. Hanna folgte dem Manager zum Lift und wartete, bis sich die Türen geschlossen hatten, bevor sie ihm eine Frage stellte, die sie ihm einfach stellen musste. »Haben Sie meinen Begleiter vorher schon einmal gesehen? Hier im Haus?«

»Ihren Kollegen? Nein, nicht dass ich wüsste«, antwortete der Manager und starrte mit dem typischen leeren Aufzugblick auf die Tür des Lifts.

»Ihres Wissens hat der Mann dieses Haus vor dem heutigen Tag also noch nie betreten?«, fragte Hanna nach.

»Nein, wirklich nicht. Ich vergesse nie ein Gesicht«, antwortete der Manager. Er klang, als wäre er den Tränen nah. Die Aufzugtür öffnete sich und entließ ihn und Hanna auf die dicken schallschluckenden Teppiche der obersten Etage.

»Mr. Ropemaker wohnt in einer unserer Superior-Suiten.«

Sie folgte ihm bis zu einer Tür, die er mit den Worten öffnen wollte: »Diese Suite hat einen wundervollen Blick auf die Stadt und …«

Doch Hanna legte einen Finger auf ihre Lippen und bedeutete dem erschrockenen Mann, ihr die Schlüsselkarte zu geben. Sie hatte bereits im Flur Gummihandschuhe angezogen und nahm nun ihre Waffe aus dem Holster. Dann öffnete sie mit der Karte das Schloss und stieß die Tür auf. Ohne den Raum zu betreten, sah sie sich im Zimmer um und sicherte. Es war leer, aufgeräumt und still. Hanna gab dem Manager wortlos zu verstehen, auf dem Flur zu warten. Mit der Waffe im Anschlag sah sie hinter die Tür. Dann eilte sie zum Bad, sicherte auch diesen Raum und öffnete die Türen zum Wandschrank.

»Ist jemand hier?«, flüsterte der Manager und spähte vom Flur in die Suite.

»Nein«, antwortete Hanna, warf noch einen Blick ins Badezimmer und kehrte in den Flur zurück, »und alle seine Sachen sind weg. Hatte der Gast ausgecheckt?«

»Nicht dass ich wüsste!« Der Manager beobachtete konsterniert, wie Hanna ihre Dienstwaffe wieder im Holster verstaute.

»Werden vermietete Zimmer täglich gereinigt? Auch wenn sie offensichtlich niemand benutzt?«

»Natürlich«, entgegnete der Manager in einem Ton, als hätte Hanna ihn persönlich beleidigt.

»Na, dann ist mit Spuren ja wohl auch Essig«, sagte Hanna. »Würde das Personal Ihnen auffällige Verschmutzungen oder Zerstörungen melden?«

»Auf jeden Fall«, antwortete der Mann und schien sich etwas zu entspannen. »Erst letzten Monat hatten wir eine Gruppe von Musikern auf der Etage. Also … die haben vielleicht die Zimmer verwüstet, ich kann Ihnen sagen …«

»Wenn ein Siebzigjähriger sich in seiner Suite wie 'ne Rockband benehmen würde, bekämen Sie das mit, oder?«, unterbrach Hanna seine Gedanken.

»Natürlich. Aber das ist hier nicht gegeben«, antwortete der Mann steif.

»Keine Anzeichen von Kampf, keine Beschädigungen«, resümierte Hanna. »Dann können wir meinen, äh ... Kollegen hinaufrufen. Soll er sich die Suite ansehen, bevor sie versiegelt wird. Können Sie unten anrufen?«

Der Manager zückte ein Funktelefon und wählte. »Ähm, Sie meinen, die Suite kann nicht benutzt werden?«

»Ich meine, die Spuren sollten vorher gesichert werden. Finden Sie nicht?«, fragte Hanna betont freundlich.

»Ach ja, natürlich«, bestätigte der Manager lahm. Dann gab er ein paar leise gemurmelte Anweisungen ins Telefon.

»Wie hieß die Band?«, wollte Hanna wissen.

»Wie bitte?«

»Der Name der Band, die ihr Zimmer verwüstet hat.«

»Oh, ach so. Das war ...« Er dachte angestrengt nach. »Irgendwas mit, äh ... mit Affen. Ich bin nicht sicher, kenne mich da nicht so gut aus. Die Herren waren aus England, glaube ich.«

»Die Trashmonkeys? Aber die sind aus Bremen«, dachte Hanna laut nach. »Vielleicht die Arctic Monkeys?«

Der Manager zuckte überfordert mit den Schultern.

»Schade, mein Sohn liebt solche Geschichten.« Ein paar Sekunden starrten beide schweigend in verschiedene Ecken des Flurs. Dann klingelte das Funktelefon des Managers. Hanna betrachtete die gediegene Einrichtung der Suite durch die offene Tür, bis sich der Manager an sie wandte: »Es tut mir leid, Frau Broder, aber Ihr Kollege scheint das Hotel bereits verlassen zu haben. Wir können ihn jedenfalls nicht finden!«

Ein ungutes Gefühl keimte in Hanna auf. Sie wies den Manager an, die Suite für Reinigungspersonal und alle anderen zu versiegeln. Sie verließ das Hotel über die Treppe, um mit dem Manager nicht noch mehr Zeit, besonders nicht im Aufzug, verbringen zu müssen, denn der Mann hatte durch den Stress zu schwitzen begonnen. Und Gerüchen, besonders Körpergerüchen gegenüber war Hanna empfindlich, was ihr den Job schon häufig schwer gemacht hatte. Sie sah sich im Foyer, der Bar und den beiden Restaurants nach Rainer um – keine Spur von ihm.

Der Wagenmeister verabschiedete sich mit zwei Fingern an seiner Dienstmütze von Hanna, als sie aus dem Haupteingang zum Auto stürmte, kochend vor Wut. Der Zettel am Scheibenwischer fiel ihr erst auf, als sie den Motor des Astra bereits gestartet hatte. Sie stieg wieder aus und las auf einem Flyer der Düsseldorfer Oper die handschriftliche Notiz: »Ich habe jemand getroffen. Wir sind in der Brauerei Zum Schlüssel. Komm unbedingt! Heinz erklärt dir, wie du gehen musst.«

»Wer zum Teufel ist Heinz?«, rief Hanna laut und zuckte zusammen, als sie den Wagenmeister neben sich bemerkte.

»Nit schimpfen, Mädchen. Isch bin dat! Komma mit.« Das Grau seiner Uniform war heller als das vom Anzug des Managers. Sie folgte Heinz, der sie am Hotel vorbei zur Straße führte.

Ob Grautöne in der Hierarchie des Steigenberger von unten nach oben immer dunkler werden?, fragte sich Hanna. Sie wurde von Heinz bei den Schultern genommen und sanft in eine Richtung gedreht, wo sich ihr Blick zwischen dem Parkhotel und einem Kaufhaus in einer Fußgängerzone verlor.

»Kumma. Der Jerry und dein Mann sin im Schlüssel. Dat is immer jradeaus, Bolkerstraße in die Altstadt rein. Hundert Meter rechts kommt erst Maredo un dann die Neanderkirche. Direkt gegenüber sitzen die Jungs in der Brauerei und zwitschern sich einen. Alles klar?«

»Danke …« Hanna suchte in ihrer Hosentasche nach Trinkgeld für Heinz. Doch der winkte ab und sagte: »Lass ma, Mädchen. Dat hat dein Freund schon erledigt. Prost!« Mit diesen Worten ging er zurück auf seinen Posten, das Wächerhäuschen neben dem Haupteingang. Hanna wollte gehen, doch dann fiel ihr noch etwas ein.

»Heinz!«, rief sie dem Wagenmeister hinterher. »Wie hieß die Band? Die letzten Monat hier zu Gast war und Randale gemacht hat?«

Heinz blieb stehen und drehte sich um. Er kratzte sich nachdenklich am Hinterkopf, wobei er seine Dienstmütze tief ins Gesicht schob.

»Irgendwas mit Affen«, versuchte Hanna zu helfen.

Sein Gesicht leuchtete auf. »Dat waren die Pink Pavians!« Er sprach den Bandnamen in perfektem Englisch aus. »Super Jungens! Wieso? Kennse die?«

»Nee«, rief Hanna zurück und lachte. »Aber mein Sohn kennt die sicher!«

Hanna marschierte zwischen Hotel und Kaufhaus Richtung Altstadt und erreichte die Bolkerstraße bereits wenige Minuten später. Genau wie Heinz beschrieben hatte, fand sie die Hausbrauerei Zum Schlüssel gegenüber der Kirche. Was ihr auf Anhieb gefiel, war der Schriftzug, der über dem ersten Stock des alten Hauses mit den drei Giebeln angebracht war: »Iss, was gar ist. Trink, was klar ist. Sprich, was wahr ist.«

Sie betrat den Schankraum und sah Rainer mit einem Mann am Tresen sitzen. Heinz hatte ihn »Jerry« genannt, ein gemütlich wirkender Mann mit Bauch und grauem Zopf, der gerade ein Glas mit dunklem Altbier auf Ex trank, sodass sich Hanna unwillkürlich die trockenen Lippen leckte.

»Hanna«, rief Rainer erfreut und breitete die Arme aus. Die Augen der Männer hatten den alkoholisierten Glanz, auf den Hanna als Streifenpolizistin in Verkehrskontrollen und bei Personenüberprüfungen zu achten gelernt hatte. Große Gesten und glasige Augen bedeuteten im Dienstalltag meistens Ärger und erforderten höchste Wachsamkeit. Doch in dem gemütlichen Schankraum mit dem altem Holz bekam Hanna auf Anhieb Lust, sich niederzulassen und ebenfalls ein paar Gläser zu leeren.

»Hanna Broder«, stellte Rainer vor, während Hanna und Jerry sich lächelnd zunickten, »das ist mein Kumpel Jerry … wie heißt du noch mal mit Nachnamen?«

»Peterson«, sagte der rundliche Zopfträger und klang unmissverständlich nach *good old England*.

»Wir haben vor ein paar Jahren zusammen auf einem Schiff vor Elba gespielt. Jerry ist Bassist.«

»Freut mich«, antwortete Hanna und versuchte, nicht beleidigt zu klingen, »aber nächstes Mal sagst du mir Bescheid, bevor du verschwindest, okay?«

Rainer runzelte die Stirn, und Jerry hob amüsiert die Augenbrauen, als würde er Zeuge eines Beziehungsstreits, der nicht für seine Ohren bestimmt war. Was Hanna insgeheim ärgerte, weil sie sich ertappt fühlte. Doch Rainer ließ sich nicht aus der Ruhe bringen.

»Jerry hat wichtige Informationen zu unserem, äh ... zu deinem Fall. Er hat vorgestern Abend in der Bar des Steigenberger mit einem Trio gespielt und meinen Onkel dort gesehen!« Rainer riss die Augen auf. »Er hat sich mit einem anderen Mann gestritten!« Er übergab Jerry gestikulierend das Wort, der sich über seine zum Zopf gebundenen Haare strich. »*He looked like Hook, I mean* ... er sah aus wie ein Pirat.«

»Warum?«, wollte Hanna wissen.

»Er hatte ein ... so ein schwarzes Ding über dem Auge.«

»Eine Augenklappe ... rechts oder links?«, fragte Hanna.

»Das weiß ich doch nicht.« Jerry wich zurück und winkte in Richtung Zapfhahn.

»Können Sie den Mann näher beschreiben?«

»Die beiden haben an der Theke gesessen und sich leise gestritten. Der andere Mann war etwa so alt wie sein Onkel«, Jerry deutete auf Rainer. Der nickte. Erst als auch Rainer ein Altbier bekam, begriff Hanna, dass sein Nicken dem Mann am Zapfhahn gegolten hatte.

»Auch eins?«, fragte der beleibte Mann hinter dem Tresen. Nicht danach, was Hanna überhaupt trinken wolle.

»Wasser«, befahl sie. Der Mann sagte etwas, das Hanna nicht verstehen konnte, weil Jerry und Rainer bereits in Gelächter ausbrachen, bevor der Mann hinter der Theke mit seiner Antwort fertig war.

»Was hat er gesagt?«, wollte Hanna wissen. Der Mann war schon wieder hinter seinem Zapfhahn verschwunden.

»Was sie in solchen Fällen immer sagen. Wenn du Wasser trinken willst, sollst du im Rhein schwimmen gehen«, kicherte Rainer und prostete Jerry zu. Hanna ärgerte sich, dass Rainer die Ermittlung offensichtlich für einen Vergnügungstrip hielt. Sie bereute es, ihn mitgenommen zu haben. Doch ohne Rainer hätte sie Jerry wahrscheinlich nicht als Zeugen für das Streitgespräch zwischen William Styneberg und dem Unbekannten gefunden.

»Wir brauchen Sie auf der Wache für die Zeugenaussage und eine Zeichnung dieses Mannes.«

»Ich muss gleich wieder spielen«, antwortete Jerry.

»Es reicht völlig aus, wenn Sie morgen erscheinen«, sagte Hanna, während der Ober ein Glas und eine Flasche Mineralwasser vor Hanna auf zwei Pappdeckel knallte.

»Aber morgen muss ich in Hamburg sein«, kam es trotzig von Jerry zurück, »Ich hab kein' Zeit für das!«

»Keine Zeit für eine Mordermittlung?«, schnitt Hanna das Gejammer des Zopfträgers ab und holte Luft, um ihn auf seine Pflichten aufmerksam zu machen. Da klingelte ihr Mobiltelefon.

»Ja?«

»Wo zum Teufel sind Sie?«, fragte Hannas Vorgesetzter.

»Was gibt es?«, gab Hanna zurück. Nicht unfreundlich, doch absolut nicht in der Stimmung, sich zu rechtfertigen.

»Wir haben eine zweite Leiche«, blaffte Meuser, »männlich, ungefähr in Stynebergs Alter. Ich brauche Sie vor Ort! Sofort!«

Hanna sah eine oder zwei Sekunden lang zu Boden. Dann fragte sie leise: »Trägt der Tote eine Augenklappe?«

Meusers Gegenfrage klang nicht unfreundlich, sondern verblüfft: »Woher wissen Sie das?«

Dienstag, 14. November – 21:32 Uhr

»Er kann sich nicht entscheiden, ob seine Opfer gefunden werden sollen oder nicht.« Hanna stand innerhalb des Absperrbands, eingerahmt von Scheinwerfern, die den verschneiten Tatort wie ein Freiluftstudio für ein morbides Fotoshooting ausleuchteten.

Cocker stand außerhalb des Flatterbands, das um einige Bäume und die Pfosten eines Weidezauns gewickelt worden war, während ein Schwarm von Schutzpolizisten und »Marsmännchen«, wie die Kriminaltechniker in weißen Einwegoveralls genannt wurden, ihrer Arbeit nachgingen.

»Der Tote und Styneberg kannten sich. Sie hatten vorgestern Abend in der Bar des Steigenberger Parkhotels eine Auseinandersetzung.«

Die Leiche, etwa in William Stynebergs Alter, war in Rückenlage im Schnee auf einer Weide nahe der Straße entdeckt worden.

Gefunden von der Pflegekraft eines Altenheims namens Haus Horst. Verletzungen waren auf den ersten Blick nicht zu erkennen.

»Auch hier ist Fundort wieder nicht Tatort«, erkannte Hanna. »Das Muster ist ähnlich wie bei Styneberg. Es gibt keinerlei Spuren eines Kampfes. Der Tote war bereits ausgekühlt, als er abgelegt wurde. Die Leiche ist nicht durch Einwirkung von Körperwärme in den Schnee eingesunken.«

Hanna hatte keine Ahnung, wo sie sich befanden. Sie war Meusers Beschreibung zum Tatort gefolgt und über Düsseldorf-Benrath in Richtung Hilden gefahren. An einem Klärwerk am Stadtrand war sie rechts abgebogen. Rainer, der von den Schutzpolizisten sowieso nicht zum Tatort vorgelassen worden wäre, saß im Wagen und wartete.

»Derselbe Täter«, sagte Cocker. Er schien die Angewohnheit zu haben, Vermutungen und Fragen wie Feststellungen klingen zu lassen. Hanna ging neben der Leiche in die Hocke.

»Ich denke schon. Er hat diesen Mann anscheinend ebenfalls komplett neu eingekleidet. Das einzig originale Stück dürfte die Augenklappe sein.«

»Er reinigt seine Opfer. Styneberg war sauber wie ein frisch gewaschener Babyhintern. Absolut keine Spuren, keine fremden Fasern, nichts!« Cocker zündete sich eine Zigarette an und machte dabei seine typischen steifen Schulterbewegungen. »Styneberg ist übrigens ertrunken. Er hatte Wasser in der Lunge.«

Hanna sah Cocker überrascht an. Dann erinnerte sie sich daran, dass Cocker sich um die Untersuchung der Leiche in der Düsseldorfer Gerichtsmedizin gekümmert hatte.

»Er legt die Opfer fern vom Tatort ab, jedenfalls nach den Ergebnissen der Untersuchung am Jaberg. Er macht sich die Mühe mit der Reinigung und den neuen Klamotten«, sagte Cocker und wartete offenbar darauf, dass Hanna seine Feststellung als Frage verstand. Doch sie blieb stur und dachte sich ihren Teil. Sie wusste, dass der Mörder eine Vielzahl von Entscheidungen getroffen hatte, die Aufschluss über seine Motive geben konnten. Wenn sie die Zeichen richtig deutete. Bisher vermutete Hanna, dass der Täter den Tathergang vertuschen und eine Art Statement abgeben wollte. So, als stünde es in seiner Macht, die beiden alten Männer aus ihrer Welt zu reißen und ihrer Identität zu berauben. Doch diese Theorie war noch zu vage, um sie laut zu formulieren.

»Ich bin an einem Altenheim vorbeigekommen. Er könnte dort gewohnt haben«,sagte Hanna, obwohl sie instinktiv wusste, dass es nicht so war.

»Das prüfen wir gerade«, antwortete Cocker. »Auf jeden Fall erscheint sein Bild morgen in der Zeitung.«

Hanna nickte. »Wir haben keine Zeit zu verlieren.«

»Ihnen ist klar, was das bedeutet«, stellte Cocker fest.

Diesmal gab Hanna der nicht gestellten Frage nach und antwortete müde: »Allerdings. Nun haben wir eine Serie ...«

Dienstag, 14. November – 23:45 Uhr

»Willi ist ertrunken«, sagte Rainer Steinberg wohl zum dreißigsten Mal und schüttelte wieder verständnislos den Kopf. Er und Hanna saßen zusammen in der Sitznische eines türkischen Imbisses, ein paar Häuser von der Inspektion Mitte entfernt. Hanna hatte eine türkische Pizza mit Salat gegessen und wurde von dem freundlichen Türken hinter der Theke unaufhörlich mit kleinen Gläsern glühend heißen Tees versorgt. Rainer hatte einen gigantischen Döner mit Pommes verdrückt und war bei seinem zweiten Bier, das er aus der Flasche trank.

»Ertrunken, mitten im Wald!«, sagte Rainer und drehte die Bierflasche nachdenklich hin und her. Hanna schrieb es ihrer Übermüdung zu, dass die Marotten, besonders die ihrer männlichen Mitmenschen, sie in gereizte Stimmung versetzten.

Er ertränkt seine Opfer, dachte Hanna. *Sind sie deshalb so sauber? Wo macht er das? Im Moment ist doch alles gefroren. Bis ...*

»Bis auf diesen Bach«, murmelte sie.

»Was?«

»Bäche und Flüsse!«, sagte Hanna und sah Rainer triumphierend an. »Ich dachte zuerst an Schwimmbäder oder Staubecken. Aber die sind entweder bevölkert oder zugefroren. Fließende Gewässer sind nicht gefroren. Wo fließt dieser Bach lang, der die Stadt durchquert? Die Itter?«

»Das ist kein Bach«, sagte Rainer. »Die Itter entspringt irgendwo in Solingen, warte mal … Gräfrath, soweit ich weiß. Dann fließt sie durch Haan nach Hilden und mündet irgendwo in Düsseldorf in den Rhein. Bei Benrath, meine ich.«

»*Das* ist seine Entscheidung!«, rief Hanna, während sich die neuen Informationen wie Puzzlestücke zu einem Bild zusammenfügten. Rainer sah sie ratlos an, während sie aufsprang und Geld auf die Gummitischdecke warf.

»Hey, ich hatte dich eingeladen«, quengelte er, war jedoch viel zu langsam für Hanna, die plötzlich auf Hochtouren lief und aus dem Imbiss stürmte.

Kurz darauf saßen sie in der Mitte an einem Dienstcomputer mit Zugang ins World Wide Web. Sie sahen die Welt aus der Vogelperspektive. Via Google Earth flog Hanna den Schleifen des Rheins hinterher, bis Rainer »Dort« sagte und auf den Weiher des Benrather Schlossparks als Bezugspunkt tippte.

»Aber wo ist die Itter?«, wollte Hanna wissen und vergrößerte den Rheinlauf, dessen Satellitenaufnahmen an einer Schnittkante zwischen Garath und Benrath von herbstlich schmutzigem Braun zu einem freundlicheren Grün wechselten.

»Ausgerechnet diese Stelle der Karte ist unscharf, verdammt. Ich kann die Mündung nicht finden«, beschwerte sich Hanna.

»Ich kenne mich in der Gegend aus, darf ich?«, fragte Rainer höflich und übernahm die Steuerung der Vogelperspektive per Maus. Da Hannas Kopf nah an seiner Schulter war, bemerkte sie erneut, dass ihr sein Geruch durchaus angenehm war. Eine würzige Mischung aus Aftershave und Wolle, mit einem Hauch von Schweiß. Plötzlich fiel es ihr schwer, sich auf den Bildschirm zu konzentrieren. Rainer verkleinerte die Ansicht, bis Hilden und Benrath zu sehen waren.

»Der Einäugige wurde an der Stadtgrenze zwischen Hilden und Benrath gefunden …« Er deutete auf die drei runden Becken des Klärwerks, das sie erst vor wenigen Stunden passiert hatten, und bewegte sich in nordöstlicher Richtung weiter. Hanna meinte, die Dächer des Altenwohnheims Haus Horst zu erkennen.

»Ungefähr dort muss der zweite Fundort sein«, sagte Rainer

und markierte die Stelle mit einer Pin-Nadel aus dem Programm, »und da verläuft die Itter!«

Die sommerliche Version der zusammengesetzten Kartenteile garnierte die Ufer des leicht geschwungenen Laufs mit Bäumen, die wie Brokkoliröschen aussahen.

»Bitte stromaufwärts«, sagte Hanna.

»Ich fliege!« Rainer grinste, gab der Kartenansicht per Maus einen Schubs, und tatsächlich zog die Landschaft wie bei einem Panoramaflug unter den Augen von Hanna und Rainer hinweg, die dem Verlauf der Flusslinie zu folgen versuchten.

»Verdammt, in Hilden verschwindet sie wieder«, sagte Hanna und versuchte den Punkt zu finden, an dem sie erst kurz zuvor auf dem Weg vom Bahnhof zur Mitte die Holzbrücke überquert hatte. Doch es war aussichtslos.

»Kein Chance, die haben den Flusslauf in Hilden an zu vielen Stellen zugepflastert«, sagte Rainer und starrte konzentriert auf den Bildschirm.

»Zeig mir bitte den Jaberg, den ersten Tatort«, sagte Hanna. Als Rainer ihrer Bitte folgte, erkannte sie ein Schwimmbad, die roten Flächen von etwas, das die Tennisanlage sein musste, deren Schilder Hanna vom Wagen aus gesehen hatte. Gegenüber, auf der anderen Seite der Straße, waren die Dächer und das Gelände der Waldkaserne zu erkennen.

»Ohne Schnee sieht das ganz anders aus«, murmelte sie und tippte plötzlich auf den Bildschirm – auf ein quadratisches helles Dach, mitten zwischen Baumkronen eines grünen Waldstücks – der Jabergturm. »Da ist der erste Fundort!«

Rainer markierte den Punkt und deutete auf eine geschwungene Linie aus Baumkronen, die die nordwestliche Seite des Waldstücks begrenzte. »Und da ist sie wieder, die Itter. Mensch, Hanna, du hast recht!«

Hanna schob den Bürostuhl zurück und stand auf.

»Nehmen wir an, er ertränkt seine Opfer in der Itter«, sagte sie und sah Rainer konzentriert an. »Danach macht er sich die Mühe, die Toten umzuziehen. Aber wie stellt er das praktisch an?«

»Vielleicht in einem Fahrzeug. Direkt vor Ort«, schlug Rainer vor, und Hanna nickte.

»Ein Kombi ... oder besser noch ein Lieferwagen. Er zieht seine Opfer im Wagen komplett aus und kleidet sie mit neuen Sachen ein. Kleidung, aus der er vorher die Etiketten entfernt hat. Obwohl es nicht besonders schwer ist, die Herkunft der Sachen herauszufinden. Genauso wenig, wie er die Leichen vernünftig versteckt, denn sie werden ziemlich bald nach der Tat gefunden. Warum hat er sich so und nicht anders entschieden?«, fragte sie und rieb sich müde die Augen.

Ihre Konzentration brach plötzlich ab wie ein morscher Ast. Sie hatte unglaublichen Durst und sah funkelnde kleine Punkte vor Augen.

Ich sehe zum ersten Mal im Leben Sterne, dachte sie und musste sich wieder auf den Bürostuhl setzen, als ihr schwindelig wurde.

»Ist alles okay mit dir?«

»Nein«, sagte Hanna und rieb sich erneut die Augen.

»Soll ich dich ins Hotel bringen?«, fragte Rainer. Doch die Vorstellung, quer durch die Stadt zu fahren, um in ihrem kleinen Plastikzimmer der Billigherberge übernachten zu müssen, kam ihr unerträglich vor.

»Lass mal. Ich glaube, ich bleibe einfach hier«, sagte sie.

»Komm doch mit zu mir. Ich habe ein Gästezimmer.«

»Ich habe kein Nachtzeug dabei«, wehrte sich Hanna schwach und kam sich wie ein kleines Mädchen vor.

»Zahnbürste und Pyjama bekommst du von mir. Frühstück inbegriffen. Hier hast du gar nichts.« Rainer lächelte. »Außerdem muss ich ja irgendwie nach Hause kommen. Und wenn ich was bei dir versuchen sollte, kannst du mich ja wieder anschießen, okay?«

Hanna lächelte, und ihr wurde warm. Als sie bemerkte, dass sie errötete, wurde ihr noch wärmer. Sie konnte fühlen, dass ihr Gesicht tiefrot nachdunkelte.

Er hat also tatsächlich daran gedacht, freute sie sich insgeheim. Und war heilfroh, dass Rainer ihre Verlegenheit für den Ausdruck von schlechtem Gewissen zu halten schien, während er ihr die Tür zum Flur aufhielt.

Mittwoch, 15. November – 02:55 Uhr

Er kommt nicht mehr, dachte Hanna und drehte sich in dem knarzenden Eisenbett zum hundertsten Mal um die eigene Achse. Während sie vom Gästezimmer im ersten Stock des Fachwerkhauses aus das leise Schnarchen von Rainer über den Flur hinweg hörte, kam sie sich wie ein Schulmädchen vor. Oder wie eine dumme Gans, fette Henne, blöde Kuh – egal, welches Tier –, wie jemand, der sich falsche Hoffnungen machte. Selbst die Initiative zu ergreifen, auf nackten Sohlen über den Dielenboden in Rainers Schlafzimmer zu schleichen und dort unter seine Decke zu schlüpfen – auf die Idee war Hanna erst gekommen, als sie die Hoffnung, erobert zu werden, unter dem lauten Sägen ihres Gastgebers begraben musste. Nun fehlte ihr der Mut, und sie verhalf sich selbst in dem frisch gewaschenen, nach Rainer riechenden Flanellpyjama und seiner Bettwäsche zu einem Orgasmus der unteren Kategorie ihrer persönlichen Broderskala. Denn über ihr Bedürfnis, endlich wieder einmal umarmt und abgeknutscht zu werden, über Hannas Bedürfnis nach Wärme und menschlicher Zuneigung konnten Zeige- und Mittelfinger allein nicht hinweghelfen.

Danach rotierte Hanna noch einige Runden im Bett herum. Aufgeputscht von der Überdosis türkischen Tees ließ sie ihre Gedanken kreisen. Um den geheimnisvollen Angreifer, der sie zuerst in dieses Haus eingeladen und dessen Gesicht sie leider nie gesehen hatte. Um die mögliche Verbindung zwischen dem Angreifer und den Morden an Styneberg und Hook, wie sie, dank Jerrys Vorlage, das Opfer mit der Augenklappe zu nennen begonnen hatte. Sie schrieb es ihrer Müdigkeit und der von Koffein aufgekratzten Vernarrtheit (*Oder ist es etwa schon Verliebtheit?*) zu, dass ihr immer wieder ein Name in Verbindung mit dem dazugehörenden Profil und der wallenden Künstlermähne durch den Kopf geisterte: Rainer Steinberg. Rainer Steinbergs Haus. Rainer Steinbergs Onkel. Der Mann, der mit Rainer Steinbergs Onkel gestritten hatte, Rainer, Rainer – endlich sank Hanna in einen tiefen, traumlosen Schlaf.

Dass Rainer Steinbergs Schnarchen verstummt war und dass sie im Schlaf durch den Spalt der geöffneten Zimmertür von ihrem Gastgeber beobachtet wurde, bekam Hanna nicht mehr mit.

Sie wacht auf, weil sie plötzlich keine Luft mehr bekommt. Reißt den Kopf hoch und atmet pfeifend ein, während das eiskalte Wasser über ihr Gesicht und die Haare zurück in den Strom rinnt. Angst hat sich wie ein schwerer Stein auf ihre Brust gelegt. Das Wasser ist dermaßen kalt, dass Hanna bereits steif wird und sich kaum noch aufrichten kann. Der nächste Atemzug schneidet wie ein stumpfes Messer schmerzhaft in ihre Kehle. Der Boden unter ihr ist steinig und ungleichmäßig, die Strömung zieht sie in Richtung ihrer nackten Füße, in Richtung eines dunklen Brückenbogens, der sich schwarz vor dem Nachthimmel abhebt. Hanna krallt sich zwischen den Steinen in den sandigen Boden, um nicht weiter abzutreiben. Die Bäume und Sträucher rechts und links der Itter sind dünne Gerippe, die sich in der eisigen Nachtluft wiegen.

Aufstehen! Du musst sofort aufstehen!, feuert sie sich an und rollt, kraftlos wie eine Hundertjährige zur Seite, um auf den linken Arm gestützt in Hocke gehen zu können.

Erst jetzt bemerkt sie, dass sie komplett nackt ist. Eine Tatsache, die ihr unangenehm ist.

Als wenn ich keine anderen Probleme hätte! Los, hoch!

Doch Hannas durchfrorene Muskeln und Gelenke wollen ihr nicht mehr gehorchen. Von der gemauerten Einfriedung der Uferböschung ragen Äste in den Strom, und Hanna greift danach. Mit beiden Händen zieht sie sich an etwas hoch, das eine Wurzel sein könnte, so genau ist es in der Dunkelheit nicht zu erkennen. Ihre Kräfte schwinden schnell, und die gemauerte Böschung ist zu hoch, um mit ihrem vom Eiswasser geschwächten Körper daran hochklettern zu können. Die Füße spürt Hanna nicht mehr, und ihr restlicher Körper scheint zu glühen. Irgendwann hat sie gelernt, dass extreme Hitze und Kälte sich für die Nerven gleich anfühlen, und es stimmt: So wie sie zitternd in dem etwa vierzig Zentimeter tiefen Wasser steht, fühlt es sich an, als stünde sie direkt im Kern des Höllenfeuers.

So macht er es also, denkt sie und erkennt die Brücke wieder. *Er wirft seine Opfer nackt in den Strom und kleidet sie nach ihrem Tod neu ein, aber wieso gibt es dann keine Verletzungen bei den Toten? Keine Abschürfungen, nicht mal abgebrochene Fingernägel? Mir tut jeder Knochen weh. Die Opfer versuchen doch alles, um aus dem Flussbett herauszukommen.*

Hanna sieht an sich herunter und erkennt, dass ihr fast weißer Körper im Mondlicht makellos zu sein scheint. Kein Kratzer, keine Wunde, nichts!

Das kann nicht sein, denkt sie und erkennt im Lichtkegel eines vorbeifahrenden Wagens, wo sie sich genau befindet. Im Flussbett der Itter, unmittelbar vor der Holzbrücke in Hilden. Jener Brücke, die Hanna auf dem Weg vom Bahnhof aus zu Fuß überquert hat. Ihr Orientierungssinn dämpft die panische Unwissenheit ein wenig. Neben der Brücke befindet sich die Stadthalle, nicht weit entfernt die Fußgängerzone.

»Hilfe!«, ruft sie dem Auto hinterher und erinnert sich daran, wie man die Hilfsbereitschaft Unbeteiligter steigern kann: indem man nicht um Hilfe, sondern »Feuer« ruft. Also beginnt Hanna »Feuer! Es brennt!« zu brüllen. Das stimmt sogar – wenn auch nur im übertragenen Sinn, denn die Kälte breitet sich wie ein Steppenbrand mit Hochgeschwindigkeit von den Fußgelenken her nach oben aus. Hilden scheint zu dieser Zeit eine Geisterstadt zu sein. In den Häusern gehen keine Lichter an, niemand eilt auf die Brücke oder ans Ufer, um ihr zu helfen. Hanna ist sich vollkommen darüber im Klaren, dass Mutlosigkeit und Zögern das Todesurteil für sie bedeuten. Dennoch nimmt sie sich die Zeit, schluchzend mit dem Handrücken über die gefühllose Nase zu reiben. Dann passiert etwas völlig Absurdes: Ein Mensch erscheint auf der Brücke. Zuerst hört sie die Schritte auf den Bohlen der Holzbrücke, dann sieht sie seine Silhouette. Es ist ein großer Mann, der Winterstiefel, Jeans und eine Jacke trägt und sich wortlos auf die Knie fallen lässt, um Hanna die Hand zu reichen.

Hanna weint und lacht zugleich, während sie durch das steinige Flussbett auf ihren Retter zustrauchelt. Es sind nur wenige Schritte, höchstens zehn, doch bereits beim zweiten Schritt ihrer nackten, gefühllosen Füße knickt sie um und stürzt schwerfällig wieder ins Wasser zurück.

»Helfen Sie mir!«, murmelt Hanna kraftlos, kaum noch in der Lage, ihren Kiefer zu bewegen.

Warum kommt er mir nicht entgegen?

Während Hanna sich wundert und in Zeitlupe wieder aufrappelt, rührt der Mann sich nicht und spricht kein Wort. Hanna erkennt, dass der Retter ihren ausgestreckten Arm von der Brücke aus niemals erreichen wird. Zwischen seiner ausgestreckten Hand und ihrer in die Luft gereckten Kralle der Verzweiflung liegen mindesten zwei Meter!

Warum kommt er nicht von dieser Scheißbrücke runter, verdammt?

»Weil er dir nicht helfen will, Schätzchen! Kapierst du das denn nicht?«, hört sie eine höhnische Stimme – in ihrem Kopf. Sie erkennt Franko, den sadistischen Geliebten, den sie die Treppe hinuntergeworfen hatte. Es ist nicht der Mann auf der Brücke, der gesprochen hat, dessen ist sich Hanna ganz sicher. In diesem Moment fürchtet sie, den Verstand zu verlieren.

»Hat die Eisbrühe dir das Hirn verödet? Oder was?«, fragt Franko und lacht. Es ist sein gemeines Lachen, das Hanna zuerst für den Teil eines erotischen Spiels gehalten hatte, bevor sie Frankos bunten Strauß schlechter Eigenschaften kennenlernen durfte. Und das, was der kniende Mann auf der Brücke nun tut, gibt ihr endgültig den Rest. Wie in Zeitlupe richtet er sich auf. Als hätte er alle Zeit der Welt, öffnet er seinen Gürtel. Hanna taumelt noch zwei Schritte in Richtung der Brücke und ist nun nah genug, um zu erkennen, dass die Schnalle seines Gürtels ein riesiges rechteckiges Metallding ist. Sie muss zu ihm aufsehen und befürchtet plötzlich, dass der Mann als Nächstes seine Hose öffnen – *Es werden die Knöpfe einer Levi's 501 sein, wie bei Franko, ICH WEISS ES!* – und dass er direkt über ihr mit offener Hose von der Brücke pinkeln wird! Doch während Hanna einen gestöhnten Laut aus Unglauben und Angst von sich gibt, zieht der Mann seinen Gürtel in einer fließenden Bewegung aus der Hose, geht wieder in die Hocke und ruft mit einer seltsam hallenden Stimme: »Halte dich fest, Hanna! Halt dich daran fest …« Er lässt den Gürtel mit der Schnalle zuerst zu Hanna hinunter. Einen Schritt muss sie noch machen, dann kann sie die

Schnalle erreichen. Das glänzende Metall glitzert im Licht eines weiteren vorüberfahrenden Wagens, und Hanna erkennt eine Reihe von Tasten, schwarze und weiße, auf der Schnalle – *Klaviertasten*, denkt sie und reckt die erfrorenen Arme senkrecht in die Höhe.

Diesmal wird es reichen. Es MUSS einfach reichen! Sonst bin ich verloren … Hannas Fuß rutscht von einem Stein ab, und sie verliert erneut das Gleichgewicht. Der Mann schreit, während sie fällt. Doch dieses Mal, wird Hanna klar, kann sie nicht wieder aufstehen. Dieses Mal wird sie fallen und untergehen. Sie wird in hüfthohem Wasser ertrinken. Ihr letzter Blick nach oben gilt dem Mann. Endlich sieht sie sein Gesicht. Es ist Rainer Steinberg, der mit weit aufgerissenem Mund schreit, ohne dass Hanna etwas hören kann. Er versucht zwischen den Sprossen des Brückengeländers hindurchzugreifen. Sein linkes Auge fehlt und ist nur eine dunkle schwarze Höhle. Dann trübt eisiges Wasser ihren Blick, und sie schlägt mit der Schläfe hart auf die Kante eines größeren Findlings und sinkt unter Wasser.

Endlich Ruhe, denkt Hanna und öffnet den Mund. *Endlich ist es vorbei.*

Mittwoch, 15. November – 03:37 Uhr

Ungefähr zu Beginn von Hannas zweiter REM-Phase zog Rainer Steinberg den Reißverschluss seiner Lederjacke bis zum Kinn und schloss die Haustür leise. Die wenigen Schritte über die verschneite und dennoch spiegelglatte Fläche waren ein Kraftakt mit dem großen Rollenkoffer, den er hinter sich herzog. Doch er schaffte die Strecke bis zum Zaun aus Bahnschwellen, ohne sich den Hals zu brechen oder den Inhalt des Koffers im Vorgarten zu verteilen. Er trat auf den Weg vor seinem Haus und sah den Ford Mondeo Turnier, der mit laufendem Motor und abgeschalteten Scheinwerfern unter einer Birke gegenüber dem Fachwerkhaus stand. Der Bewegungsmelder schaltete ein kleines gelbes Licht über dem Toreingang ein und erhellte den Platz vor dem Fachwerkhaus. Viel zu hell für seinen Geschmack. Durch die Farbverfremdung der Lampe wirkte die Farbe des Kombi wie ein dunkles Braun.

Rainer wuchtete den Koffer auf die Ladefläche.

»Du sollst den verdammten Motor ausmachen! Wie oft soll ich dir das noch sagen?«, schimpfte er in den Wagen hinein.

»Wieso?«, ertönte eine Stimme von vorn. »Ich frier mir hier den Hintern ab, du Spinner. Der Alte ist doch weg. Und sonst kann uns hier weit und breit kein Schwein hören ... Außer dir, oder?« Der Fahrer lachte dreckig, während Rainer zur Beifahrerseite eilte und einstieg. Der Ford fuhr los und schaltete die Scheinwerfer erst ein, als das Haus außer Sicht und der Wagen auf dem befestigten Weg durch den Wald Richtung Ittertal war.

Mittwoch, 15. November – 07:00 Uhr

»Ebony und ivory live together in perfect harmony, side by side on my keyboard, piano, why don't we ...«, schepperten Stevie Wonder und Paul McCartney zweistimmig von irgendwoher.

Als Hanna erwachte, konnte sie sich zunächst nicht rühren. Im Zimmer und draußen war es dunkel. Erst als sie ihren steifen Hals drehen konnte, stellte sie fest, dass sie auf dem Holzdielenboden vor einem Bett lag, unter dem sich immerhin weniger der unappetitlichen Geisterscheiße befand als in ihrem Hotelzimmer. Mit schmerzenden Knochen strampelte sie sich aus der viel zu dünnen Decke frei, die sie bei ihrem Sturz aus dem Bett mitgerissen hatte, stand auf und wickelte sich fröstelnd darin ein. Sie humpelte aus dem Zimmer und spürte ihren schmerzenden Fußknöchel, außerdem hatte sie eine Beule und tiefschwarze Augenränder, wie sie im Flur bei einem Blick in den Spiegel im Vorbeigehen bemerkte.

»Rainer? Bist du wach?«

Die Beleuchtung im Flur war eingeschaltet. Paul McCartney setzte nach dem Instrumentalteil, der für Hanna nach den guten alten Achtzigern klang, im Zimmer gegenüber wieder ein: *»We all know that people are the same wherever we go. There is good and bad in everyone ...«*

Hanna hämmerte auf die größte Taste an Rainers Stereoanlage und beendete den Weckruf, der aus überdimensionalen schwarzen Boxen klang. Das zerwühlte Bett am Fenster war leer. Und kalt. Während Hanna barfuß die rissigen Holzstiegen nach unten in den kleinen Wohnraum kletterte, sorgfältig darauf bedacht, sich nicht an einem Querbalken den Kopf zu stoßen, fiel ihr auf, dass es nicht nach Kaffee, Rasierwasser oder sonst irgendetwas roch. Nichts deutete darauf hin, dass Rainer sich überhaupt noch im Haus befand.

In der Küche lag ein halber verpackter Honigkuchen aus dem Supermarkt neben einer bereits mit Pulver und Wasser befüllten Kaffeemaschine. Der Zettel auf dem Kuchen zauberte ein Lächeln auf Hannas verschlafenes Gesicht.

»Have a nice day! See ya – R.«, stand unter einem gemalten Smiley. Hanna schaltete die Maschine ein und betrat fröstelnd den Flur, in dem sie vor nicht allzu langer Zeit noch bewusstlos gelegen hatte. Im Wohnzimmer inspizierte sie mit schlechtem Gewissen die Stelle im Holz, wo ihre zweite Kugel eingedrungen war.

Ist das wirklich erst gestern passiert? Sie schüttelte den Kopf, dann zuckte sie plötzlich zusammen, als über ihr jemand einen schnellen Blues auf dem Klavier zu spielen begann.

Zurück in Rainers Zimmer lauschte Hanna für einen Moment dem Groove der Musik, die ihr immer besser gefiel. Die oberste Hülle auf dem CD-Stapel im Regal zeigte einen Mann mit Sonnenbrille auf einer Bühne am Flügel sitzend spielen, der konzentriert zur Seite sah. Es war Keith Jarretts Carnegie Hall Concert, las Hanna auf dem Cover und erinnerte sich an eine Schallplatte in einer Umzugskiste, das Köln Concert von Jarrett. Zu dieser Musik hatte Hanna mit von parfümiertem Kirschtee gebeizter Zunge ihren ersten Jungen geküsst. Der CD-Spieler zeigte die Nummer neun an. Hanna wollte den Titel des Blues wissen und klappte die Hülle der Doppel-CD auf. Dort stand in Handschrift mit Edding gekritzelt: *»To Will – craftsman, artist and friend. Your keys are simply the best! Truly, Keith«*.Beeindruckt betrachtete Hanna das Cover und dachte: *Dann dürfte Mister Jarrett dort in der Carnegie Hall wohl an einem Styneberg-Flügel hocken. Wow.*

Der *True Blues* verklang. Nach einer kurzen andachtsvollen Pause setzte rauschender Beifall ein, und Hanna schaltete die Anlage ab.

Mittwoch, 15. November – 08:33 Uhr

Cocker stand bei seiner zweiten Lagebesprechung in der Mitte neben Dienstellenleiter Meuser. Hanna kannte die meisten der Kollegen mittlerweile zwar vom Sehen, aber die Namen waren für sie immer noch ein einziges Durcheinander. Nach ein paar einleitenden Worten kam Cocker direkt auf die Untersuchungsergebnisse im Fall Styneberg zu sprechen. Demnach waren weder am Tatort Jaberg noch am zweiten Tatort in der Nähe von Haus Horst verwertbare Spuren gefunden worden.

»Beide Opfer wiesen Flüssigkeit in der Lunge auf, was für die These ›Tod durch Ertrinken‹ spricht. Beide Opfer wurden neu eingekleidet. Die Fleißarbeit, herauszufinden, wo der Täter die Kleidung kaufte, hat bisher noch zu keinem Ergebnis geführt, aber die Kollegen bleiben dran.«

Murren von zwei Beamten in der Gruppe auf den Stühlen. Hanna kannte diese Art von Arbeit zur Genüge. Sie wusste, wie langweilig, frustrierend und mühsam die Feldarbeit, wie sie das Abklappern von Geschäften oder Haustüren nannte, sein konnte.

»Kommen wir zur einzigen interessanten Spur, die bisher gesichert werden konnte«, fuhr Cocker fort und sah in seine Akte. »Die Leiche William Stynebergs wurde zwar einer peniblen Säuberung durch den Täter unterzogen, dennoch konnten minimale Reste einer teerartigen Substanz unter einem Fingernagel des Toten sichergestellt werden. Genaue Art und Herkunft der Substanz sind bislang noch nicht geklärt. Aber die Kollegen aus der Kriminaltechnik arbeiten daran.«

Cocker ließ die Akte sinken und sah nicht besonders zufrieden aus. Dann legte er die Akte auf den Stuhl vor sich und erteilte Polizeiobermeister Werner Kürten das Wort. Der hielt eine Tageszeitung in die Höhe, auf der ein Bild des zweiten Mordopfers zu erkennen war.

»Der Aufruf in der heutigen Ausgabe der Rheinischen Post war ein voller Erfolg. Über zwanzig Anrufe seit sieben Uhr dreißig. Der Tote ist eindeutig identifiziert als Walther Meister, geboren 1937.«

Ein erfreutes Raunen ging durch den Raum. Auch Hanna war froh, dass die Feststellung der Identität so schnell und ohne weitere Feldarbeit geklärt werden konnte. Doch der Kollege der Schutzpolizei schien nicht besonders glücklich über den Erfolg. »Leider ist in diesem Zusammenhang mit weiteren Erkenntnissen aus dem Umfeld des Opfers kaum zu rechnen, denn letzte Nacht brannte dessen Haus in der Hagdornstraße völlig aus. Die Kollegen von der Feuerwehr halten es für Brandstiftung. Die Untersuchungen laufen noch. Wir werden informiert, sobald sich neue Erkenntnisse ergeben.«

»Rache. Das ist sein Motiv«, murmelte Hanna gedankenverloren.

»Sie haben etwas zu sagen, Frau Broder«, wendete sich Cocker von vorn an Hanna, die irritiert aufsah. Schon wieder diese blöde Art, Fragen in Feststellungen zu verkleiden. Sie wurde an ihre Schulzeit erinnert, fühlte sich ertappt. Und verwandelte das Schuldgefühl in Wut, so schnell sie konnte. Dennoch antwortete sie ruhig:

»Ich denke, der Täter tötet seine Opfer und nimmt ihnen die Identität, soweit es ihm möglich ist. Das spricht für Rache als Motiv.«

»Ah, wir haben eine Kollegin mit hellseherischen Fähigkeiten in unserem Kreis«, verkündete Meuser mit gespieltem Entzücken. »Lassen Sie uns doch bitte an Ihren Geistesblitzen teilhaben!«

Hat Meuser ein Problem mit seinem Status innerhalb der Dienststelle oder mit dieser Ermittlung? Egal! Ich bin nicht sein Prügelknabe, dachte Hanna.

»Nein«, sagte sie leise und gelassen. Die versammelte Mannschaft hielt gespannt den Atem an.

»Wie bitte?«, kam es scharf von Meuser zurück. Hätte er sich weiter der Tagesordnung gewidmet – hätte er es nicht darauf angelegt, seine Unzufriedenheit oder was es auch immer war, an der neuen Kollegin auszulassen, wäre der Tag fröhlicher für ihn verlaufen. Aber Meuser wollte es nicht anders, fand Hanna. Sie konnte sehen, dass Cocker, der unmittelbar neben Meuser stand, sich ein Grinsen kaum verkneifen konnte.

»Herr Meuser ...«, hier legte Hanna eine lange Kunstpause ein, in der sich Meusers Hals ihr immer weiter entgegenreckte, »... ich denke nicht daran, Ihnen den Unterschied zwischen einem Geistesblitz, Hellseherei und Profiling zu erklären«, fuhr sie fort. So leise, dass Meuser und Cocker sich vorbeugen und konzentriert zuhören mussten, um Hannas Antwort überhaupt verstehen zu können.

Ab und zu machte es Hanna froh, mit einem Kommunikationstrainer verheiratet gewesen zu sein. Denn ab und zu verfehlen selbst einfachste Tricks ihre Wirkung nicht. Das Senken der Lautstärke war ein ebenso simpler wie genialer Trick.

»Was fällt Ihnen ein?«, brüllte Meuser und erging sich in einem Sturm wütender und speichelsprühender Entrüstungen ohne Substanz, die Cocker nur unter Anwendung handgreiflicher Maßnahmen abwürgen konnte, indem er den lamentierenden Meuser einfach aus dem Raum schob. Dann löste Cocker die Versammlung eilig auf und bugsierte Hanna vor sich her aus dem Besprechungsraum. »Sie haben ganz offensichtlich ein Talent, sich Feinde zu machen.«

»Fangen Sie nicht wieder an, mich mit getarnten Fragen im Feststellungskleidchen zu nerven«, sagte Hanna. »Gibt es hier in der Nähe einen Plattenladen?«

»Keine Ahnung, ich komme aus Düsseldorf«, antwortete Cocker. »Aber eins weiß ich: Vinyl ist seit den Neunzigern out. Die richtige Frage müsste lauten, ob es in Hilden ein CD-Geschäft gibt.«

»Klugscheißer!«, lachte Hanna, während sie mit Cocker durch den Flur Richtung Haupteingang ging.

»Wo wollen Sie hin?«, fragte Cocker.

»Ich werde mir Walther Meisters ausgebrannte Wohnung ansehen. Vielleicht ist dort etwas zu finden.«

»Ich komme mit«, entschied Cocker. »Moment, muss nur meine Jacke holen!«

Hanna wartete auf dem Flur. Sie fand Cocker sympathisch und bedauerte insgeheim, dass er aus dem Düsseldorfer Präsidium kam und nicht aus der Mitte. Als Kürten ihren Weg kreuzte, hielt sie ihn an der Schulter fest.

»Herr Kürten, ich brauche bitte die genaue Adresse von Walther Meister.«

»Hagdornstraße 36«, antwortete Kürten und lächelte. »Das war ein Spitzenreturn, da eben.«

»Danke«, sagte Hanna.

»Wenn Sie was brauchen, wenden Sie sich an mich. Und bitte: Sagen Sie Werner.«

»Gern. Wenn Sie mich Hanna nennen.«

»Abgemacht«, sagte Kürten lächelnd. Da fiel Hanna tatsächlich etwas ein, wobei Werner helfen konnte.

»Sag mal, gibt es in Hilden einen, äh ... Kann man hier irgendwo CDs kaufen?«

Kürten dachte kurz nach, dann schüttelte er den Kopf.

»Hertie hat eine winzige Abteilung. Der einzig vernünftige Laden in Hilden wird leider gerade renoviert. Was suchst du denn?«

»Keith Jarrett. Das Köln Concert«, antwortete Hanna. Sie fand, dass sie fast entschuldigend klang.

»Oh, das ... Brenn ich dir«, antwortete Kürten.

»Ist doch illegal«, sagte Hanna. Vorsichtig, um ihm nicht zu nahe zu treten.

»Nee«, antwortete Kürten. »Ich hab 1976 die Platten und irgendwann in den Neunzigern die CD gekauft. Wenn einer das Konzert brennen darf, dann ich!«

FEUER

Mittwoch, 15. November – 09:19 Uhr

»Willst du auch was?« Cocker hielt Hanna mampfend ein Stück Brot mit undefinierbarem Belag entgegen. Polizeiobermeister Kürten – Werner – hatte empfohlen, sich im Kebab-Haus mit gefüllten Fladenbroten einzudecken. Der Türke lag auf dem Fußweg von der Mitte zur Hagdornstraße, wo Hanna und Cocker den Brandort besichtigten.

»Danke, lass mal«, antwortete Hanna, die nie frühstückte. Von Walther Meisters kleinem Reiheneckhaus waren nur noch rauchende Reste, Steine und Dachziegel übrig.

Das bedeutet also »bis auf die Grundmauern niedergebrannt«, dachte Hanna und fragte sich, wie Cocker bei diesem Gestank überhaupt essen konnte. Sie standen außerhalb der Absperrung neben einem Löschzug, der nur knapp in die schmale Seitenstraße passte. Einige umgeknickte Äste, ein eingedrückter Zaun und ein völlig verbogenes Fahrrad, das an ein Parkverbotsschild angekettet war, bezeugten, wie eng es für die Fahrzeuge der Feuerwehr gewesen sein musste.

»Viereinhalb Minuten«, hörte Hanna eine Stimme neben sich und roch den beißenden Geruch nach Qualm, bevor sie den Feuerwehrmann in voller Montur neben sich stehen sah. Er starrte verbittert durch das rußgeschwärzte Loch, das einmal eine Haustür gewesen war. Schindeln und Trümmer des eingestürzten Dachstuhls lagen überall im Haus verteilt, und Hanna konnte durch das Loch bis in den Garten sehen, in dem gerade weitere Männer der Feuerwehr rauchende Trümmer mit Hacken und Spaten auseinanderschoben, um die letzten Brandnester zu beseitigen.

»Wir waren in der Rekordzeit von unter fünf Minuten vor Ort. Da war das Haus schon nicht mehr zu retten.«

»Ist das ungewöhnlich?«, fragte Hanna. Eine rußgeschwärzte Augenbraue hob sich, und der Mann antwortete: »Normalerweise dauert ein Brandschaden bis zu diesem Ausmaß Stunden! Und zwar, ohne dass wir löschen. Aber in diesem Haus muss dermaßen viel Brandbeschleuniger gewesen sein, dass die Kiste schneller hochging als eine randvolle Tankstelle! Wir konnten nur noch versuchen, das Nebengebäude und die anderen Häuser des Viertels zu retten.«

Cocker mischte sich kauend ein: »Also Brandstiftung?«

Der Feuerwehrmann nickte. »Ich würde so weit gehen und es einen Brandanschlag nennen.«

»Allerdings war das mögliche Opfer dieses Anschlags bereits tot.« Hanna starrte nachdenklich in die verkohlte Ruine.

»Wer tötet denn einen siebzig Jahre alten pensionierten Grundschullehrer und fackelt ihm dann auch noch das Haus ab?«, fragte Cocker.

»Bei mir zu Hause sitzen zwei Rotznasen, die diese Frage sofort mit ›Ich!‹ beantworten würden«, sagte der Feuerwehrmann düster. »Also, ich muss wieder …« Mit einem Wink verließ der Mann die beiden. Cocker biss erneut in sein Brot, deutete in Richtung des Feuerwehrmannes und sagte kauend: »Vielleicht hat er recht.«

»Nicht besonders sexy«, sagte Hanna.

»Was? Die Theorie, dass …«

»Dein Gemampfe, während du sprichst«, antwortete Hanna und ließ Cocker stehen. Sie ging um das Haus herum, gefolgt von ihrem eilig schluckenden Kollegen.

»Warte! Was hältst du von der Theorie, dass ein ehemaliger Schüler sich rächen wollte? Vielleicht hat Meister geprügelt. Vielleicht war er Sadist alter Schule, mit Rohrstock und so. Zu seiner Zeit hat man im Unterricht doch noch mit körperlichen Züchtigungen gearbeitet.«

Hanna hörte den Ausführungen geduldig zu. Cocker nahm langsam, aber sicher Fahrt auf und reckte seine Schultern ungelenk vor ihr. »Der Täter rächt sich Jahre später für sein verpfuschtes Leben an seinem Lehrer. Weil der ihn in der Schule früher gedemütigt und verprügelt hat. Wir hatten in Düsseldorf vor ein paar Jahren einen ähnlichen Fall, bei dem ein Lehrling …«

»Es sind zwei Morde, Cocker. Vom selben Täter!« Zu spät fiel Hanna auf, dass sie den Kollegen beim verhassten Spitznamen genannt hatte. »Tut mir leid«, setzte sie nach, doch Cocker winkte ab.

»Ist schon gut. In der Mitte weiß sowieso niemand mehr, wie ich richtig heiße.«

»Aber nein«, entgegnete Hanna. Doch wenn sie ehrlich war, konnte auch sie sich an Cockers richtigen Namen auf Anhieb nicht erinnern. Brandt, Edgar Brandt, fiel ihr plötzlich wieder ein.

»Du hast natürlich recht. Ich hatte Styneberg völlig außen vor gelassen.«

Hanna nickte. »Immerhin habe ich mindestens einen Zeugen, dass Styneberg und Meister sich im Steigenberger Parkhotel getroffen und dort in der Bar gestritten haben.«

»Und was wäre, wenn Meister erst Styneberg tötet und dann selbst ermordet wird?«

»Dagegen spricht die fast identische Ausführung der Taten«, antwortete Hanna, »Meister ist ebenfalls an gewaltsam herbeigeführtem Ertrinken gestorben.«

»Kannst du bitte deine Theorie der Rache noch einmal vor mir ausbreiten?«, fragte Cocker und grinste. »Dann könnte ich nämlich in Ruhe zu Ende essen.«

Während Feuerwehrmänner die letzten Brandnester aushoben und ihre Gerätschaften wieder in die Wagen einsortierten, während immer mehr Schaulustige sich auf der Straße an den Absperrungen sammelten, erklärte Hanna ihrem Kollegen, dass sie die beiden Morde für Racheakte eines Täters hielt. »Er tötet sie und beraubt die Opfer ihrer Identität. Vielleicht als eine Art Strafe. In Stynebergs Fall lockt ein fingierter Brief den alten Mann aus den Staaten hierhin. Der Täter kommt also wahrscheinlich aus dieser Gegend. Er musste nach dem Mord nicht mehr tun, als Stynebergs Hotelzimmer auszuräumen und alle persönliche Dinge des Besuchers aus den USA verschwinden zu lassen. Da Styneberg im Hotel unter falschem Namen eingecheckt hatte und sein Zimmer täglich gereinigt wurde, bleibt nach dessen Tod keine Spur seiner Anwesenheit. Styneberg wurde getilgt! Bei Walther Meister war das nicht so einfach.« Hanna deutete mit dem Kinn auf die rauchende Ruine hinter der Absperrung. »Das Opfer wird ebenfalls ertränkt, entkleidet, und alle Merkmale zur Identifizierung werden entfernt. Es ist das gleiche Schema. Aber das Leben des Opfers, seine Spuren sind nicht so einfach zu tilgen. Dazu braucht es Feuer. Viel Feuer! Mit so viel Brandbeschleuniger, dass die Feuerwehr unmöglich noch etwas von Meisters Sachen retten kann. Das gleiche Ziel wie bei Styneberg: Der Täter tötet nicht nur, er vernichtet absichtlich alle Hinweise, die ...«

»Sprechen Sie vom Willi Steinberg?«, unterbrach sie eine winzige alte Frau, die neben Hanna aufgetaucht war und die Kommissare schüchtern ansah. »Ist der etwa auch tot?«

Die Erleichterung in der Stimme der alten Dame spülte eine Welle Adrenalin in Hannas Blutkreislauf und lenkte ihre Konzentration voll und ganz auf die zierliche Fragestellerin im schwarzen Persianermantel.

Mittwoch, 15. November – 11:22 Uhr

»Meister, Schmidt und Steinberg ... die waren in den Fünfzigern so was wie das dreckige Dutzend von Hilden! Kennen Sie den Film? Der ist allerdings aus den Sechzigern, glaube ich. Noch ein Tässchen?«

Die alte Dame hob die schwere Porzellankanne vom Tisch und hielt sie zitternd in die Höhe. Cocker bekam Angst um seine Hose und griff beherzt zu. Er schenkte Frau Schönbaum und Hanna Kaffee nach, die bereits nach der ersten Tasse ihr Herz heftig hämmern hörte, so stark war das Zeug. Doch es konnte auch an der Zeitzeugin im geblümten Kleid liegen, die die Kommissare bereitwillig in ihre großzügige Wohnung auf der Augustastraße eingeladen hatte, um über die alte Zeit zu plaudern.

»Wieso denn Dutzend? Sie waren doch nur zu dritt, oder nicht?«, fragte Hanna.

»Es kam uns aber schlimmer vor«, lächelte die alte Dame schüchtern. »Diese Jungs waren eine Katastrophe. Ständig gab es Schlägereien. Dann diese Saufgelage, und immer waren sie mit ihren Mopeds unterwegs. Damals, als Mädchen, haben wir uns kaum noch auf die Straße getraut. Gegen die Jungs war das Hochwasser von '57 wie ein warmer Regen! Aber von mir haben Sie das nicht!«

Hanna lächelte und nickte. »Wissen Sie zufällig, wie dieser Schmidt genau hieß? Mit Vornamen? Wo er wohnt? Kennen Sie den Mann vielleicht sogar noch?«

Für eine Sekunde glühte ein Funken Hoffnung in Cockers und Hannas Augen, denn wenn Frau Schönbaum die Ermittler zum dritten Mann im Bund führen konnte, würden die Beamten in der Ermittlung mit Siebenmeilenstiefeln vorankommen.

»Nein. Tut mir leid«, antwortete die alte Dame geknickt.

»Aber Schmidt mit ›dt‹?«, wollte Cocker wissen und erhielt nur ein bedauerndes Achselzucken von Frau Schönbaum.

»Oder zwei ›t‹, das weiß ich wirklich nicht. Wir waren damals einfach nur froh, als Willi ... also der Herr Steinberg nach Amerika verschwunden ist. Danach wurde es wieder ruhiger. Das kann ich Ihnen sagen.«

Hanna nickte, stand auf und sah sich in Marie Schönbaums Wohnküche um.

»Nett haben Sie es hier.«

»Danke«, antwortete die alte Dame und beobachtete, wie Hanna sich interessiert in ihrem Wohnzimmer umsah.

»Wissen Sie zufällig, ob hier in der Gegend ein Zimmer oder eine Wohnung zu vermieten ist?«

»Eine Gang!«, sagte Hanna aufgekratzt, als sie mit Cocker wieder auf der Straße vor Marie Schönbaums Wohnung stand. »Styneberg, Meister und Schmidt waren in den Fünfzigern die schlimmen Finger der Stadt. Das ist doch was! Unterstützt meine Rachetheorie. Wir müssen unbedingt diesen Schmidt finden, bevor auch er getötet wird!«

»Ja«, sagte Cocker, zupfte an seinem Kragen und nestelte dann hektisch an seiner Jacke herum.

»Dieser verdammte Kaffee macht einen kirre, was?«, sagte Hanna und zwinkerte nervös.

»Dafür braucht die Dame einen Waffenschein«, kicherte Cocker aufgekratzt, hakte sich bei seiner Kollegin unter und marschierte mit ihr im Gleichschritt Richtung Mitte.

Am Fenster im dritten Stock der Hausnummer 23 stand Marie Schönbaum hinter der Gardine und bereute, die Polizisten jemals in ihre Wohnung gelassen zu haben. Eine lange verdrängte Furcht, das Gefühl, beobachtet und verfolgt zu werden, kroch aus ihrer Erinnerung nach oben und schnürte der alten Dame die Kehle zu. Dabei sollte sie doch eigentlich erleichtert sein, dass zwei der drei Kerle tot waren.

Ob Clara schon davon weiß?, dachte sie. *Wahrscheinlich nicht, sie liest ja keine Zeitung mehr.*

Marie sah zu dem kleinen Beistelltisch im Flur, auf dem das Telefon stand. Sie sah aus dem Fenster und wartete, bis die Polizisten in Höhe der Grundschule aus ihrem Blickfeld verschwanden. Dann, endlich, konnte sie zum Telefon gehen und hektisch die Nummer wählen, die sie seit Jahren auswendig kannte.

»Haus Horst? Guten Tag. Mein Name ist Schönbaum ... Ich hätte gern mit Clara Pokorny gesprochen.« Sie hörte einen Moment mit gerunzelter Stirn zu. Dann verzog sich ihr Gesicht, und sie sank auf den Schemel neben dem Telefontisch. »Was? Wann denn?«, flüsterte sie in den Hörer. »Wo ist sie beigesetzt worden?« Sie bedankte sich leise und legte auf. »Arme Clara«, seufzte sie in die Stille des Flurs. »Jetzt erlebst du noch nicht einmal, wie diese Mistkerle ihre gerechte Strafe erfahren.«

»Schmidt oder Schmitz, mit allen Schreibweisen«, informierte Hanna am Handy Werner Kürten, »männlich, im Alter von fünfundsechzig bis etwa fünfundsiebzig Jahren, Vorname unbekannt. Fang in Hilden an, so viele Schmitts und Schmidts können das ja nicht sein ...«, sie hielt das Handy plötzlich vom Ohr weg und verzog das Gesicht, da Kürten lautstark protestierte.

Amüsiert beobachtete Cocker, wie seine Kollegin vergeblich versuchte, zu Wort zu kommen. Schließlich beendete sie mit dem Satz »Ich verlasse mich auf euch« die Verbindung und ließ das Handy in ihrer Jackentasche verschwinden.

»Stellen die Schupos sich quer?«, fragte Cocker und grinste.

»Ach, ich kann ja verstehen, wenn sie sich dagegen wehren, die Feldarbeit der Kripo auch noch übernehmen zu müssen. Die haben ihr eigenes Tagesgeschäft. Aber wenn es nun mal nicht anders geht … Wir spielen auf Zeit, davon bin ich überzeugt. Wenn der Täter seinen Rhythmus beibehält, schwebt dieser Schmidt in Lebensgefahr!«

»Ich kenne Kürtens Mannschaft. Die sind in Ordnung«, sagte Cocker.

»Mag sein, aber nach dem Halter des auberginefarbenen Kombis zu fragen, traue ich mich schon fast nicht mehr«, sagte Hanna. In der Ferne klangen Sirenen. Beide Kommissare horchten instinktiv auf und zählten zwei Martinshörner, doch keiner sagte etwas dazu. Sie bogen zu Fuß von der Augusta- in die Bismarckstraße ein. Hanna sah sich um und nickte. »Hier 'ne kleine Wohnung mit Blick auf den Platz und die alten Bäume. Das würde mir gefallen.«

»Die Fußgängerzone ist gleich da vorn. Sollen wir uns was zum Mittagessen besorgen? Wie wär's?«, schlug Cocker vor.

»Schon wieder?«, antwortete Hanna. »Du hast vor 'ner knappen Stunde erst gegessen.«

Cocker rieb seinen Bauch und entgegnete lächelnd: »Das Baby will gefüttert werden. Außerdem, bei solchen Temperaturen habe ich ständig Appetit.«

Bevor Hanna etwas erwidern konnte, klingelte ihr Handy. Sie holte es aus der Jackentasche, hörte kurz zu und bat den Anrufer, seine Meldung zu wiederholen. Aus dem Lautsprecher von Hannas Handy war Kürtens Stimme zu vernehmen: »Also, ich sagte, wir können uns die Suche nach diesem Schmidt schenken. Wahrscheinlich haben wir ihn schon.«

»Wie das?«, fragte Cocker beunruhigt, »ist er etwa ebenfalls tot?«

»Noch nicht«, antwortete Kürten, »aber ein Johann Schmidt, Jahrgang 1940, steht auf dem Hochhaus in der Beethovenstraße und hat ganz offensichtlich vor, genau das bald zu sein. Die Feuerwehr ist vor Ort.«

»Verdammt! Auf welchem Hochhaus?«, fragte Hanna.

»In Hilden gibt es nur eins. Das andere heißt zwar Hochhaus, ist aber nur eine Kneipe im Flachbau neben dem echten Ding«, schepperte Kürten aus dem Lautsprecher.

»Er darf auf keinen Fall springen!«, rief Hanna.

»Ich werd's ausrichten. Aber wenn er sich da oben 'ne Lungenentzündung einfangen will, hat Schmidt ebenfalls gute Karten.«

»Wir sind an der Bismarck-, Ecke Berliner Straße. Zu Fuß«, sagte Cocker.

»Esser und Schulz sind unterwegs. Ich schicke die Kollegen bei euch vorbei«, sagte Kürten.

Bereits wenige Sekunden später erklang erneut eine Sirene.

Mittwoch, 15. November – 12:03 Uhr

Während Schulz den dunkelblauen Opel Vectra wendete, mit Blaulicht und radierenden Reifen die Berliner Straße wieder stadtauswärts jagte, drehte sich Esser auf der Beifahrerseite zu Hanna und Cocker um. Er verkündete mit einer Seelenruhe, die Hanna augenblicklich aggressiv machte: »Der Doc vom psychologischen Dienst kann erst in 'ner halben, spätestens Dreiviertelstunde vor Ort sein. Hängt irgendwo auf der Sechsundvierzig im Stau.«

»Scheiße! Das ist zu spät«, sagte Cocker, »dann ist Schmidt entweder gesprungen oder auf dem Dach erfroren.«

»Wisst ihr, was witzig ist?«, fragte Esser. Keiner der Mitfahrer schien interessiert. Also gab er die Antwort ungefragt: »Dieser Schmidt wohnt gar nicht in dem Haus, auf dessen Dach er steht. Der ist extra aus Gräfrath angereist, um sich hier ...«

»Witzig«, unterbrach Hanna in einem Ton, der den Kollegen verstummen ließ. Sie starrte zwischen den Vordersitzen hindurch auf die Straße.

»Mit einem Sprungtuch richtet die Feuerwehr da nichts aus. Der Kasten ist über zehn Stockwerke hoch«, sagte Schulz und passierte einige verstörte Autofahrer, deren Fahrzeuge sich wie verängstigte Lämmer in kleinen Pulks überall auf der großen Kreuzung knubbelten. Er bog links in die Hochdahlerstraße ein. »Was ist denn so wichtig an dem Typen?«

»Also wirklich! Manchmal könnte man meinen, ihr habt überhaupt kein ...« »Herz«, wollte Hanna sagen, doch die Fliehkraft drückte Cocker, der sich auf der Rückbank nicht festgehalten hatte, schmerzhaft auf Hanna, die ihn unsanft auf seinen Platz zurückschob. Der Vectra raste stadtauswärts an einer Straßenecke vorbei. Hanna erkannte das Wohnviertel mit dem ausgebrannten Haus wieder. Sie hatte das Gefühl, sich an diesem Tag im Kreis zu bewegen.

»Die Morde an den alten Männern hängen mit diesem Johann Schmidt zusammen«, sagte Hanna.

»Meinen Sie, der Mann auf dem Dach hat die beiden ermordet?«, wollte Esser von der Beifahrerseite wissen. Hannas Gefühl hatte auf diese Frage eine ziemlich eindeutige Antwort. Doch die behielt sie für sich und antwortete mit dienstlicher Diplomatie: »Wenn wir schnell genug vor Ort sind, haben wir vielleicht die Chance, das zu erfahren!« Schulz fasste ihre Antwort als Aufforderung auf, noch halsbrecherischer durch die Straßen der Stadt zu rasen, von denen man unmöglich wissen konnte, ob sie glatt waren. Hanna wurde in die Lehne der Rückbank gedrückt. Als der Opel endlich schliddernd neben einem Leiterwagen der Hildener Feuerwehr auf der Beethovenstraße zum Stehen kam, merkte Hanna, dass sie Sterne sah, weil sie seit Beginn der Fahrt kaum gewagt hatte, Luft zu holen.

»Bin ich froh, dass ich noch nix gegessen habe«, krächzte Hanna mit Blick auf einen NORMA-Supermarkt. Sie fiel mehr aus dem Wagen, als dass sie ausstieg.

»Genau deshalb habe ich mir niemals einen ausgemusterten Dienstwagen zugelegt!« Cocker schimpfte über das Autodach hinweg mit Schulz, der sich ungerührt eine Zigarette anzündete. Esser sah nach oben. Doch da sie unmittelbar am Fuß des Hochhauses standen, war vom Dach oder einer Person darauf nichts zu erkennen.

»Ist er noch oben?«, fragte Hanna einen Feuerwehrmann, den sie erst auf den zweiten Blick als den Einsatzleiter des Brandes in der Hagdornstraße wiedererkannte. Der Mann nickte müde. Falls er Hanna ebenfalls erkannte, schien er nicht vorzuhaben, das zu zeigen.

»Wer sonst noch?«, wollte Hanna wissen.

»Zwei Kollegen von der Schutzpolizei und ein Notarzt«, antwortete er. »Wenn Sie raufwollen, würde ich mich beeilen, der Aufzug ist nämlich kaputt.« Aus irgendeinem Grund schien der Mann Hanna diese Tatsache persönlich übel zu nehmen, trat auf sie zu und fuhr fort: »Das einzige Scheißhochhaus weit und breit. Zu hoch für unser Sprungtuch, den Korb oder die Leiter. Und ausgerechnet da muss Ihr Selbstmörder stehen!«

Hanna zählte bis zwölf. Sie wurde nicht ruhiger, im Gegenteil. Es waren zwölf Stockwerke. Doch der Feuerwehrmann war noch nicht fertig, er trat einen Schritt auf Hanna zu und tippte ihr mit einem schweren Handschuhzeigefinger auf die Brust: »In der einzigen Siedlung weit und breit« – tipp –, »in die ich mit meinen Wagen nicht komme« – tipp –, »brennt ein Haus wie Zunder.« – tipp – »Und in beiden Fällen tauchen Sie auf.« – tipp – »SIE!« – tipp – »Können Sie mir das erklären, Frau Polizistin?« Ohne zu überlegen, trat Hanna einen halben Schritt zurück und drehte dem Feuerwehrmann mit einer blitzartigen Bewegung die Hand auf den Rücken. Der schrie auf und ging in die Knie, ohne dass Hanna weitere Maßnahmen ergreifen musste. Der Mann brüllte etwas von seinem Arm. Hanna wusste bereits, dass sie ihm die Schulter ausgerenkt hatte. Es wurde ganz still um sie herum, obwohl Esser und Schulz, Cocker und andere Gesichter in ihrem Blickfeld auftauchten und auf Hanna einzuschreien schienen.

Sie stieß den Feuerwehrmann von sich und flüchtete in das Gebäude. Am Fuß der Treppe stand ein Schutzpolizist, der Hanna erkannte und zu seinem Glück nicht den Versuch machte, sie aufzuhalten. Ohne einen Gedanken an den Aufzug zu verschwenden, stürmte Hanna die mit schmutzigem Schnee und Splitt bedeckte Treppe hinauf. Die Gedanken rasten ihr voraus. Es war Mitgefühl und Mitleid für den verletzten Kollegen der Feuerwehr dabei, doch hauptsächlich verstärkte sich das Gefühl, die Gründe für Johann Schmidts Aufenthalt auf dem Dach eines Hochhauses, in dem er nicht selbst wohnte, zu kennen.

Mit jedem Treppenabsatz, den sie keuchend zurücklegte, kehrte Hannas Hörvermögen zurück. Sie hörte ihre Schritte, das Pfeifen ihrer Lunge und die Rufe hinter sich, die glücklicherweise immer leiser wurden, je höher sie kam. Da keine Zahlen auf den Türen zu den Wohnetagen oder am Lift angebracht waren, konnte Hanna nur schätzen, wie hoch sie bereits gekommen war. Mit jedem neuen Absatz, hinter jeder neuen Biegung erwartete sie den Aufgang zum Dach. Dass sie zunehmend langsamer wurde, hatte nichts mit professioneller Vorsicht zu tun, den potenziellen Selbstmörder nicht erschrecken zu wollen. Das Feuer in ihrer Brust hatte sich etwa seit dem achten oder neunten Stock von der Lunge bis in die Oberarme und den Hals ausgebreitet. Sauerstoffmangel schien Hanna von innen her auffressen zu wollen, doch sie gab nicht auf und bezwang auch die letzte, zwölfte Etage pfeifend wie ein Dampfkessel mit einem funkelnden Firmament aus Sternen vor den Augen.

Der Notarzt neben dem Treppenausgang sah sie zuerst. Erschrocken trat er einen Schritt auf knirschendem Kies zurück. Hanna stapfte wortlos an ihm vorbei und sah sich nach dem Mann um, den sie unbedingt daran hindern musste, sich selbst zu richten, bevor ein mysteriöser Rächer es tun konnte. Denn genau diesem Rächer wollte Hanna das Handwerk legen!

Mittwoch, 15. November – 12:27 Uhr

Zwei Schutzpolizisten – eine Beamtin in den Zwanzigern mit feuerroten Locken und ein kaum älterer Kollege – standen mit dem Rücken zu Hanna auf dem verschneiten Kiesbett, etwa sechs bis sieben Meter von der Dachkante entfernt. Das ganze Flachdach war durchzogen von Stolperdrähten, die in ihrer eigentlichen Funktion Blitzeinschläge ableiten sollten.

Der völlig verängstigte und zitternde Mann, um den es ging, stand an der Dachkante, den Blick auf den Abgrund gerichtet. Sein Kopf bewegte sich abwechselnd zwischen den Polizisten und dem Erdboden hin und her. Das Gefuchtel und Geschrei der Beamten war alles andere als Deeskalation.

Was machen diese Idioten denn?, dachte Hanna. *Die haben anscheinend vor, den armen Kerl über die Dachkante zu treiben, wie Kühe auf eine Weide. Nur noch zwei Schritte, höchstens drei*, schätzte sie. So viel würde der Mann brauchen, um es über die Kante zu schaffen. Ihre Wut über die Frischlinge in Grün machte sich fast in einem Schrei Luft, den Hanna in letzter Sekunde zu einem atemlosen Zischen umformen konnte.

Zwei Köpfe drehen sich. Zwei Paar Augen weiten sich, als sie die keuchende Frau mit dem Kripoausweis in der einen und einer Walther P99 in der anderen Hand wie einen Geist auf dem Dach stehen sehen.

»Sind Sie noch ganz dicht?«, faucht der blonde Polizist die bullige Frau in Jeans und Lederjacke an. »Wollen Sie den Mann erschießen?«

Die Frau schüttelt den Kopf, steckt den Ausweis ein und richtet den Lauf der Waffe mit beiden Händen auf den Boden.

Was denn? Was will die?, denkt Tim.

Die Frau gestikuliert Tim und seine Kollegin zu sich. Währenddessen keucht sie immer wieder etwas.

Keuchen und Zischen. Tim versteht es nicht.

Keuchen und Zischen. Auch Carola schüttelt im Blickkontakt mit Tim den Kopf.

Keine Ahnung, gestikuliert sie.

»Euchhh!« Zisch.

Was?, denken Carola und Tim.

»Euchherrschieessnn!«, dampft es aus der Frau.

»Wie bitte?« Carola sieht sich zu dem Selbstmörder um, der kaum unglücklich darüber zu sein scheint, nicht mehr im Mittelpunkt zu stehen. Er ist sogar einen oder zwei Schritte zur Mitte des Dachs zurückgekommen. Carola sieht wieder zu der Kommissarin, die sich mit der Waffe in der Hand auf ihre Knie aufgestützt hat, drei Atemwolken lang Luft holt und sich dann aufrichtet:

»Erschießen! ... Ich werde *euch* erschießen ... wenn ihr eure dummen Ärsche nicht vom Dach schafft!«

Damit ist Hannas Luftvorrat erschöpft.

Sie kapieren es nicht!, denkt sie. *Wollen oder können die Idioten nicht begreifen, dass sie den Mann mit ihrem Getue über die Kante treiben?*

»Verzieht euch! SOFORT!«, krächzt sie. Endlich kommt Bewegung in die beiden Polizisten. Als würden sie die Möglichkeit, die Verantwortung an Hanna zu übergeben, als Chance begreifen, ziehen die beiden Beamten sich vom Dach zurück. Ohne den Selbstmörder eines weiteren Blicks zu würdigen.

»Hier ... kommt ... keiner rauf ... Klar?«, keucht Hanna ihnen hinterher. Dann dreht sie sich um und richtet ihre Waffe mit beiden Händen auf den zitternden alten Mann.

»Nicht schießen!«, fleht Johann Schmidt.

»Wenn Sie einen Schritt in die falsche Richtung machen, schieße ich Ihnen die Beine weg!« Hannas Stimme klingt immer noch dünn, das Feuer in ihrer Lunge ist noch nicht verloschen. Doch auf Schmidt scheint ihre bedrohliche Haltung ausreichend Eindruck zu machen. Er tut einen zögerlichen, jämmerlichen und zittrigen Schritt – in die richtige Richtung. Auf Hanna zu.

»Ich habe mir in die Hose gemacht«, sagt er. Mit Tränen in den Augen, die von Scham oder der schneidenden Kälte herrühren können.

»Nicht so schlimm«, sagt Hanna. »Kommen Sie einfach zu mir, und ich werde Sie wärmen und, äh ... wickeln. Oder was sonst noch anliegt. Kommen Sie zu mir. Ich nehme jetzt die Waffe runter. Und Sie kommen ... zu mir, okay?«

Johann Schmidt beginnt hemmungslos zu weinen und nickt immer wieder. Hanna lässt die Waffe sinken und wartet darauf, die dünnen Arme des kalten und steif gefrorenen Mannes in ihre Hände zu nehmen, um ihn in den Hausflur zu führen. Schmidt ist nur noch wenige Schritte von Hanna entfernt. Fast zum Greifen nah. Er sieht aus feuchten Augen zu ihr auf und sagt: »Ich war es nicht, aber es tut mir trotzdem alles so leid!«

Kein Problem. Das kriegen wir schon alles wieder hin, denkt Hanna. *Ich werde Sie beschützen*, will sie sagen.

Doch der Mann, den sie beschützen will, dreht sich um und setzt zu einer grotesk klapprigen Flucht an, bevor sie antworten kann. Als würde ihm die Kälte nicht in den Knochen stecken, spurtet Johann Schmidt wie ein überdrehtes Spielzeugmännchen über den Kies Richtung Dachkante. Wild fuchtelnd in den sicheren Tod.

Komisch, denkt Hanna, als sie in Position geht, *er sieht so komisch aus ...*

Das Projektil aus ihrer Waffe schlägt ein paar Zentimeter unterhalb von Johann Schmidts linker Pobacke in den Oberschenkel, schrammt außen haarscharf am Knochen vorbei und durchschlägt das Fleisch des stürzenden Mannes, der mit einem erschrockenen Schrei auf den Kies fällt.

Zwölf Stockwerke tiefer klimperte das blutige Stück Metall über den Leiterwagen der Hildener Feuerwehr, prallte am Führerhaus ab und verschwand unbemerkt in der Schneedecke vor dem Supermarkt. Etwa an der Stelle, wo Kriminalhauptkommissar Esser kurz zuvor eine seiner fünf Zigaretten ausgetreten hatte.

Mittwoch, 15. November – 16:07 Uhr

»Es ist alles ihre Schuld! Sie hat mir in den Arsch geschossen! Sie war das!«

Hanna bedeckte ihre schmerzenden Augen mit beiden Händen. Ihr war schlecht, und sie hatte Hunger.

Johann Schmidt hatte in den letzten Stunden viel behauptet und viel verlangt. Anwälte, alkoholische Getränke, völlig unangebrachte Menüs und eine Vielzahl obszöner sexueller Praktiken vom weiblichen Personal des Hildener Krankenhauses. Nach Ansicht von Meuser hatte Johann Schmidt allen Grund, Hanna die Rettung auf »diese beschissene Art«, wie der Vorgesetzte sich ausdrückte, übel zu nehmen. Aber viel schlimmer fand Hanna, dass sowohl ihr Vorgesetzter als auch das Opfer zum Kreischen neigten.

»In den Arsch! Sie hat mir in den Arsch geschossen!«, wurde Schmidt nicht müde, durch aseptische Gänge und Untersuchungszimmer zu kreischen, seit zwei bemitleidenswerte Sanitäter ihn vom Dach des Hochhauses zwölf Stockwerke hinuntergetragen und in die Notaufnahme gebracht hatten.

»In den Arsch!«

»Das Wort gefällt ihm«, hörte sie Cockers genervte Stimme neben sich. Hanna sah auf und nickte.

»Der Typ ist eine echte Zierde für die Grauen Panther.«

Das Deckenlicht in der Notaufnahme stach in Hannas Augen.

»Sag mal, weiß Meuser eigentlich von deiner Nummer mit dem Kollegen von der Feuerwehr?«

Eine neue Welle von Übelkeit brandete über Hanna hinweg, als Cocker sie an diesen völlig verdrängten Punkt erinnerte.

»Zu diesem Thema hat er mich noch nicht angeschrien. Aber vielen Dank, dass du mich daran erinnerst. Meuser wird es gefallen, diesen Nagel in meinen Sarg zu schlagen.«

Cocker gluckste. Und obwohl Hanna noch nicht alles egal sein sollte, fehlte ihr der Impuls, dem Kollegen den Standaschenbecher in den Rachen zu stopfen, in dem Cocker gerade seine Zigarette versenkte, während er gleichzeitig sein grollendes Lachen zu unterdrücken versuchte.

»Du bist echt 'ne scharfe Nummer, hähä … erst brichst du dem Helfer von Retten, Löschen, Bergen den Arm und schießt danach dem Selbstmörder in den Hintern …«

»In den *Arsch*!«, grunzte Hanna. Und der Damm brach endgültig. Die ganze Anspannung, das Übermaß an Adrenalin, Angst und Stress ergoss sich in einer Flut aus Gebrüll und Gelächter, Schweiß und Tränen in den Flur.

Mittwoch, 15. November – 20:21 Uhr

»Wie läuft's bei dir?«, fragte Frieder. Er saß am Schreibtisch und grinste in seine Webcam über dem Computermonitor. Hinter ihm war ein Regal zu erkennen, in dem Hanna einen Großteil ihrer Bücher und Musik vermutete, die sie in Peine zurückgelassen hatte.

»Geht so.« Hanna hatte keine Lust, von den Ereignissen des Tages zu berichten. Sie lag in der Wanne, dem einzigen Luxus ihrer billigen Herberge, und hatte das MacBook auf einem Regalbrett des Kleiderschranks platziert, das sie extra dafür zweckentfremdet und quer über den Wannenrand gelegt hatte. Darauf bedacht, dass die ins Notebook eingebaute Kamera nur ihren Kopf mit dem Headset bis zum Hals einfangen konnte, ohne ihre im dampfenden Wasser treibenden Brüste über das World

Wide Web auf Frieders Monitor zu senden. Ihr wäre ein einfaches Telefonat lieber gewesen, doch Frieder stand auf die Segnungen moderner Technik. Er hatte argumentiert, dass die Internetverbindung per Skype einfacher, kostengünstiger und besonders für den gemeinsamen Sohn Julian interessanter sein würde. Doch der Junge war unterwegs, und Hanna vermutete insgeheim, dass Frieder selbst diese Art des Austauschs mit Bild und Ton bevorzugte. Weil er Hanna vermisste? Vielleicht. Aber darüber war mit Frieder nur in Form sarkastischer Scherze zu kommunizieren, egal, ob mit Bild oder ohne.

»Du mischst das Rheinland ganz schön auf, wie?«

»Was meinst du?«, fragte Hanna. Im gleichen Moment meldete ein Signal eine empfangene E-Mail.

»Die Regionalsender berichten über eine spektakuläre Aktion auf einem Hochhausdach. Ich habe meine Lederjacke wiedererkannt. Klick mal auf den Link«, antwortete Frieder. Als Hanna seiner Anweisung folgte und seine elektronische Nachricht geöffnet hatte, erschien ein kleines Fenster der »Aktuellen Stunde« mit dem Video eines Berichts, den eine frierende Moderatorin vor der Kulisse eines Leiterwagens der Feuerwehr ablieferte. Hanna erkannte die Filiale des NORMA-Supermarkts, bevor die Kamera zwölf Stockwerke des Hochhauses dahinter abschwenkte.

»Wieso siehst du dir Regionalnachrichten aus dieser Gegend an?«, wollte Hanna wissen, während die Übertragung stockte und der Film auf dem Notebook im Badezimmer weiter geladen wurde.

»Ich wollte wissen, was mein Mädchen in der Fremde so anstellt«, kam es, natürlich ironisch, von Frieder zurück.

Mein Mädchen, dachte Hanna. *So hat er mich schon lange nicht mehr genannt.*

»Deine Aktion auf dem Dach ist Tagesthema bei euch. Wieso hast du den alten Mann denn angeschossen, um Himmels willen?«

»Ich hab ihn nicht … Ich wollte nur … Ach, scheiß drauf!«, stotterte Hanna und schlug Wellen, die über den Wannenrand schwappten. Wäre sie nur per Telefon verbunden, hätte Hanna nach dem Rotweinglas gegriffen. Es stand neben der Flasche chilenischen Merlots von der Tankstelle auf dem Regalbrett. Doch

Hanna wollte nicht, dass Frieder sie trinken sah. So viel zu den Segnungen moderner Technik. Stattdessen fragte Hanna nach ihrem Sohn.

»Ich glaube, Julian ist verliebt«, antwortete Frieder. »Anders kann ich mir nicht erklären, dass er sich neuerdings die Hallenturniere des VFB Peine ansehen geht.«

»Erzählt er dir denn nichts?«, wollte Hanna wissen und spürte gleichzeitig den feinen Stich in der Brust. Heimweh und Sehnsucht nach dem schlaksigen Jungen, von dem sie viel zu wenig wusste.

»Du kennst ihn doch«, lachte Frieder. Und Hanna nickte, denn ihre Männer waren aus einem sehr ähnlichen Holz geschnitzt, das klare Worte über Gefühle und Gemütszustände nur ab und zu in schwer zu entknotenden Geschenkverpackungen ausgab.

»Besorg ihm bitte Kondome«, sagte Hanna.

»Was?« Frieder grinste und kratzte sich am Kopf.

»Kriegst du das hin?«

»Das kann er doch selbst, ich meine ... Ich will den Jungen nicht in Verlegenheit bringen!«

»Kauf einfach welche und gib sie ihm«, befahl Hanna. »Du musst Julian ja keine Einführung in die Benutzung geben. Besorg einfach welche, versprichst du mir das?«

Es konnte an der langsamen Übertragung liegen, doch Hanna glaubte nicht daran. Jedenfalls dauerte es einen Moment, bis Frieder endlich nickte.

»Wenn du meinst.«

»Versprich es mir!«, bat Hanna.

»Is ja gut!«, schepperte es in ihrem Kopfhörer. Es folgten weitere Minuten mit »Regelkram«, während derer Hanna immer wieder sehnsüchtig zu ihrem Weinglas neben dem Computer schielte. Abmeldung des ersten Wohnsitzes, Kündigung von Strom, Gas und Telefonanschlüssen, die Umleitung von Briefen der Dienststelle in Peine – das alles war zu regeln. Nachdem sie das geschafft hatten und Hanna sich verabschiedet hatte, fragte Frieder: »Hast du eigentlich welche?«

»Was meinst du?«

»Äh, Kondome ...«

»Werd nicht albern«, sagte Hanna. Sie klappte das MacBook zu und unterbrach die Verbindung in ihre alte Heimat. Nachdem sie das Glas in einem Zug geleert und sich nachgeschenkt hatte, lächelte sie bei dem Gedanken daran, dass ihr Exmann sich dafür interessierte, ob sie sich bei sexuellen Kontakten schützte.

Mein Mädchen, dachte Hanna. Dann kamen ihr die Tränen, und sie klappte das Notebook eilig wieder auf, um sich den Bericht der »Aktuellen Stunde« anzusehen.

»... ist immer noch ungeklärt, wie es zu dem tragischen Ereignis kommen konnte, bei dem der Senior durch eine Beamtin der Hildener Polizei angeschossen wurde«, schloss die Moderatorin ihren Bericht. Um direkt danach mit perfektem Timing den Blick auf die beiden völlig entkräfteten Sanitäter freizugeben, die Johann Schmidt aus dem Hochhaus auf einer Bahre zum Rettungswagen schleppten. Der Alte zeterte, fuchtelte mit den Armen und blutete stark, wie Hanna erschrocken erkannte. Unter seiner wärmenden Foliendecke waren die weißen Laken der Bahre blutgetränkt.

»Darüber hinaus wurde die Verletzung eines Feuerwehrmannes bekannt, den dieselbe Beamtin unmittelbar vor dem Vorfall auf dem Dach ...«

Hanna hatte genug gehört, riss sich den Kopfhörerbügel ab und warf ihn im hohen Bogen ins Waschbecken ihrer Nasszelle.

Als der Rettungswagen – nun stumm für Hanna – in dem kleinen Videofenster mit Blaulicht abfuhr, gab er den Blick auf Beamte der Schutzpolizei, Feuerwehr und auf die unvermeidlichen Neugierigen frei, die den Ort des Geschehens bevölkerten. Aber nicht nur das. Zusammen mit dem Rettungswagen, den die Kamera als Schlussbild einfing, war auch ein Kombi zu erkennen, dessen Reifen Schneematsch am Straßenrand verspritzte. In der pixeligen Übertragung des Videos schimmerte der Wagen braun, vielleicht mit einer Spur Blau. So genau war das auf dem Bild nicht zu erkennen. Hanna hielt den Atem an.

Aubergine! Das ist der Kombi vor Rainers Haus!

Aufgeregt spielte Hanna den Film erneut ab. Zweimal, dreimal, dann mehrmals das Ende des Berichts, der ihr Schicksal im Rheinland wahrscheinlich endgültig besiegeln würde. Ein auberginefarbener Ford Mondeo war zu erkennen. Das Kennzeichen leider nicht, denn dafür wuselten zu viele Leute durch das Bild. Doch Hanna war sich ganz sicher: Der Fahrer des Wagens, der Mann, der Hanna in Rainer Steinbergs Haus angegriffen hatte, war am Hochhaus gewesen!

Donnerstag, 16. November – 09:16 Uhr

»Johann Schmidt wollte sich nicht umbringen. Er ist auf das Dach geflohen!«, beharrte Hanna.

Nachdem sie in der Mitte fast eine geschlagene Stunde Vorwürfe, Anfeindungen, Geifer und Gekreisch von Meuser über sich hatte ergehen lassen, war ihr Bedarf gedeckt – die innerliche Kündigung durch. Meuser musste nur noch den Papierkram regeln, um die Versetzung rückgängig zu machen oder sie ganz aus dem Polizeidienst zu werfen. Im Prinzip hatte er ja recht, fand sogar Hanna. Dennoch betete sie dem Vorgesetzten nun mit leiser Stimme zum dritten Mal ihre Ermittlungsergebnisse vor.

»Schmidt ist vor dem oder den Tätern geflohen, die Styneberg und Meister ermordet haben.«

»Blödsinn! Das ist totaler Blödsinn!«, kreischte Meuser.

»Welche Beweise hast du? Wie kannst du dir so sicher sein?«, versuchte Cocker das Gespräch in argumentative Bahnen zu lenken und die erhitzten Gemüter zu besänftigen. Er sprach ebenfalls leise und spielte Meuser den Ball zu, der bisher ausschließlich im Falsett auf Hanna eingeschrien hatte.

»Wir haben die Verbindung von Styneberg, Meister und Schmidt per Zeugenaussagen belegt. Offensichtlich werden die Mitglieder einer Gang aus den fünfziger Jahren ermordet. Zwei sind bereits tot. Und der Dritte, Johann Schmidt, wollte von einem Hochhausdach springen. Aber er hat keinen Ton von Freitod und Selbstmord gesagt. Und dazu hätte er gegenüber den Polizisten auf dem Dach mehr als genug Zeit gehabt. Auch mir gegenüber hat er nie …«

»Er wollte springen!«, unterbrach Meuser, immer noch viel zu laut.

»Ja«, sagte Hanna leise, »aber aus Angst.«

»Schwachsinn! Wenn ich nicht von jemand anders getötet werden will, springe ich auch nicht selbst vom Dach!« Meuser versuchte, höhnisch zu lachen, verschluckte sich jedoch und hustete.

»Wenn die Alternative ein gewaltsamer Tod durch Ertrinken ist, vielleicht doch. Es ist eine quälende und sehr schmerzvolle Todesart. Ich gehe davon aus, dass Schmidt wusste oder ahnte, was auf ihn zukommt. Deshalb ist er auf das Dach geflohen. Vielleicht wusste Schmidt sogar, wer es auf ihn abgesehen hat.« Die Nachwehen von zu wenig Schlaf und billigem Wein pochten schmerzhaft in ihrem Kopf, dennoch fuhr Hanna fort: »Das Fahrzeug, also der Kombi, der vor Rainer Steinbergs Haus parkte, war zur fraglichen Zeit am Hochhaus! Das heißt, der Mann, der mich angegriffen hat, war ebenfalls ...«

»Hören Sie endlich mit diesem Unsinn auf!«, grätschte Meuser dazwischen. Immer noch in einer Tonlage, die wie ein Schneidbrenner durch Hannas Kopfhaut fuhr. »Sie sind raus, Frau Broder!«

Hanna nickte ergeben, schwieg und dachte: *Schon gut, ich kann dich auch nicht leiden.*

Cocker wollte helfen: »Können wir die Personalfrage später diskutieren? Im Moment ist dieser Fall wichtiger, und Frau Broder ...« Hanna legte Cocker eine Hand auf den Arm, der verstand ihr wortloses Signal sofort.

Lass sein, Cocker. Es hat keinen Zweck.

»Broder ist raus«, giftete Meuser. »Und Personalfragen brauche ich nicht mit Ihnen zu diskutieren!«

»Ich werde die Spur des Fahrzeugs verfolgen«, beharrte Cocker ruhig.

»Sie sind der Gruppenleiter. Tun Sie, was Sie wollen, aber mischen Sie sich nicht in meine Personalpolitik ein«, antwortete Meuser. »Frau Broder wird sich für alles verantworten, was sie in den letzten Tagen angerichtet hat. Angefangen vom Übergriff gegen den Kollegen von der Feuerwehr bis hin zu ...«

Hanna blendete seine Tirade aus, legte ihre Dienstwaffe und

den Ausweis auf Meusers Schreibtisch und verließ das Büro leise und ohne ein weiteres Wort.

Auf dem Flur kam ihr Werner Kürten entgegen. Er reichte Hanna eine silberne Scheibe in einer CD-Hülle.

»Das Köln Concert«, murmelte er. »Lass dich nicht unterkriegen. Wird schon wieder …«

Raus! Ich muss sofort hier raus!, war Hannas einziger Gedanke.

Ihre Tränen konnte Hanna nur bis zum schräg gegenüber der Mitte liegenden Hintereingang der Hertie-Filiale zurückhalten. Dann konnte sie sich nicht mehr beherrschen. Es hatte zu schneien begonnen. Langsam und schwer. In der Herrenabteilung des Kaufhauses sank sie auf einen Stuhl und winkte ab, als eine Verkäuferin fragte, ob sie helfen könnte. Die Flocken fielen zwischen Hertie und dem Parkhaus Am Kronengarten auf die Straße, während Hanna ihren Tränen freien Lauf ließ. Der Schnee hüllte die hässliche Straße zwischen Parkhaus und Schaufenster in ein frisches weißes Laken. Nach wenigen Minuten, im neuem Licht, erschien die Stadt plötzlich unschuldiger. Im Kaufhaus war es ganz still. So früh am Morgen waren kaum Kunden unterwegs.

Hanna unterdrückte eine aufsteigende Panik und konzentrierte sich darauf, ihren Atem zu kontrollieren. Sie hatte keine Ahnung, wohin sie gehen sollte. Sie wollte nach Hause und wusste nicht, wo das war. Nicht mehr. Sie drehte die CD-Hülle mit der Musik von Keith Jarrett in der Hand und dachte an damals. An das Köln Concert und Küsse auf dem Sofa in ihrem Jugendzimmer. An Räucherstäbchen und aromatisierte Teesorten, die sie und ihre Freundinnen literweise getrunken hatten. Kirsch, Brombeere, Räuchertee und Whiskyaroma. Die Gedanken an furchtbare Geschmackserlebnisse ließen Hanna lächeln. Mit der Konzentration auf die glücklichste Zeit ihres Lebens verschwand das heiße Gefühl der Angst, das ihr den Hals zuschnürte.

Ihr Handy klingelte. Es war der Leiter der Sonderkommission, Erster Kriminalhauptkommissar Edgar Brandt, den Hanna unter seinem Spitznamen »Cocker« in ihrem Telefonverzeichnis gespeichert hatte. Sie schaltete den Ton ab und ließ das Telefon in der Brusttasche ihrer Lederjacke verschwinden. Der Anruf rüttelte noch eine Weile lang protestierend im Vibrationsmodus auf Hannas linker Brust herum, dann übernahm die Mailbox den Job, Cocker zu Wort kommen zu lassen. Währenddessen durchquerte Hanna das Erdgeschoss der kleinen Hertie-Filiale.

In der Buchabteilung vor den Glastüren des Haupteingangs stellte sie den Kragen hoch und betrat die jungfräuliche Schneedecke der Fußgängerzone. Die wehenden Flocken erinnerten Hanna an die Vorweihnachtszeit in ihrer Heimatstadt Peine. Während sie sich vorsichtig über den knarzenden Schnee hinweg Richtung Rathaus und Stadtsparkasse bewegte, schien der Tag auf einmal weniger feindlich als eine halbe Stunde zuvor. Weiße Flocken umwirbelten Hanna, schmolzen in ihrem Haar und auf ihrer Nase. Grinsend und mit zu Schlitzen verengten Augen stapfte sie voran. Während sich ein Hungergefühl meldete, ordnete sie ihre Gedanken.

Dem ersten Impuls, ihre Tasche zu packen und die Stadt sofort wieder Richtung Heimat zu verlassen, würde sie nicht folgen, wurde Hanna klar. Erstens waren die Folgen ihrer Suspendierung noch nicht abzusehen. Außerdem warteten ihre Männer in Peine nicht gerade darauf, die seelischen Wunden einer arbeits- und unterkunftslosen Kriminalkommissarin zu pflegen, die es versaut hatte. Ganz abgesehen davon, dass Hanna ihre Niederlage nach nur drei Tagen Dienst gegenüber Frieder und Julian niemals würde zugeben können.

Gerade als Hanna sich mit der Aussicht anfreundete, sich für den Rest der Woche bei Pizza und Rotwein, Bier und chinesischen Nudeln vom Bringdienst im Bett vor der kleinen Hotelglotze einzuigeln oder die Tage einfach in der Badewanne zu verbringen, rüttelte sie das Telefon auf der Brust wieder aus ihren Gedanken. Sie hatte den Platz vor der Stadtsparkasse erreicht. Die wirbelnden Schneeflocken ließen nicht mehr als fünf Meter Sichtweite zu. Mit Blick auf das Display ihres Handys, wo ein »unbekannter Teilnehmer« angezeigt wurde, rettete sich Hanna in die Stadtsparkasse. Obwohl sie neugierig war, wer sie zu erreichen versuchte, überließ Hanna wieder der Mailbox den Vortritt. Sie hatte einfach keine Lust auf Gespräche mit Kollegen zum Thema Suspendierung.

In dem mit dunklem Marmor ausgestatteten Vorraum der Hildener Stadtsparkasse schüttelte sich Hanna den schmelzenden Schnee aus den Haaren und betrat die großzügige Schalterhalle. Auf einem nicht besonders dezent gemusterten Teppich, der sich durch den gesamten Raum zog, wechselten sich einzelne Schreibtische mit Sitzmöglichkeiten für Wartende, Kontoauszugdruckern und Hydrokulturbehältern mit mannshohen Pflanzen als Sichtblenden ab. Der Raum war dermaßen überheizt, dass Hanna unmittelbar nach Betreten der Schweiß ausbrach. Wieder rüttelte es auf ihrer Brust. Hanna nahm das Handy aus der Jacke und ärgerte sich beim Blick auf das Display über die Hartnäckigkeit des unbekannten Teilnehmers. Schwitzend zog sie ihre schwere Lederjacke aus und ließ sich in eine Sitzecke fallen. Ohne auf das Schmelzwasser zu achten, das sie großzügig über Ledersessel und Teppichboden verteilte, beantwortete sie den Anruf mit einem unfreundlichen: »Ja?«

»Hanna?«

»Wer ist da?«

»Rainer. Äh, Rainer Steinberg. Störe ich?«

Hannas Herz machte einen Hüpfer.

»Nein. Hallo, wie geht's dir?«

»Alles klar. Ich wollte nur fragen, ob du … also, ob ihr auch so was wie Mittagspause macht.«

»Wer, ›wir‹?«, fragte Hanna.

»Ihr Bullen, äh …« Rainer stockte. Dann nahm er Hannas Lachen zur Kenntnis.

Ich habe die längste Pause von allen, dachte Hanna, biss sich auf die Lippen. Rainer fuhr fort: »Ich bin nämlich in Hilden an der Musikschule und dachte, wir könnten zusammen essen, also, äh …«

»Abgemacht«, antwortete Hanna, »wo und wann?«

Rainer schien völlig überrumpelt von ihrer schnellen Zustimmung. Er stotterte eine Weile herum, dass er darüber noch nicht nachgedacht hatte. Schließlich schlug er die Kantine des Arbeitsamts neben dem Stadtpark vor, und Hanna lachte auf.

»Arbeitsamt klingt gut!«

Rainer beschrieb Hanna den Fußweg. Vom Ende der Fußgängerzone aus durch den Stadtpark war das Gebäude leicht zu finden.

»Ist kurz nach zwölf in Ordnung?«, fragte er.

Hanna sah auf die Uhr und stimmte zu. Sie sagte, dass sie sich darauf freue, Rainer zu sehen. Was völlig der Wahrheit entsprach. Allerdings nicht nur, weil sie mit ihm essen wollte.

Donnerstag, 16. November – 11:09 Uhr

Hanna Broder hätte aufgeben können. Die Weichen dafür waren gestellt. Ein kurzes Mittagessen mit Rainer Steinberg, Sachen packen, und bevor die Dunkelheit einsetzte, konnte sie wieder auf dem Rückweg nach Peine im Zug sitzen. Frieder würde sich wundern. Ihr Sohn würde sich freuen.

Frieder wäre vielleicht sogar froh, wenn ich Julian die Kondome besorgen würde, dachte Hanna. *Ich könnte schon morgen früh in meiner alten Dienststelle Schadensbegrenzung betreiben und eine neue Versetzung beantragen.*

Doch der Gedanke ließ sie kalt.

War es der plötzliche Wintereinbruch, der dieser Stadt innerhalb von Minuten ein völlig neues, unschuldiges Antlitz verpasst hatte? War das ein Zeichen für ihren Neustart? Oder war es Jürgen Meusers Anpfiff? Hatte der Dienststellenleiter Hannas Kampfgeist mit Füßen getreten, damit sie aus Trotz wieder aufstehen konnte? Nachdem Hanna in seinem Büro symbolisch zu Boden gegangen war, fühlte sie nun, wie sich ihre Wut gegen Meuser auf einen Punkt konzentrierte. Sie starrte gedankenverloren auf die braunen Kugeln aus Blähton in der Hydrokultur neben der Sitzecke und richtete ihren inneren Blick auf die wenigen Möglichkeiten, die nach ihrer Suspendierung geblieben waren, um weiter an dem Fall arbeiten zu können. Bisher bestanden die Ermittlungsergebnisse aus einer Vielzahl loser Enden, die sich immer wieder kreuzten. Doch seit Einsetzen des Schneetreibens war Hanna vom Informationsfluss abgeschnitten. Zumindest offiziell, wenn es nach Meuser ging. Sie hatte den Auftrag zusammen mit der Dienstwaffe abgeben müssen. Dieser Umstand tat

Hanna weniger leid als der Verlust ihres Dienstausweises, mit dessen Hilfe sich Türen öffneten und Zivilpersonen zur Zusammenarbeit ermuntert werden konnten, wenn es darauf ankam. Hanna nahm ihre Jacke, stand auf und reckte sich. Auf einmal breitete sich das Gefühl von Freiheit in ihr aus. Ein Gedanke nahm Form an und zauberte ein Lächeln auf ihr Gesicht.

Ich bin offline und habe keine offizielle Eintrittskarte mehr. Aber wer soll mich daran hindern, mit Leuten zu sprechen, die mich bereits als Kommissarin kennen?

Sie wusste aus ihrer Zeit im Betrugsdezernat, dass ein Mann im Overall als Mechaniker durchging, wenn er sich auf diese Art vorstellte. Sie hatte falsche Ärzte und sogar selbst ernannte Piloten überführt, die einfach per Uniform und Auftreten ihre Opfer hinters Licht geführt hatten. Wie leichtgläubig manche Zeitgenossen waren, wenn es darum ging, dem äußeren Anschein Glauben zu schenken, hatte Hanna schon damals verblüfft. Sie trat an eins der großen Fenster zur Mittelstraße und sah dem Schneegestöber zu, das die Stadt einhüllte. Hanna nahm sich vor, einen letzten Versuch zu starten. Den oder die Mörder von William Styneberg und Walther Meister zu überführen. Sie sah auf den Kalender, der an einer Säule hing, und gab sich bis Montag Zeit.

Vier Tage … von jetzt an. Wenn es in die Hose gehen sollte, sitze ich Montagmittag wieder in der S-Bahn, dachte Hanna. Sie trat an eins der Stehpulte und nahm den Kugelschreiber und ihr Notizbuch aus der Jacke. Dann begann sie, lose Enden zu sammeln und zu notieren. Da waren zunächst die beiden Opfer, die durch Ertrinken zu Tode gekommen waren. Der Angreifer in Rainer Steinbergs Haus. Der Kombi, den sie an zwei Orten im Zusammenhang mit dem dritten möglichen Opfer gesehen hatte. Die Verbindung zwischen den drei alten Herren, von denen einer sich nun unter Bewachung im Krankenhaus befand. Der Klavierladen und Rainers Onkel. Eine fiebrige Energie ergriff von Hanna Besitz, was nicht an der überhöhten Temperatur in der Stadtsparkasse lag. Als ihr die Seiten des Notizbuchs zu klein wurden, wühlte sie sich auf der Suche nach unbeschriebenem Papier durch Überweisungsträger und Finanzierungsprospekte.

»Kann ich Ihnen helfen?«

Schon wieder diese Frage, doch diesmal sah Hanna den jungen Bankangestellten im Dreiteiler freundlich an und entgegnete mit gespielt zarter Hilflosigkeit: »In der Tat! Könnten Sie mir bitte …«

Eine Minute nach zwölf war Hanna im Besitz von drei eng beschriebenen Seiten Briefpapier des Sparkassenverbands. Ein Versuch, die losen Enden auf eigene Faust auszuloten.

Hannas neuer Freund in der Filiale hieß Achim Wittler und war sehr erfreut, eine »coole Kommissarin« – so nannte der Banker Hanna tatsächlich – leibhaftig zu kennen. Achim erlaubte Hanna sogar, sich an seinem Schreibtisch per Google im weltweiten Netz auszutoben. Lange brauchte Hanna nicht, um die Adresse und den Namen der verantwortlichen Redakteurin der »Aktuellen Stunde« herauszufinden. Etwas länger dauerte es, den Namen und die Telefonnummer von William Stynebergs Ehefrau in den USA ausfindig zu machen. Hanna konnte sie gerade noch notieren, bevor sie von Achim aus dessen Bürostuhl geschubst wurde:

»Achtung, Chef im Anmarsch!«

Der ältere Herr marschierte im Stechschritt über den geschmacklosen Teppichboden auf Achim Wittlers Arbeitsplatz zu. Sein Untergebener öffnete fieberhaft eine Excel-Datei, die das Browserfenster auf dem Computerbildschirm mit einer Vielzahl von Zahlen überlagerte. Der Chef stellte sich Hanna förmlich vor und wollte von Achim wissen, wieso die Kundschaft an den Rechner durfte. Eigentlich sei dies, nun ja, nicht vorgesehen. Hanna war beeindruckt von den höflichen Umgangsformen im Geldgewerbe. Tatsächlich konnte Achims Vorgesetzter wortreich davon überzeugt werden, dass sich Hanna über die Finanzierung eines Vorhabens mit eigenen Augen den Überblick verschaffen musste. Dass der Chef nur nickte und einen oberflächlichen Blick auf den Bildschirm seines Untergebenen warf, erinnerte Hanna an ihren Dienststellenleiter. Dieser Mann glaubte, was er präsentiert bekam. Was er sehen wollte.

Da sie es nun mehr als eilig hatte, Rainer zu treffen, geleitete Achim seine neue Kundin persönlich bis zum Ausgang und verabschiedete sich an der automatischen Glastür per Handschlag von Hanna. Seine Hand war warm und trocken. Angenehm.

»Du hast meinen Hintern gerettet«, sagte Hanna.

»Immer wieder, Frau Schimanski«, antwortete der Bankangestellte und fügte hinzu: »Sehr gern«, während er ihr seine Visitenkarte überreichte. Achims Lächeln war umwerfend.

»Hey, so alt wie Schimi bin ich aber noch nicht«, protestierte Hanna scherzhaft.

»Ich weiß. Sehe ich dich wieder?« Achim musste etwa zehn Jahre jünger sein, eher fünfzehn Jahre, schätzte Hanna und stufte ihn als Möglichkeit ein. Rein privat.

»Die Stadt ist klein«, antwortete Hanna. Und legte ein Versprechen in ihr Lächeln, das ernst gemeint war.

Um nicht mitten im Schneegestöber zu stehen, flüchtete Hanna in die Einkaufspassage schräg gegenüber der Sparkasse. Sie rief in der Redaktion der Lokalnachrichten des WDR in Düsseldorf an. Die Redakteurin in der Stromstraße hieß Delia Hammesfahr. Sie erkannte die Kommissarin aus dem Bericht und glaubte Hanna jedes Wort. Daher beantwortete sie alle Fragen auch ohne Dienstausweis und bürokratischen Schnickschnack. Es machte der Redakteurin sogar Spaß, mit der Kommissarin zu reden. Schließlich hatte sie den kurzen Bericht über die »misslungene Rettung« von Johann Schmidt, wie sie es nannte, selbst am Schneidetisch bearbeitet und den süffisanten Text der Moderation dazu geschrieben. Hanna schluckte ihren Ärger hinunter und formulierte ihre Anfrage sorgfältig: »In Ihrem Bericht taucht ein auberginefarbener Ford Mondeo im Bild auf. Dieses Fahrzeug ist für unsere Ermittlungen wichtig. Allerdings ist das Kennzeichen des Wagens nicht zu erkennen, da es verdeckt wird. Besteht die Möglichkeit, dieses Nummernschild zu erkennen? Sie haben den Bericht aus Material zusammengeschnitten, von dem vielleicht mehr übrig ist als das, was gesendet wurde, oder?«

»Wir sollen sichten, ob wir in dem Material mehr von dem Wagen sehen?«, fragte Delia Hammesfahr.

»Das Kennzeichen des Wagens wäre hilfreich«, sagte Hanna und gab der Redakteurin ihre Handynummer. Die versprach, sich so schnell wie möglich darum zu kümmern. Im gleichen Atemzug bat sie um eine Gegenleistung, nämlich exklusive Informationen zum Fall. Hanna sagte zu, ohne zu zögern. Sie hatte kein schlechtes Gewissen, die Redakteurin anzulügen. Schließlich war Hanna vom internen Kreis der Ermittlungsergebnisse ein für alle Mal ausgeschlossen.

Donnerstag, 16. November – 12:24 Uhr

»Schinkengulasch mit Spiralnudeln, bah!« Hanna war skeptisch und atemlos. Viel zu spät in der Kantine angekommen, stand sie neben dem sichtlich genervten Rainer am Ausgabetresen. Dass sie sich kurz nach ihrer Suspendierung schon im Arbeitsamt befand, machte die Sache nicht einfacher. Rainer wirkte verquollen und verpennt, hatte mit dem Essen auf Hanna gewartet und sah nun alle zehn Sekunden auf seine Armbanduhr.

»Die kochen hier alles selbst. Das ist echt lecker.« Dafür bekam er von der freundlichen Frau im weißen Kittel eine Portion in den tiefen Teller geklatscht, die eine dreiköpfige Familie satt machen könnte.

Hanna zuckte mit den Schultern. Sie kannte Kantinenfraß seit der Schulzeit zur Genüge. Ihre Erfahrung hielt sie davon ab, »Hähnchenbrust Cordon bleu auf karibische Art im Rosinen-Ananas-Reisring« zu riskieren. Sie deutete auf die Schüssel mit dunkelbraunen Fleischstücken, die in noch dunklerer Tunke schwammen: »Ich nehme auch so was. Aber ein Viertel von seiner Portion, bitte.«

Als hätte Hanna die Kittelfrau persönlich beleidigt, schwappte braune Brühe über die gedrehten Eiernudeln, und Hanna wurde schon zum zweiten Mal an diesem Tag an ihre Jugend erinnert.

»Wieso bist du so hektisch? Und warum siehst du aus, als hättest du die ganze Nacht gesoffen?«, wollte Hanna von Rainer wissen. Der war konzentriert mit der Zungenspitze zwischen seinen Lippen damit beschäftigt, auf dem Weg zum nächstliegenden Kantinentisch keine Sauerei mit dem Soßennudelberg auf seinem Tablett anzurichten.

»Du bist zu spät«, war alles, was er zu dem Thema von sich geben konnte. Zumindest, bis die beiden endlich Platz genommen hatten. Rainer deutete auf eine überdimensionale elektrisch beheizte Suppenterrine.

»Willst du ein Süppchen als Vorspeise? Ist im Preis mit drin. Sauerampfer.«

Hanna schüttelte den Kopf und sah in Rainers blutunterlaufene Augen, unter denen zwei pralle Tränensacke hingen. Sie versuchte einen Schuss aus der Hüfte. Überraschungsangriff: »Wer war der Fahrer des Ford Mondeo? Der mich angegriffen hat?«

»Guten«, antwortete Rainer, als habe er Hanna nicht gehört. Er steckte seinen Löffel in den Nudelberg und aß, vielmehr schaufelte er, als hinge sein Leben davon ab. Als müsste er in kürzester Zeit so viel Fleisch und Eierspiralnudeln inhalieren wie möglich.

»Hey, langsam, nicht so hastig«, sagte Hanna.

»Im hamm numf bitt einf ause«, antwortete Rainer.

»Wie bitte?« Erst jetzt fiel ihr auf, dass dieses Gulasch ganz ausgezeichnet duftete. Das Wasser lief ihr im Mund zusammen, während Rainer seinen Mund leerte und tatsächlich eine kurze Pause einlegte, um verständlicher zu antworten: »Ich habe nur bis eins Pause. In einer Viertelstunde muss ich wieder Unterricht geben.«

»Du bist Lehrer?«

Rainer nickte stumm, nun wieder kauend.

Ellenbogen, Ellenbogen – warum bist du so ungezogen?

Hanna fiel der Spruch aus ihrer Kindheit ein, als sie ihm zusah, wie er mit den Armen auf den Tisch gestützt Nudeln vertilgte.

»Ich dachte, du bist Musiker?«

Rainer nickte stumm, mit vollem Mund.

»Was ist mit dem Wagen, der vor deiner Tür stand? Wem gehört der? Meine Güte, hör doch mal 'ne Sekunde auf zu mampfen«, sagte Hanna aufgebracht. »Ich denke, du wolltest mich treffen. Aber nicht nur, damit ich dir bei dieser unappetitlichen Fresserei zusehe, oder?«

Einige Gäste drehten sich zu Hanna und Rainer um.

»Zum Verhör bin ich aber auch nicht hier«, gab Rainer laut zurück. »Du bist zu spät gekommen! Ich gebe in der Musikschule

Klavierunterricht. Außerdem habe ich seit gestern Mittag nix mehr gegessen. Wenn du mich also bitte ...«

»Ist ja gut. Mahlzeit«, sagte Hanna sauer und stach selbst mit der Gabel zu. Als sich die Hausmacherkost auf Hannas Geschmacksknospen ausbreitete, weiteten sich ihre Augen. »Wow! Das ist ja köstlich!«

»Sag ich doch«, grinste Rainer. Danach herrschte für einige Zeit gefräßige Stille.

Als Rainer satt stöhnend mit Blick auf seine Uhr den Löffel fallen ließ, erbot sich Hanna, ihn auf dem Rückweg zur Musikschule zu begleiten. Nicht ohne den Hintergedanken, ihm die Autofrage erneut zu stellen und auf einer Antwort zu bestehen.

»Ich bin aber zu Fuß gekommen, sagte Rainer.

»Das passt gut, ich nämlich auch«, antwortete Hanna. Sie standen auf, brachten ihre Tabletts zum Tresen und winkten der Frau im Kittel zu. Hanna ließ es sich nicht nehmen, sich persönlich für die ausgezeichnete Mahlzeit zu bedanken, und machte damit einige Pluspunkte bei der Chefin.

Als Rainer aus dem Haupteingang auf den Platz vor dem Arbeitsamt trat und sich in der kalten Winterluft reckte, fragte Hanna: »Was hast du letzte Nacht getrieben?«

Wortlos marschierte Rainer voraus in den Stadtpark. Es war zu spät für falsche Rücksichtnahme, also ging Hanna ihm nach. Sie stellte sich ihm in den Weg. »Du hast meine Frage nicht beantwortet.«

»Du kannst mich mal«, erwiderte Rainer und stapfte um Hanna herum durch den Park Richtung Stadthalle. Als Hanna ihm folgte, erkannte sie einen verschneiten Minigolfplatz, der sie an etwas erinnerte, doch sie kam nicht darauf.

»Der auberginefarbene Ford Mondeo stand nicht nur vor deinem Haus, als ich überfallen wurde. Der Kombi wurde auch in der Beethovenstraße gesehen. Und zwar zur gleichen Zeit, als dort ein Mann im Begriff war, vor lauter Angst von einem Hochhausdach zu springen!«

»Was habe ich denn mit diesem Scheißkombi zu tun?«, schrie Rainer zurück. Hanna hatte schon genug Verhöre geführt, um zu wissen, dass Rainer Steinberg nicht die Wahrheit sagte. In diesem Moment klingelte ihr Handy. Sie ließ ihm ein paar Schritte Vorsprung und stellte die Verbindung her.

»Delia Hammesfahr von der ›Aktuellen Stunde‹.«

»Hallo«, sagte Hanna, »ist es ein gutes Zeichen, dass Sie sich so schnell melden?«

»Ich denke schon«, antwortete die Redakteurin. »Wir haben das Kennzeichen des Wagens ausfindig machen können. Der Ford ist in Düsseldorf zugelassen. Das Kennzeichen lautet: Dora Strich Paula Anton vier sechs zwo.«

Hanna notierte das Kennzeichen in ihrem Notizbuch und bedankte sich bei der Redakteurin. In ihrem Hinterkopf hatte es bereits fieberhaft zu arbeiten begonnen. Sie überlegte, wie sie auf dem schnellsten Weg an eine Halterfeststellung kommen konnte. Und hatte bereits die Idee, über einen alten Kollegen der ehemaligen Dienststelle in Peine zu gehen. Doch Frau Hammesfahr hatte noch etwas zum Thema beizutragen: »Ich weiß ja nicht, ob es wichtig ist, aber …«.

»Alles kann in diesem Zusammenhang wichtig sein.«

»Jedenfalls haben wir auf der Heckscheibe des Wagens noch einen Aufkleber gesehen. War gar nicht so einfach, auf der Vergrößerung zu erkennen, was darauf zu lesen war.« Die Redakteurin machte es extra spannend. Hanna musste sich zusammenreißen, ihr »Und?« nicht zu ungeduldig klingen zu lassen.

»Es war ein verschnörkeltes Emblem mit zwei Löwen und einem Vogel, so genau war das nicht zu erkennen, aber …« Während Delia Hammesfahr weitersprach, wurde Hanna abwechselnd heiß und kalt. Wie immer, wenn sich die losen Enden zu einem größeren Ganzen zu verbinden begannen. Das Emblem, welches die Redakteurin umständlich beschrieb und offensichtlich noch nie auf einer Schallplatte gesehen hatte, kannte Hanna. Und zwar nicht nur von dem weißen und dem schwarzen Plattencover des vierten und fünften Albums einer weltberühmten Rockband. Das weiße Album mit den beiden Löwen, dem Schwan und – wenn Hanna sich richtig erinnerte – einer Krabbe und zwei Elfen, die den Buchstaben »Q« einrahmten, hieß »A night at the opera« und war von Mitte der siebziger bis weit in die achtziger

Jahre eins von Hannas Lieblingsalben gewesen. Sie musste es wohl mehr als tausend Mal gehört haben.

»Queen …«, murmelte sie. Und sah, wie Rainer zwischen dem Immergrün des Parkausgangs Richtung Stadthalle vor ihr verschwand. Immer mehr lose Enden verknüpften sich, denn ihr fiel ein, wo sie das Symbol der beiden Queen-Cover zuletzt gesehen hatte. Als Aufkleber auf dem Badezimmerspiegel von Rainer Steinberg.

»Queen Reunion Band, ganz genau!«, hörte sie die verblüffte Stimme der Redakteurin aus dem Lautsprecher ihres Handys. »Woher wissen Sie das?«, wollte die Redakteurin wissen.

»Wir, äh … haben in dieser Richtung ermittelt«, log Hanna.

»Dann brauche ich Ihnen die Namen der Bandmitglieder wohl nicht zu nennen, oder?«, fragte die Redakteurin und klang eingeschnappt. Doch ihre Eitelkeit siegte, und sie fuhr fort: »Ich war nämlich eben noch ein wenig bei Google unterwegs. Habe die Homepage dieser Queen-Dingsda-Band ausfindig machen können.«

»Sie würden mir wirklich sehr mit den Namen der Musiker helfen, Frau Hammesfahr«, antwortete Hanna, nun völlig wahrheitsgemäß, und zückte ihren Stift.

»Na gut. Bass: Marius Lause«, las die Redakteurin vor.

John Deacon, dachte Hanna.

»Schlagzeug und Gesang: Piid Porter. Piid mit zwei Ida und einem Dora am Ende«, fuhr die Redakteurin fort.

Roger Taylor, dachte Hanna.

»Gitarre, Gesang und SFX: Max Neumayer. Neumayer mit Anton Ypsilon. Was ist denn SFX?«

»Special Effects. Der Typ spielt Brian May und kümmert sich um die Bühneneffekte«, murmelte Hanna. Die Redakteurin fuhr fort: »Wie auch immer. Der Letzte im Bunde heißt …«

»Lassen Sie mich raten«, sagte Hanna, »den Freddy Mercury gibt Rainer Steinberg, Klavier und Gesang, richtig?«

»Sie sind gut«, antwortete die Redakteurin beeindruckt, »aber wer ist Freddy Mercury?«

Hanna verschluckte sich und hustete. »Sie kennen den Frontmann von Queen nicht?«

»Rainer Steinberg, nein. Wieso?«, kam es verwundert zurück.

»Nicht der Frontmann der Queen Reunion Band«, sagte Hanna. »Ich rede jetzt von der echten Band ... *We are the champions, Bohemian rhapsody, Bicycle* ... Klingelt da nichts?«

»Ich, äh, nein«, hörte Hanna ein dünnes Stimmchen.

»Sie wollen mir erzählen, dass Sie noch nie etwas von Queen gehört haben, Frau Hammesfahr?!«

»Ich bin Jahrgang 1976«, kam es beleidigt zurück. Als ob das eine Entschuldigung sein könnte. Hanna war sprachlos.

»Vergessen Sie nicht, Sie haben mir exklusive Informationen zugesagt«, legte die Redakteurin nach und klang auf einmal wie ein quengeliger Teenager.

»Natürlich«, erwiderte Hanna. Und obwohl sie es nun eilig hatte, den Frontmann der Queen Reunion Band einzuholen, der gerade etwa hundert Meter vor Hanna über den Vorplatz der Stadthalle flüchtete, fiel ihr noch ein wichtiger Punkt ein, den die Redakteurin unbedingt beherzigen musste: »Von der Geschichte darf noch nichts an die Öffentlichkeit, haben Sie mich verstanden?«

Beleidigte Stille am anderen Ende der Verbindung.

»Frau Hammesfahr, wenn Ihre Berichterstattung unseren Ermittlungen vorgreift, werde ich persönlich dafür sorgen, dass Sie zur Rechenschaft gezogen werden. Kapieren Sie das?«

»Ja doch«, kam es nörgelig zurück. »Und was ist mit der Freiheit der Presse?«

»Sie haben die Freiheit, alles zu recherchieren, was mit einer britischen Rockband namens ›Queen‹ zu tun hat. Warum eine vierköpfige deutsche Truppe davon leben kann, die Stücke von Queen als Cover-Band nachzuspielen.«

»Was ist eine Cover-Band?«, wollte die Redakteurin wissen. Hanna verlor endgültig die Geduld.

»Benutz Google, Mädchen. Und nerv mich nicht. Ich melde mich wieder, wenn ich was habe.«

»So reden Sie nicht mit mir!«

»Ist ja gut, Frau Hammesfahr. Tut mir leid.« Hanna entschuldigte sich nur, um noch eine letzte wichtige Sache loszuwerden: »Wenn Ihnen noch etwas auffällt, rufen Sie mich bitte direkt an. Nicht auf der Dienststelle, dort bin ich nämlich so gut wie nie ...«

So gut wie nie, das ist gut, dachte Hanna.

»... Sie erreichen mich mobil unter ...«

»Ich habe mir Ihre Nummer bereits aufgeschrieben«, antwortete die Redakteurin zickig und unterbrach die Verbindung grußlos.

»Na, hoffentlich kannst du lesen«, murmelte Hanna, steckte das Handy ein und eilte Rainer im Laufschritt hinterher, der auf einmal zu rennen begann.

Donnerstag, 16. November – 12:55 Uhr

»Stehen bleiben! Polizei!«, rief Hanna.

Rainer verschwand hinter dem Gebäude der Stadthalle. Sie war ihm zunächst unauffällig gefolgt. Doch da er nun ganz offensichtlich flüchten wollte, blieb ihr nichts anderes übrig. Ihr Griff nach der Dienstwaffe war ein Reflex und führte ins Leere. Hanna spurtete auf die Brücke über die Itter zu. Dieser Punkt kam ihr auf einmal wie der vertrauteste oder zumindest bekannteste Ort der ganzen Stadt vor. Nicht zuletzt, da sie die leicht geschwungene Holzbrücke bereits einmal überquert und dann in ihrem verstörenden Traum gesehen hatte.

Als Rainer über die Schulter mitbekam, wie schnell Hanna aufholte, gab er auf. Er blieb über der Itter, mitten auf der Brücke stehen, hob abwehrend die Hände und versuchte, dabei cool zu wirken.

»Is ja gut. Nicht schießen. Was willst du denn?«

Hanna konnte seine Angst spüren. Sicherheitshalber zog sie ein paar schwarze Kabelbinder aus ihrer Lederjacke.

»Dass du mir nicht mehr abhaust, Freddy! Freddy Mercury, dass ich nicht lache.« Hanna drückte Rainers Hände auf das Brückengeländer und tastete ihn ab. Sekunden später war sein rechtes Handgelenk mit einer Acht aus zwei Kabelbindern fest mit dem Brückengeländer verbunden.

»Hey, spinnst du? Ich muss in die Musikschule!«

»Auberginefarbener Ford Mondeo, amtliches Kennzeichen D-PA 462«, sagte Hanna.

»Was soll der Scheiß? Mach mich gefälligst los!«

»Marius Lause, Piid Porter oder Max Neumayer?«

»Du kannst mich mal!« Rainer rüttelte wie ein Geisteskranker an seiner Handfessel. Offenbar fiel es ihm schwer zu begreifen, dass die beiden Plastikstreifen, die ihn wie Handschellen mit dem Brückengeländer verbanden, zu fest waren, um sie einfach abreißen zu können.

»Wer von den dreien fährt den Kombi?«, fragte Hanna.

»Leck mich!«

»Ich finde es sowieso raus«, sagte Hanna geduldig. »Sobald ich ins Internet komme, sehe ich mir eure Bandfotos auf der Homepage an. Dann identifiziere ich den Penner, der mich in deinem Haus angegriffen hat, und nehme ihn fest. Er bekommt die Nachbarzelle neben deiner.« Hanna ging über die Brücke Richtung Kreuzung. Rainer zappelte wie ein gefangenes Tier in der Falle, und seine Stimme überschlug sich: »He, warte! Wo willst du hin?«

»Ich schnappe mir den Mörder deines Onkels. Meine Kollegen werden dich einsacken«, antwortete Hanna über die Schulter. Ihr war bewusst, dass sie hoch pokerte. Doch sie konnte nicht anders, sie wollte Rainer zappeln und ihn leiden sehen. Zu Hannas Enttäuschung darüber, dass Rainer den Fahrer des Kombi deckte, kam die Frustration, dass sie ihn immer noch sympathisch fand. Selbst die Tatsache, dass er vielleicht mit den beiden Morden in Verbindung stand, konnte daran nichts ändern. Denn Hanna wollte nicht glauben, dass Rainer schuldig sein könnte. Es hätte eine tiefe Kerbe in ihre Menschenkenntnis geschlagen.

»Hanna, bitte!«, heulte Rainer von der Brücke hinter ihr her, wie ein angeketteter Hund. »Komm zurück, ich … Ich sage dir alles!«

Sie war bereits außer Sichtweite und wartete einen Moment. Obwohl niemand zu Fuß unterwegs war, konnte sie es nicht leisten, dass ein Autofahrer den sich windenden Mann auf der Brücke sah und Hannas ehemalige Kollegen rief. Denn dann wären ihre ganzen Bemühungen vergebens gewesen. Auch wenn es den Ermittlungen zuträglich gewesen wäre. Die Option, diese ganze Sache an Cocker oder die Kollegen der Mitte zu übergeben, kam in Hannas Auswahl von Möglichkeiten überhaupt nicht vor. Nicht mehr!

Seit Meuser Hanna in den Hintern getreten und Rainer sie vorsätzlich belogen hatte, nahm sie die Sache persönlich. Obwohl sie sich während ihrer Laufbahn bei der Polizei noch nie so weit von der Dienstvorschrift entfernt hatte. Und obwohl sie sich, trotz ihrer Suspendierung, immer noch wie eine Polizistin fühlte, reizte sie das Spiel mit Rainer bis zum Äußersten aus. Erst als er um Hilfe zu schreien begann, eilte Hanna zurück auf die Brücke.

Ein Fehler, wie sie sich später eingestehen muss.

Als sie Rainer sieht, ist etwas mit ihm passiert. Sein Gesicht ist zu einer Fratze aus dunklem Hass erstarrt. Das Handgelenk mit dem Kabelbinder darum ist blutig.

Ich bin zu weit gegangen. Schon wieder, denkt Hanna. Sie weiß aus Erfahrung, dass eine Vernehmung mit vernünftigen Ergebnissen nun ausgeschlossen ist, denn Rainers Schmerzen, die Angst und seine Wut haben sich verselbständigt. Für einen Moment ist sie ratlos. Freilassen kann sie Rainer nicht. Den Behörden will sie ihn ebenfalls nicht übergeben. Etwas an Rainers Hosenbund erregt Hannas Aufmerksamkeit, als die Brücke betritt und ihm näher kommt. Rainer trägt eine auffällige, große Gürtelschnalle, die Hanna vorher nicht bemerkt hat. Als sie erkennt, was die Schnalle symbolisiert, zuckt sie zusammen.

Das sind Klaviertasten! Wie in meinem Traum! Das kann doch nicht sein …

Da sich Hanna völlig sicher ist, diese Gürtelschnalle vorher noch nie gesehen zu haben – außer in ihrem Traum – passt sie für einen Moment nicht auf und kommt dem gefesselten Mann zu nah. Dem Verdächtigen, den sie eigentlich sympathisch finden möchte. Rainer macht einen Schritt nach vorn, soweit der an das Brückengeländer gefesselte Arm es zulässt, und zischt: »Du Miststück!« Gleichzeitig schnellt seine freie Hand im hohen Bogen hinter dem Rücken hervor.

Woher das Stück Holz kommt, mit dem er sie schlägt? Hanna bleibt keine Zeit mehr, darüber nachzudenken. Die Querstrebe des Brückengeländers trifft sie am Kinn. Hanna taumelt zurück, während der Schmerz in ihrem Gesicht explodiert. Sie sieht seine aufgerissenen Augen und will immer noch nicht glauben, dass er so etwas tun kann – *Rainer? Niemals!*

Hanna taumelt rücklings gegen das Geländer und verliert den Halt. Der Boden ist matschiger Schnee auf nassem Holz, das Geländer ebenfalls glitschig. Das Letzte, was Hanna sieht, bevor sie einen Salto rückwärts über die Brüstung macht, ist Rainers Gesicht. Er scheint es ebenso wenig glauben zu können wie Hanna. Doch es passiert wirklich. Kein Traum, diesmal nicht: Hanna landet mit dem Gesicht zuerst im steinigen Flussbett der Itter. Die knapp dreißig Zentimeter Wasserspiegel können den Fall kaum bremsen, werden aber völlig ausreichen, die Bewusstlose im eiskalten Wasser ertrinken zu lassen.

»Hanna! Das ... das habe ich nicht gewollt!«, brüllt Rainer und zerrt wie ein wild gewordenes Tier an seiner Fessel. Das Handy, die letzte mögliche Rettung, fällt ihm aus der Jacke, titscht noch einmal in den Schneematsch und verabschiedet sich ebenfalls mit einem Salto von der Brücke. Selbst wenn Rainer sich das Handgelenk durchnagen würde wie ein Puma, der in einem Tellereisen gefangen ist – bis er sich aus der Falle befreit und Hanna aus dem Flussbett ziehen könnte, ist sie ertrunken. Die verzweifelten Flüche, seine erbärmlichen Hilferufe, nichts wird gehört. Er hat einen Bullen getötet! Mehr noch: Er hat eine Frau umgebracht, die er mochte. Die einzige Frau seit langer Zeit, die er gut leiden konnte. Auch wenn sie ihn ungerecht behandelt hat. Als der auberginefarbene Kombi rutschend am Straßenrand neben der Brücke anhält, beginnt Rainer zu weinen. Vor Erleichterung. Dann ruft er Max zu, dass er ihn auf der Brücke lassen soll.

»Hol die Frau aus dem Wasser!«

Max biegt vor der Brücke ab und springt, ohne zu zögern, in die eiskalte Brühe. Es grenzt an ein Wunder, dass er die keuchende und zitternde Hanna ans Ufer zerren, dann Rainer von seiner Fessel befreien und mit dessen Hilfe Hanna in den Kombi verfrachten kann. Und das alles, ohne dass jemand eingreift oder die Polizei ruft.

Als die Männer Hilden verlassen haben und der Ford Mondeo

Turnier sich die Steigung Richtung Haan vornimmt, atmen Max und Rainer immer noch schwer. Sie sprechen kein Wort. Hanna liegt bewusstlos auf der Rückbank. Sie hat keine Ahnung, wie knapp sie dem Tod entkommen ist.

Samstag, 18. November – 14:55 Uhr

»Nein, das können wir nicht!«, hörte Hanna jemanden schreien und machte einen Versuch, die Augen zu öffnen. Das linke Lid spielte mit, doch rechts war ihr Gesicht dermaßen zugeschwollen, dass sich ihr Auge nur einen Spalt weit öffnen ließ. Der Raum kam ihr bekannt vor.

Hatte sie das Ertrinken in der Itter nur geträumt? Zum zweiten Mal? Das Zimmer, in dem sie lag, war das gleiche wie im Traum! Den Kopf heben?

Au! Nein! Scheißidee!

Also kein Traum. Die Kratzer an ihrer Hand. Der Verband auf dem Unterarm und diese gottverdammten Kopfschmerzen waren alles andere als ein Traum. Das war ebenso real wie der Umstand, dass Hanna an Händen und Füßen mit Kabelbindern – *mit meinen eigenen Kabelbindern!* – an das Holzbett im ersten Stock von Rainer Steinbergs Haus gefesselt worden war.

»Sie ist ein Bulle, verdammt noch mal!«, hörte Hanna unten jemanden rufen. Obwohl diese Aussage nicht mehr der Wahrheit entsprach, beunruhigte sie diese Feststellung des aufgebrachten Mannes. Besonders, da die Stimme noch lauter hinzufügte: »Ein Scheißbulle! Und sie hat mich *gesehen*! Wir müssen was unternehmen!«

Hannas Mund war stumpf und trocken. Ihr Gesicht brannte, und an welchen Stellen ihr Körper sonst noch überall schmerzte, konnte sie noch nicht genau lokalisieren, da die Fesselung sie daran hinderte, sich zu bewegen. Außerdem, und das gab schließlich den Anstoß dazu, sich aus ihrem Bett zu Wort zu melden, musste Hanna unglaublich dringend pinkeln. Und zwar sofort!

»Hey«, rief sie. Zunächst nur ein Krächzen. Doch der zweite Versuch, Rainer zu rufen, brachte bereits wieder den Anklang der autoritären Hanna hervor. Der Hanna, die sich nie unterkriegen ließ, die immer wusste, was zu tun war. Auch wenn das momentan absolut nicht den Tatsachen entsprach. Doch Hanna hatte gelernt, sich kleine Ziele zu stecken. Ihr erstes Ziel war, innerhalb der nächsten zehn Minuten auf gar keinen Fall ins Bett zu pinkeln.

»Rainer! Hey! Schwing deinen Hintern hier rauf. Sofort! Ich brauche Hilfe. Hörst du mich? Ich! Brauche! Hilfe!«

Hanna verschwendete keine Zeit, da sie sich über ihre Lage vollkommen im Klaren war. Die Jungs wussten nicht weiter. Hätten sie Hanna von Anfang an umbringen wollen, würden Probleme wie eine volle Blase bereits der Vergangenheit angehören, denn die hätte sich im Augenblick ihres Todes entleert.

An Flucht war nicht zu denken, dazu kannte Hanna ihre Handfesseln zu gut. Rettung durch Dritte war unwahrscheinlich. Rainers Haus lag zu einsam, als dass Hanna durch Hilfeschreie Aufmerksamkeit erregen könnte.

Also gut, die Jungs sind im Haus, warum soll ich nicht an der Diskussion um mein weiteres Schicksal teilhaben?, dachte sie und rief so lange, bis sie Schritte auf der Holztreppe hörte und die Zimmertür sich öffnete. Rainer trampelte ins Zimmer, hinter ihm tauchte ein Mann auf, den Hanna sofort als Max Neumayer identifizieren konnte. Denn der kleine drahtige Mann ähnelte Brian May tatsächlich so sehr, dass Hanna unwillkürlich Gitarrenklänge zu hören glaubte. Erst als Rainer etwas sagte und sie kein Wort verstand, fiel ihr auf, dass die beiden Musik angestellt hatten, anscheinend um ihre Rufe zu übertönen.

So abgelegen kann das Haus also doch nicht liegen, dachte Hanna und rief: »Was?«

Rainer drehte sich zu Brian alias Max um und rief: »Mach das leiser, verdammt noch mal!«

Der Gitarrist der Queen Reunion Band zuckte mit den Schultern und verschwand im Flur. Kurz darauf wurde die Musik leiser. Ein wenig leiser.

»Mach mich los!«, befahl Hanna. Doch Rainer schüttelte den Kopf und verschränkte die Arme. Dabei wirkte er wie ein verstockter Fünfjähriger.

»Wenn ich nicht sofort auf die Toilette komme, passiert ein Unglück!« Hanna konnte sehen, dass Rainer mit sich kämpfte. Offensichtlich hatte er keine Ahnung, was er tun sollte.

»Ich hau nicht ab. Wir können die Sache wie Erwachsene regeln«, sagte Hanna, nun viel freundlicher. Obwohl ihr der Harndrang bereits Tränen in die Augen trieb.

»Gib ihr 'n Topf oder eine Schüssel oder so was«, sagte Max, der hinter Rainer wieder im Zimmer aufgetaucht war.

»Wenn du glaubst, ich würde in dieser Lage in eine Schüssel pissen, hast du dich geschnitten!«, fauchte Hanna. »Was soll das werden? Geiselnahme einer Polizeibeamtin? Oder was?«

»Gib mir deine Zange«, sagte Rainer und drehte sich halb zu Max um.

»Spinnst du? Die Alte blufft doch nur! Bei der ersten Gelegenheit steht hier 'ne Hundertschaft Bullen im Haus!«

»Jetzt gib schon her, du Heimkind«, befahl Rainer und streckte die Hand aus.

»So redest du nicht mit mir!«, zischte Max. Er wirkte verletzt, trotzdem folgte er Rainers Anweisung. Hanna notierte in Gedanken die Rangordnung zwischen den beiden Männern, während Max den Leatherman von seinem Gürtel nahm und das Werkzeug wortlos in Rainers Hand legte.

»Bau keinen Scheiß«, sagte Rainer zu Hanna, setzte sich ans Fußende des Betts und knipste mit der Zange ihre Fußfesseln auf.

»Die Hände, los, mach! Meine Hände ...«, flehte Hanna, da sie sich nur noch ungefähr zehn Sekunden gab, bevor ihr Schließmuskel endgültig versagen würde. Beim ersten Schritt aus dem Bett knickte sie ein. Rainer half Hanna auf die Beine und führte sie in den Flur, wo sie sich losriss und auf die Toilette eilte. Die hitzige Diskussion der Männer hinter der Tür ging im unglaublichen Strahl ihrer Erleichterung unter. Bereits während sie auf der Kloschüssel saß, sah Hanna sich nach möglichen Fluchtwegen aus dem Badezimmer um. Das Fenster neben dem Klo war zwar nicht besonders groß, doch sie würde hindurchpassen. Dennoch, die Vorstellung, nach einem Sprung aus dem ersten Stock des kleinen Häuschens in Slip und T-Shirt durch den verschneiten Winterwald zu irren, nahm ihr jede Hoffnung. Außerdem tauchte Max in diesem Moment im Badezimmer auf und warf ihr Klamotten vor die Füße. Socken, Pullover, Jeans, keine Schuhe.

»Anziehen!«

»Verpiss dich! Tür zu«, bellte Hanna zurück. Sie hatte nicht vor, sich von Nummer zwei in der Hackordnung Anweisungen erteilen zu lassen. Wenn sie es schaffen würde, einen Keil zwischen die Männer zu treiben, rechnete sich Hanna sogar Chancen aus, auch ohne Flucht aus der Situation wieder herauszukommen. Da Max keine Anstalten machte, sich aus der Türöffnung des kleinen Badezimmers zu entfernen, zog sich Hanna unter seinen Augen ihre Kleidung an. Die Jeans und der Pullover waren trocken und steif, als ob sie nach einem Regen auf der Heizung getrocknet worden wären. Ihre Socken rochen muffig, und trotz der Übelkeit, die in Hanna aufstieg, während sie sich anzog, sagte sie: »Ich habe Hunger.«

Ich muss Zeit gewinnen! Sie irgendwie beschäftigen, um Zeit zu gewinnen, dachte Hanna.

»Sieht das für dich wie 'ne Einladung zum Abendessen aus?«

Max stand offensichtlich unter Stress. Seine Hände krallten sich in das Holz der Türfüllung. Hanna konnte das Weiße seiner Fingerknöchel erkennen. Sie machte keine Anstalten, in irgendeiner Form bedrohlich zu wirken. Stattdessen nahm sie ganz langsam einen Zahnputzbecher vom Spülbecken, legte die Tube und die Zahnpasta neben den Hahn und fragte: »Darf ich etwas trinken?«

Max zuckte mit den Schultern, dann wurde er von Rainer zur Seite geschoben, während Hanna den Becher füllte und gierig kaltes Wasser schluckte.

»Gehen wir runter«, sagte Rainer. Er hielt noch immer den Leatherman mit der eingeklappten Zange in der Hand. Dass er auf eine seltsame Art niedergeschlagen wirkte, machte Hanna plötzlich mehr Sorgen als das aggressive Auftreten seines Komplizen Max. Konnte es doch heißen, dass er eine Entscheidung getroffen hatte, die ihm leidtat. Die Entscheidung, dass er Hanna etwas antun würde, zum Beispiel.

»Hört mal«, begann Hanna, die ihre letzte Chance, heil aus der Sache herauszukommen, plötzlich in der Argumentation sah. Solange sie noch Zeit dazu hatte, würde sie Stein und Bein reden, um beiden Männern die Entscheidung schwer zu machen, sie zum Schweigen zu bringen. Denn ihr Instinkt sagte der Kommissarin a.D., dass sie etwas nicht wissen oder nicht weitertragen sollte. »Ich ermittle in dem Fall überhaupt nicht mehr. Das müsst ihr wissen. Bevor ihr einen Fehler macht, den ihr hinterher bereut, meine ich.«

Max schnaufte verächtlich und schob Hanna vor sich her durch den Flur. Die erste Gefahrenzone war für Hanna die steile Holztreppe des Fachwerkhauses. Wenn ihr einer der Männer auf dieser Treppe einen Schubs gab, würde sich Hanna bei dem Sturz todsicher den Hals brechen. Entsprechend erleichtert war sie, als Max vorging. Hätte Rainer sie gestoßen, wäre Hanna auf Max gefallen und hätte ihn mitgerissen. Zumindest in diesem Fall schien ihre Sorge unbegründet.

Im Wohnzimmer mit den tief hängenden schwarzen Eichenbalken wurde Hanna von Rainer angewiesen, sich auf einen Stuhl am Esstisch zu setzen. Die beiden Männer bauten sich vor ihr auf und blieben stehen.

»Was soll das heißen, du ermittelst nicht mehr?«, wollte Rainer wissen.

»Sie erzählt uns bloß Quatsch, um heil aus der Sache rauszukommen«, sagte Max.

»Ich bin suspendiert worden, weil ich bei der Rettung des vermeintlich dritten Opfers einen Fehler begangen habe«, antwortete Hanna und sah Rainer dabei fest in die Augen. »Du kannst es überprüfen. Ich habe weder Dienstwaffe noch Ausweis. Sieh in meiner Jacke nach.«

Rainer ging zu Hannas Lederjacke, die über einem Heizköper hing, und nickte. »Ich habe mich schon gewundert, dass du ohne Waffe auf die Rolle gehst.«

»Du schießt den Leuten nämlich gern in den Hintern, habe ich recht?«, grinste Max, während Rainer Hannas Brieftasche durchsuchte.

»Kein Ausweis«, sagte Rainer zu Max.

»Das heißt gar nichts.«

»Gebt mir ein Telefon, dann beweise ich es«, schlug Hanna vor.

»Ja klar, sonst noch was?«, regte sich Max auf.

»Ich wähle nur die Nummer der Mitte.«

»Der was?«, fragte Max.

»Von der Hildener Wache. Ich wähle nur die Nummer. Rainer fragt dort nach mir. Dann werdet ihr schon sehen.« Hanna hegte die leise Hoffnung, dass Cocker sie seit ihrem überstürzten Abgang aus der Mitte vermisste. Wenn sich jemand nach Hanna erkundigte und Cocker dieses Telefonat zurückverfolgte, bestand zumindest ein Hoffnungsschimmer, dass man nach ihr suchen und sie finden würde.

»Sag mir die Nummer«, befahl Rainer und hob den Hörer eines Funktelefons von der Station. Er erkundigte sich telefonisch in der Mitte nach der Kommissarin, wurde weiterverbunden und sprach leise mit einem Beamten der Kripo, dessen Namen Hanna noch nie gehört hatte. Ihr Herz sank, denn ein Hoffnungsfunke war gerade erloschen.

Rainer bedankte sich und legte auf.

»Sie sagt die Wahrheit. ›Kollegin Broder arbeitet nicht mehr für uns‹«, zitierte Rainer seinen Gesprächspartner an Max gewandt. Dann sah er Hanna an. »Wie hast du es geschafft, dermaßen schnell gefeuert zu werden?«

»Lange Geschichte«, winkte Hanna ab.

»Das ist völlig egal«, zischte Max, »sie hat mich erkannt. Und auch wenn sie kein Bulle mehr ist, ist sie immer noch Zeugin!«

»Und was sollen wir deiner Meinung nach tun?«, fragte Rainer. »Willst du ihr in meinem Wohnzimmer die Kehle durchschneiden und sie dann im Garten vergraben? Oder was?«

Hanna schluckte bei dem Gedanken. Max ging aufgeregt in dem kleinen Wohnzimmer auf und ab.

»Zeugin wovon überhaupt?«, fragte Hanna.

»Du hast mich gesehen! Also tu nicht so unschuldig«, brüllte Max.

»Ich habe nur das Auto in dem Bericht der ›Aktuellen Stunde‹ erkannt«, antwortete Hanna. »Aber das heißt nicht, dass ich …«

»Was soll der Quatsch? Hier! Du hast mich doch hier im Haus gesehen! Damals, als ich das Zeug abgewogen habe!«

Rainer sah mit offenem Mund von Max zu Hanna.

Die sah die beiden Männer an und zuckte mit den Schultern. »Was für Zeug?«

»Ach du Scheiße, Hanna denkt, dass du …« Rainer begann zu lachen.

Max und Hanna verstanden kein Wort.

»Du meinst, weil der Wagen am Hochhaus war, dass Max …« Rainer wollte sich überhaupt nicht mehr einkriegen.

»Was denn?«, fragte Max verunsichert.

»Der Mörder«, grölte Rainer. »Sie hält dich für den Mörder!«

»Hä?« Nun war es Max, der sich zu wundern schien, während Rainer immer noch lachte. Hanna verstand Rainers Heiterkeit nicht. Doch ihr war sehr daran gelegen, die Situation so schnell wie möglich aufzuklären.

»Sie waren letzten Mittwoch am Hochhaus in der Beethovenstraße, oder?«

Max zuckte mit den Schultern. »Ja, als Sie diesem Schmidt auf dem Dach in den Hintern geschossen haben? Klar war ich da. Aber ich bin ziemlich oft dort.«

Hanna zuckte zusammen, als sie Schmidts Namen aus Max' Mund hörte. Rainer lächelte, als Hanna fragte: »Warum?«

»Ich wohne im achten Stock«, antwortete Max. Dann runzelte er ärgerlich die Stirn, weil Rainer Steinberg wieder lauthals zu lachen begann.

Samstag, 18. November – 17:17 Uhr

Rainer und Hanna zogen abwechselnd an einem Joint und kicherten. Rainer hatte den Pizzaservice angerufen. Auf dem Tisch stand eine Flasche Rotwein, die Hanna, Max und er bereits geleert hatten. Grinsend öffnete Rainer eine zweite Flasche.

»Und du hast wirklich gedacht, ich würde den Mörder meines Onkels decken?«, fragte er bereits zum dritten Mal. Sowohl Hanna als auch Max verzogen das Gesicht. Sie waren froh, das Thema endlich vom Tisch zu haben.

»Fang doch nicht schon wieder damit an«, bat Hanna. Sie

wollte nicht mehr daran denken, wozu der in Panik geratene Max in der Lage gewesen wäre, nachdem er Hanna aus der Itter gezerrt und in Rainers Gästebett gefesselt hatte. Hanna kannte viele Beispiele verzweifelter Vertuschungstaten, die in stümperhaften Tötungsdelikten endeten. Wenn sich das Missverständnis zwischen Rainer, Max und ihr nicht geklärt hätte, wäre es durchaus möglich gewesen, dass Hanna wegen ein paar Kilo importierten Haschischs und Gras hätte ins Gleichnamige beißen müssen. Hanna war breit und schwach, außerdem bereits ziemlich angetrunken. Mühsam hatte sie die Bausteine der neuen Erkenntnisse zusammengebaut, nachdem Max und Rainer ihr alles erklärt hatten:

Max war bei Hannas erstem Besuch in diesem Haus gerade damit beschäftigt gewesen, Großhandelsmengen von Gras und Haschisch in Rainers Küche abzuwiegen und zu verpacken. Die Queen Reunion Band spielte monatlich auf mehreren Konzerten in niederländischen Großraumdiscos, meist auf dem flachen Land. Irgendwann waren die Frontmänner Rainer und Max auf die Idee gekommen, ihren Tour-Bus, der bereits vor dem Schengener Abkommen regelmäßig denselben Grenzübergang ohne große Kontrollen passiert hatte, auf den Rückreisen mit illegaler Importware zu versehen. Natürlich hielten sich die Männer gegenüber Hanna mit Zahlen bedeckt. Doch es fiel ihr nicht besonders schwer sich auszurechnen, dass Freddy und Brian, alias Rainer und Max, die Band als Vehikel benutzt hatten, um mit dem Groß- und Einzelhandel weicher Drogen ihren Lebensunterhalt ganz erheblich aufzubessern.

»Aber ihr verkauft wirklich nur Gras und Hasch? Keinen Koks? Keine Pillen oder so 'n Scheiß?«, fragte sie Rainer.

Er hob beschwichtigend die Hände und antwortete: »Absolut nur ehrliche niederländische Gewächshausware. Neunzig Prozent davon Gras, kaum Hasch.«

»Niemals harte Drogen. Und wir haben keine einzige Pille angefasst, never«, beteuerte Max.

»Wir sehen ständig in der Disse, was das Zeug bei den Verstrahlten anrichtet. Die schießen sich mit Pillen unbekannter Zusammensetzung und Herkunft Löcher in ihre Hirnchemie. Oft sind das nur noch Zombies in menschlicher Hülle.« Rainer gestikulierte wütend und schenkte Rotwein nach.

»Unser Gras ist Eins-a-Ware. Wenn's ein Ökosiegel dafür gäbe, wäre das echt bio, ehrlich!«, sagte Rainer. »Wir haben drei Lieferanten an strategisch günstigen Punkten in Holland. Während die Roadies aufbauen, huscht einer von uns schnell zum Züchter und ...«

»Huschte«, sagte Hanna ernst.

»Was?«, fragte Rainer.

»Vergangenheitsform«, erklärte Hanna. Ihr war bewusst, dass sie nun Gast statt Geisel war. Ebenfalls war ihr klar, dass einer der beiden Dealer durchaus wieder durchdrehen konnte. Doch Rainers Offenheit vor dem Hintergrund der Mordermittlung hatte sie sicherer gemacht. Auch ohne Dienstwaffe. »Euch ist hoffentlich klar, dass dieses Importunternehmen der Vergangenheit angehört, oder?«

Die Männer nickten und tranken schweigend. Hanna spürte stilles Bedauern in der Luft.

»Habt ihr noch Zeug hier?«, wollte Hanna wissen.

Rainer zog eine Schublade an der Stirnseite des Esstischs auf und holte einen durchsichtigen Gefrierbeutel heraus. Prall gefüllt mit Knospen der Cannabispflanze. Er warf den Beutel auf den Tisch.

»Sonst nichts mehr?«, fragte Hanna.

»Nachdem Max dich umgehauen hat, haben wir Hausputz gemacht. Hier würde sich jeder Drogenhund zu Tode langweilen ... bis auf diesen Beutel.«

»Wo habt ihr das Zeug gelassen, das Max verpackt hat, als ich kam?«

»Dir entgeht nichts, wie?«, fragte Rainer. Er sah Hanna ebenso beeindruckt wie amüsiert an.

»Weg«, antwortete Max. *Frag nicht*, sagte sein Blick.

»Was ist mit deiner Wohnung? Ist die sauber?«, wollte Hanna von Max wissen.

»Absolut«, antwortete er leise. Und Hanna wurde klar, dass Max es im doppelten Sinn ernst meinte.

»Na gut«, sagte sie, nahm noch einen Schluck vom Roten und klatschte in die Hände. »Hat jemand Blättchen? Vielleicht sollten wir vor dem Essen noch einen Appetitanreger durchziehen. Bin gespannt, ob sich das Zeug morgen auch noch so bio anfühlt, wie ihr behauptet.«

Während Hanna mit den Jungs auf das Essen wartete und den Joint kreisen ließ, richtete sie sich darauf ein, noch etwas in der Gegend zu bleiben. Die Ermittlung im Fall Styneberg ließ sich auch ohne Ausweis und Dienstwaffe bewerkstelligen, hoffte sie. Ihre Pläne wurden zwar von einer Wolke wohlschmeckenden Rauchs eingenebelt, doch Hannas nächstes Ziel manifestierte sich, während sie mit knurrendem Magen an der Tüte zog, die an Rainer Steinbergs Esstisch immer wieder die Runde machte.

Sie wollte ihren Standortvorteil nutzen. Anstatt sich nach der Suspendierung wie ein getretener Hund vom Schlachtfeld zu verziehen, würde sie sich den anderen Hunden des Rudels anschließen. Es war kein Zufall, dass sie mit dem Neffen eines Mordopfers und dem Bewohner des Hochhauses, von dem ein Selbstmörder springen wollte, an einem Tisch saß.

Lose Enden desselben Strangs, dachte Hanna. Ihr war klar, dass Kiffen nicht die beste Vorbereitung zur Analyse der Situation war. Aber ihre Erleichterung, unbeschadet aus der Geschichte hervorgegangen zu sein, schrie geradezu nach einer kleinen Party!

»Was denkst du gerade?«, fragte Rainer und reichte Hanna den Joint.

»Nichts«, sagte sie leise, schmunzelte und atmete den Rauch aus. Sie fühlte sich unglaublich überlegen und verführerisch. Die Wolke hüllte Hanna in einen feinen Schleier, als es an der Tür klingelte.

Nur Max zuckte zusammen.

»Das muss der Pizzavogel sein. Endlich!«, sagte Rainer und stand auf. Es war tatsächlich der Bote, der eine Calzone, zwei Quattro Stagione und einen riesigen gemischten Salat brachte.

Sonntag, 19. November – 00:03 Uhr

Bevor Hanna sich ihr T-Shirt über den Kopf zog, hielt sie inne und drehte sich zu Rainer um. Er saß aufrecht im Bett und rollte konzentriert mit der Zungenspitze zwischen den Lippen einen neuen Joint. Aus der Anlage im Schlafzimmer donnerten The Police einen von Hannas Lieblingssongs: *Roxanne*. Völlig mit dem Tütenbau beschäftigt, bemerkte Rainer den nackten Tanz der bekifften Hauptkommissarin am Fußende erst, als es schon fast zu spät war – als Hanna sich zu den letzten Takten von *Can't stand losing you* wiegte. Dann ließ sie sich auf das Bett fallen, und Rainers Bemühungen endeten in einem zerfetzten Patchwork aus Zigarettenpapier und dem Regen von Graskrümeln, gemischt mit Zigarettentabak.

»Ach, Shit!«, fluchte Rainer. Den Blick auf Hannas nackte Brüste gerichtet. Hanna begann zu lachen, bis sie keine Luft mehr bekam.

»Wir sind die LP-Generation, oder?«, fragte sie, plötzlich ernst.

»Was?« Rainer verstand kein Wort.

»Na ... Sting hat doch von Liebeskummer und zerkratzten Schallplatten gesungen. Das sind wir, oder nicht?«

»Du wohl eher als ich«, versuchte Rainer einen Witz. Er kassierte dafür von Hanna einen Schlag auf die Schulter.

»Ist Max für dieses Getue als Rockstar nicht zu alt?«, wollte Hanna wissen.

»Spinnst du? Der ist Baujahr '58, elf Jahre jünger als Brian May!« Rainer schien ehrlich entrüstet. Doch Hanna war bereits ein paar bekiffte Gedankensprünge weiter.

»Gelbe Telefonzellen, diese altmodische Droge ...« Sie krümelte Grasreste vom Kopfkissen in Rainers Bauchnabel. »Die Kids von heute sind völlig anders drauf. Die haben nicht mal mehr Schallplattenhüllen, dabei waren diese Hüllen echte Kunst. Sie haben nur noch Tausende von Songs auf ihren MP3-Playern und Handys. Überleg doch mal: Internet und Handy. Wie sich das Leben in den letzten zwanzig Jahren verändert hat. Allein die Handys ...« Hanna hatte sich in Rage geredet und unterbrach sich nur, um sich eine Zigarette von Rainer in den Mund zu stecken.

»Kriegst du gerade den Oldtimerblues?«, fragte Rainer und gab Hanna Feuer. »Soweit ich weiß, kann man auch CDs zerkratzen. Und gekifft wird noch in tausend Jahren, glaub mir.«

»Ach Scheiße. Ich fühle mich manchmal einfach alt.« Hanna atmete eine blaue Wolke in den Raum.

»Siehst aber nicht so aus«, sagte Rainer. Er legte eine Hand auf ihre Schulter.

»Weil dicke Menschen weniger Falten haben«, antwortete Hanna und atmete instinktiv ein, damit ihr Bauch etwas flacher wurde.

»Du bist völlig bescheuert«, lachte Rainer und rollte sich auf Hanna.

Sting sang: *»Walkin' on the moon.«*

Die Situation kam Hanna merkwürdig vor, wie eine Zeitreise – bekifftes Teenagerknutschen im Jugendzimmer. Als Rainer sich über Hanna beugte, um sie zu küssen, hielt sie ihn zurück. Nur wenige Zentimeter von seinem Gesicht entfernt fragte sie: »Kann ich dir eine Frage stellen, bevor wir das tun?«

»Alles, was du willst«, antwortete Rainer. Er wartete geduldig, seine Nase wie ein Habicht über ihrem Gesicht schwebend, bis sie endlich die richtigen Worte gefunden zu haben glaubte.

»Ich muss mir hundertprozentig sicher sein, dass du mir nicht das Herz brichst.«

»Wie soll das gehen?«, fragte Rainer. Er wollte sich erheben und von Hanna entfernen. Doch sie hielt ihn fest. Und Rainer bemerkte, nicht zum ersten Mal, welche Kraft in dieser Frau steckte.

»Ich meine nicht den Beziehungsscheiß. Davon habe ich schon mehr als genug durchgehalten und alles überlebt. Das ist es nicht, keine Sorge.«

»Was dann?«, wollte Rainer wissen.

»Ich muss sicher sein, dass du nichts mit den Morden zu tun hast, bevor ...«

»Natürlich nicht«, sagte Rainer. »Du kannst mir glauben, dass ich in meinem ganzen Leben niemals jemanden ermordet habe!« Die ehrliche Entrüstung ließ Hannas Herz einen erleichterten Hüpfer machen.

»Dann ist ja gut«, lachte sie. »Ich möchte nämlich nicht mit dir schlafen und dich später erschießen müssen, weil ich herausfinde, dass du mich belogen hast.«

Rainer schnaufte – ob belustigt oder erschrocken, Hanna konnte sich nicht entscheiden. Sie zog ihn zu sich und gab ihm einen langen und sehr zärtlichen Kuss. Kurz bevor die Erregung beide mitreißen konnte, sagte Hanna noch: »Und genau das werde ich tun … Wenn du mich in dieser Sache noch einmal belügst. So wie mit deinem Drogen abwiegenden Kumpel. Beim nächsten Mal bist du tot! Hast du mich verstanden?« Bevor Rainer reagieren konnte, setzte Hanna ihren Kuss fort und nahm ihm den Atem. Mit *Every little thing she does is magic* erschütterte The Police das Fachwerkhäuschen mitten im Haaner Wald bis in die Fugen. Hanna war wirklich eine absolute Meisterin in der Disziplin Zungenkuss.

Dass Rainer nicht aufsprang und aus dem Ittertal flüchtete, hatte weniger mit dem Vorsatz zu tun, nie wieder zu lügen, als mit Hannas Fähigkeit, ihn für den Rest der Liebesnacht wahnsinnig zu machen. Denn nicht nur die CD – diese ganze Nacht war definitiv ein *best of*!

Sonntag, 19. November – 12:34 Uhr

Als Rainer nach wenigen Stunden Schlaf unbekleidet und mit Schießscharten statt Augen in seine Küche kroch, empfing ihn Hanna mit einem Lächeln, das den Schnee im Vorgarten hätte schmelzen können. Sie trug bereits ihre volle Montur, inklusive Lederjacke und Blundstones mit Stahlkappe. Doch da Rainer erst auf anderthalb Zylindern lief, bekam er davon nichts mit. Für ihn war Hanna immer noch das nackte Wunder der letzten Nacht.

»Ist Max weg?«, röchelte er. Hanna nickte und reichte ihm Orangensaft im Glas, dann eine Tasse Kaffee.

»Danke. Oh Mann, ich fühle mich vielleicht … merkwürdig. An Stellen, von denen ich vorher gar nicht wusste, dass ich sie habe.« Er deutete auf die Seite seines Brustkorbs in Höhe seiner Achselhöhle. »Hier habe ich Muskelkater, kannst du dir das vorstellen?«

»Trink deinem Saft«, empfahl Hanna.

»Warum?«, fragte er und nahm einen tiefen Schluck.

»Darum«, antwortete sie und gab ihm einen innigen Zungenkuss. »So schmeckst du besser. Ich muss los.« Hanna wandte sich zum Gehen.

»Jetzt? Aber ... wohin denn?« Rainer war verwirrt und ehrlich enttäuscht. »Ich dachte, wir verbringen den Sonntag zusammen!«

»Geht nicht, ich muss mich mit einem Kollegen treffen«, antwortete Hanna.

»Du bist aus der Sache raus, hast du gesagt.«

»Ich bin suspendiert. Das habe ich gesagt. Nicht raus. Ich will noch ein paar Dinge klären«, sagte Hanna auf dem Weg in den Flur und nahm Rainers Autoschlüssel von einem Beistelltisch neben der Haustür. »Unter anderem muss ich das Missverständnis mit Max' Auto vor dem Hochhaus und den Angriff aufklären. Damit die Kollegen nicht weiter in diese Richtung ermitteln. Leihst du mir deinen Wagen?«

Rainer nickte. »Dann kommst du wenigstens zurück«, brummte er. Sein Körper wurde von einer großflächigen Gänsehaut überzogen, als er Hanna die Tür öffnete.

»Darüber denke ich in der Tat nach.« Hanna grinste und gab Rainer einen Kuss. »Es kann allerdings Montag werden. Ich muss einige Sachen regeln. Ist das okay?«

»Komm Montag um neun ins Blue Note, das ist ein Jazz-Club in Hilden. Ich spiele dort.«

»Mit der Queen Reunion Band?«, fragte Hanna verwundert.

»Nee ... Jazz. So 'ne Rhythm-'n'-Blues-Combo. Aber wir spielen auch Swing und Bebop. *I'm a man of many talents*«, sagte Rainer und lächelte Hanna schüchtern an. Doch die schien mit den Gedanken bereits unterwegs zu sein.

»Alles klar.« Ohne einen weiteren Blick verließ Hanna das Haus.

»Ich bin dir wie der totale Spießer vorgekommen, eine Enttäuschung, oder? ... Im Bett, meine ich«, rief Rainer Hanna durch die offene Tür nach.

»Frier dir nicht den Schwanz ab«, rief sie vom Gartentor aus zurück. »Das wäre 'ne Enttäuschung für mich. Also geh wieder rein!«

Rainer setzte sein Jungenlächeln auf, winkte und schloss die

Tür. Dass er am ganzen Körper zitterte, bemerkte er erst, als er den Motor seines Zafira hörte, der sich in einem Affentempo, trotz des Schnees, vom Haus entfernte.

Dass er bis über beide Ohren verknallt war, fiel Rainer etwas später unter der Dusche auf. Er sang lauter, als The Police *Every little thing she does is magic*. Dabei lief auf der Anlage in seinem Zimmer gerade Mose Allison. Er konnte es kaum erwarten, aus der Dusche zu kommen und endlich *Song 2* von Blur aufzulegen. Bei dem wilden Freudentanz vor dem Bett, in dem sich kurz zuvor sein Leben geändert hatte, ging einiges der Zimmereinrichtung zu Bruch. Aber es war ihm egal. Sosehr er die Freiheit und die Einsamkeit dieses Hauses und seines ganzen Lebens liebte – in diesem Moment wäre er Hanna überallhin gefolgt, nackt, wie er war, ohne einen Gedanken zu verschwenden.

Der Weg aus dem Tal bot ein abenteuerliches Panorama. Der Wald mit seinen verschneiten Bäumen erinnerte Hanna an Märchenbücher, die man im Kindesalter vorgelesen bekommt. Hier waren Wettläufe zwischen Hase und Igel ebenso vorstellbar wie Hexenhäuser mit Käfigen, aus denen Hänsel gerettet werden musste.

Hanna folgte der Serpentinenstraße bergauf nach Haan, wo Fachwerk und Schiefer sich in der Architektur mit Gründerzeit abwechselten. Das Bergische Land gefiel Hanna ebenso wie die Grenzüberschreitung zum Rheinland. Sie konnte sich die Rheinische Tiefebene als neues Wirkungsgebiet vorstellen. So wie die Hügel und Täler des Bergischen Landes als Wohnort. Beides lag eng beieinander und machte diese Gegend reizvoll. Ihrer Suspendierung sah Hanna mit den Augen einer Frau entgegen, die sich neu orientierte. Sie nahm sich vor, alles zu unternehmen, damit Meuser sie wieder in die Mitte, in den erlauchten Kreis der Kollegen aufnehmen würde.

Außerdem war sie entschlossen, den Düsseldorfer Kollegen Edgar Brandt, genannt »Cocker«, nach Möglichkeiten zu fragen, in der Gegend wieder Arbeit zu finden, falls ihr Vorgesetzter in Hilden sich nicht erweichen lassen würde. Bis auf den verunglückten Rettungsversuch auf dem Hildener Hochhausdach hatte sie gute Arbeit geleistet, fand Hanna. Außerdem hatte Cocker mehrfach auf dem Handy angerufen und das Treffen im Düsseldorfer Hafen vorgeschlagen, zu dem sie unterwegs war. Durchaus ein gutes Zeichen, fand Hanna.

Sonntag, 19. November – 12:51 Uhr

Das Geräusch des Schlüssels in der Haustür ging im Wirbelsturm aus Bassdrum und Snare unter. Die knarrenden Treppenstufen hatten keine Chance gegen bratende Gitarren und die Stimme von Damon Albarn, der *»I'm easy«* rief – manche nannten es Singen.

»Woo Hoo!«, brüllte der Sänger, als Rainer bewusst wurde, dass er nicht mehr allein nackt im Zimmer tanzte. *Song 2* von Blur endete, und eine traurige Trompete setzte ein, während Rainer fragte: »Was machst du denn hier?«

Rainers letzter Gedanke, bevor ein Drittel des Blutes aus seinem sich windenden Körper sprudelte, galt nicht seiner verwundbaren Nacktheit. Das letzte Gefühl, das der Sterbende verspürte, bevor er mit durchtrennter Kehle in die Knie ging, sein Bewusstsein verlor und verblutete, war die Scham, beim Tanzen beobachtet zu werden.

Rainer hatte in seinem ganzen Leben nur ein einziges Mal *richtig* vor anderen Menschen getanzt. Und das nur wenige Stunden vor seinem Tod. Vor einer Frau, bei der er völlig ohne Bedenken sogar ganz andere Schranken, Hemmungen und Barrieren hatte fallen lassen. Der er völlig vertraute. Sein Herz in ihrer Hand. *Woo Hoo!*

Hanna, dieser wunderbare Mensch, stand als letztes Bild vor seinem Auge, als Rainer Steinberg zum allerletzten Mal Darm und Blase entleerte und auf dem Teppich vor der Dusche starb.

Sonntag, 19. November – 13:19 Uhr

»Mir ist klar, dass du 'ne Sponti-Braut warst. Ich habe deine Akte gelesen. Kannst mit Regeln und Vorgesetzten immer noch nichts anfangen. Parka und Springerstiefel, Brokdorf und Friedensdemo, richtig?«

Cocker kaute grinsend auf einem Plastikhalm herum und schrie plötzlich auf, als Hanna ihm unter dem Tisch gegen das Schienbein trat.

»Au! Bist du bescheuert?«, zischte er, Tränen in den Augen.

Die Kneipen im Düsseldorfer Hafen hatten schicke Namen, schicke Bedienungen in engen, bodenlangen Schürzen und bestanden überwiegend aus Glas, Stahl und Leder. Mit Wänden aus naturbelassenem Beton. Nouveau Chic.

Norah Jones durchdrang per CD seit zwanzig Minuten klimpernd und säuselnd wie eine chinesische Wasserfolter Hannas Nervenkostüm. Sie war enttäuscht, hatte sich von Cocker mehr erhofft, als er zu geben bereit war. Sonntags über den Job zu sprechen, sei ihm unmöglich, ohne wenigstens leidlich betrunken zu sein, behauptete er. Also winkte Hanna immer wieder die Damen in Schwarz heran. Der Brunch und die anschließenden Getränke, zu denen Hanna ihren Ex-Gruppenleiter eingeladen hatte, waren etwa so teuer wie vier Übernachtungen in ihrer Discount-Herberge. Trotz der unerfreulichen beruflichen Situation surfte Hanna nach der vergangenen Nacht mit Rainer auf einer Welle von Glückshormonen, die sie übermütig machten. Verknallt wie eine Vierzehnjährige. Jeder zweite Gedanke galt dem sieben Jahre jüngeren Pianisten mit der Künstlermähne. Hanna konnte sich Rainer zwar absolut nicht als Frontmann à la Freddy Mercury vorstellen. Doch als neuer Mittelpunkt ihres Lebens hatte sich der liebevolle und begeisterungsfähige Mann bereits in ihrem Hinterkopf breitgemacht – im doppelten Sinn. Auf dem ganzen Weg von Haan nach Düsseldorf hatte Hanna die Nacht nachgefühlt, geschmeckt und gerochen. Wenn überhaupt, würde sie erst wieder duschen, bevor sie Rainer das nächste Mal begegnete, um wieder dessen Geruch zu tanken. So sehr genoss sie den neuen Mann in ihrem Leben.

Dabei habe ich ihn noch nicht einmal auf der Bühne gesehen, hatte Hanna gedacht, als sie den Wagen verschloss. Sie hatte Rainers Opel über der schraffierten Linie im Parkverbot vor einer ehemaligen Tankstelle geparkt, in der sich nun eine In-Kneipe namens Minol befand – neben einem Blumenladen namens Leos, in dessen Design und Ausstattung sich Hanna auf Anhieb verguckte, als sie vor der Tür auf Cocker gewartet hatte.

Doch wenn dieses Gespräch in die Hose ging – und danach sah es gerade aus –, würde Hanna die Segel streichen und die Sache aufgeben müssen. Die Fälle Styneberg und Meister würden Kollegen unter Cockers Leitung lösen. Auch wenn er die beiden Einzelfälle nach eigenem Bekunden für »ähnlich, jedoch keine Serie« hielt, was Hanna völlig anders sah. Cocker hatte darauf beharrt, die Serie erst ab dem dritten Mord gelten zu lassen. Schutzmaßnahmen für das mutmaßliche dritte Opfer hatte man nach Hannas Suspendierung eingestellt.

»Schmidt ist allein im Krankenhaus? Ohne Schutz? Habt ihr sie noch alle?«, erkundigte sich Hanna entrüstet. Nur, um einen langen und unerquicklichen Monolog von Cocker über sich ergehen lassen zu müssen. Er beklagte sich über fehlende Mitarbeiter, fehlende Kapazität an Rechnern und den Mangel an Menschen, die sie bedienen könnten. Über das brüchige Funknetz, kaum vorhandene grenzüberschreitende Fahndungsmöglichkeiten und zu wenig Platz. Besonders Platz schien in NRW Mangelware zu sein. Anscheinend gab es weder Platz auf Festplatten noch in Büros, in denen Mensch und Maschine untergebracht werden konnten.

Hanna fiel dazu wenig ein. An diesem toten Punkt der Konversation hatte sie Privates in die Waagschale geworfen. Ihre Dienstzeit in Niedersachsen war geprägt gewesen von dem Wunsch, sich von selbstständigem Denken und eigenen Problemlösungen nicht abhalten zu lassen. Dieses Vorgehen hatte Hanna nicht immer Pluspunkte bei Vorgesetzten eingebracht, doch ihre Aufklärungsquote lag über dem Durchschnitt. Die Trennung von ihrem Mann, der Tauschantrag für den Job in NRW – Hanna machte kein Geheimnis aus ihrer Vorgeschichte und ließ nur den einen, diesen einzigen dunklen Fleck aus, auf den Cocker natürlich zu sprechen kam, sobald Hanna die erste Pause einlegte, um von ihrem Milchkaffee zu trinken.

»Du hast deinen Partner die Treppe hinuntergestoßen«, stellte Cocker fest und hob die Augenbrauen.

»Eine Privatangelegenheit zwischen Franko und mir«, sagte Hanna. Sie war sich darüber im Klaren, dass diese ausweichende Antwort wie eine verkappte Rechtfertigung klang. Oder eine dumme Ausrede.

»Weshalb sitze ich hier herum und finanziere deinen Leberschaden?«, trat Hanna die Flucht nach vorn an. Sie hatte nicht vor, zu Kreuze zu kriechen, um wieder in den aktiven Dienst eingesetzt zu werden.

Wenn sich die Sache mit Rainer entwickelt, ist es das wert, mir einen anderen Job zu suchen, um bleiben zu können, dachte sie, warf einige Geldscheine auf den Tisch und stand auf. *Aber vielleicht soll es einfach nicht sein!*

»Warte doch, Hanna!«, rief Cocker hinter ihr her, als sie ohne ein weiteres Wort durch die Glastür stürmte.

»Was willst du eigentlich von mir?«, fragte Hanna atemlos, nachdem Cocker sie am Hafenbecken eingeholt hatte. Die merkwürdige Mischung aus alten Pflastersteinen, rostigen Stahlträgern und nagelneuen Palästen aus Glas und Stahl, mit moderner Kunst in Form kletternder bunter Männchen auf der Fassade, entsprach Hannas Gefühlslage. Die Vielzahl von Widersprüchen verwirrte sie. Die Vielfalt ihrer Emotionen würde sie überwältigen, wenn sie es zuließ. Doch Hanna riss sich zusammen und drehte sich zu Cocker um. »Warum wolltest du mich überhaupt treffen?«

Cocker starrte in das grauschwarze Wasser des Hafenbeckens, bevor er antwortete. »Es geht um einen Gefallen. Eine private Sache, bei der mir die Hände gebunden sind. Ich wollte dich bitten …«

»Mich? Die Sponti-Braut?« Hanna lachte auf. Es klang nicht fröhlich. Doch als sie Cockers Blick sah, seine Krähenfüße um die Augen und die tiefen Ulkusfalten neben den Mundwinkeln, seine gebeugte Statur und wie er sich an den Betonklotz eines ausgedienten Krans lehnte – konnte sie nicht anders, als Cocker zu fragen. Alles andere wäre ihr unanständig vorgekommen.

»Was ist los?«

Es war dem Kommissar körperlich anzumerken, welche Überwindung es ihn kostete, sich Hanna anzuvertrauen. Sein Blick brannte Löcher in das Hafenbecken und die umliegenden Fassaden. Hanna ließ ihn gewähren. Sie hatte sich angewöhnt, Menschen Zeit einzuräumen. Obwohl es ihr oft schwerfiel. So wie jetzt.

»Es geht um Marlene, meine Tochter. Wir nennen sie Marla. Sie ist erst vierzehn«, sagte Cocker nach einer Weile. »Seit Donnerstagabend ist sie verschwunden.« Dieser letzte Satz war der schwerste.

Cocker, der große rote Mann, ist angeschlagen, könnte jeden Moment einknicken.

»Was ist mit deinen Kollegen? Sie können …«

»Ich habe alle Hebel in Bewegung gesetzt«, unterbrach Cocker. »Meine Freunde aus der Dienststelle, die Abteilung für vermisste Personen … Wirklich alles und jeden, den ich für die Suche nach Marlene einspannen konnte. Aber meine Frau … Sie macht sich verrückt, und ich kann ihr nicht helfen. Seit dieser Geschichte in Hilden bin ich ständig unterwegs. Sie schläft überhaupt nicht mehr!«

»Schscht, schon gut«, sagte Hanna. Betroffen sah sie zu, wie Cocker in Tränen ausbrach.

»Ich weiß, dass du in Niedersachsen gute Arbeit bei Vermissten geleistet hast. Nur deshalb habe ich …«

»Beruhige dich«, unterbrach Hanna, »ich kümmere mich darum.«

»Wirklich?«, schnaufte Cocker.

»Ich kann riesige Typen nicht weinen sehen«, antwortete Hanna. »Dann verliere ich den Respekt. Also reiß dich bitte zusammen.«

Cocker musste grinsen. Er nickte und schniefte.

»Dir ist klar, dass es dich etwas kosten wird, oder?«, sagte Hanna.

»Was willst du? Geld? Ich kann dir …«

»Quatsch«, unterbrach Hanna, »ich möchte hierbleiben.«

»Aber Meuser untersteht mir nicht, Hanna. Ich kann ihm, wenn überhaupt, nur empfehlen, dass …«

»Warte, hör mir doch erst mal zu.« Sie legte ihre Hand auf Cockers Mund, damit er ihr eine Chance gab, den Handel überhaupt vorzuschlagen. Sie fühlte weiche Lippen. Dann konzentrierte sie sich wieder.

»Es geht nicht darum, mich durch Beziehungen in den Job zu drücken. Ich werde mich durch meine Arbeit rehabilitieren. Durch den Fall Styneberg.«

Cocker nickte. Obwohl er noch nicht verstand, was Hanna meinte. Sie erklärte es ihm.

Sonntag, 19. November – 18:07 Uhr

»Mama!« So nannte er sie sonst nie.

Es tat Hanna gut, die Stimme ihres Sohnes zu hören. Noch besser war es, gleichzeitig Julians Gesicht auf dem Monitor ihres MacBooks sehen zu können. Frieder hatte also recht behalten, was diese Form der Internet-Telefonie anging. Einzig die merkwürdigen Kopfhörer mit den unregelmäßig blinkenden blauen LEDs auf Julians Ohren irritierten Hanna. Das Arbeitszimmer in Peine war dunkel, nur spärlich von einer Schreibtischlampe beleuchtet.

»Was hast du für Dinger auf?«

»Neues Headset, cool, oder?«

»Sieht aus wie 'ne Folge ›Star Trek‹«, antwortete Hanna.

»Soll ich die Lichter abschalten?«, fragte Julian.

»Nee, lass mal. Wie geht's dir, Weihnachtsbaum?«

»Okay.« Mehr schien ihr Sohn nicht dazu sagen zu wollen.

»Machst du Fortschritte in Sachen Damenfußball?«

Der Kopf mit den blau blinkenden Ohren bewegte sich hektisch auf Hannas Bildschirm.

»Mann! Was hat Papa erzählt?«

»Er wusste vielleicht nicht, dass es ein Geheimnis ist, verliebt zu sein«, antwortete Hanna. »Aber ich rufe wegen einer völlig anderen Sache an. Du musst mir bitte helfen.«

»Wobei?« Julian schien froh, das Thema wechseln zu können.

»Du erinnerst dich an den Fall mit dem vermissten Jungen aus Gadenstedt, letztes Jahr?«, fragte Hanna. Eine rhetorische Frage. Selbst auf dem kleinen Fenster ihres Laptops leuchtete das Gesicht ihres Sohnes auf einmal heller als seine blauen LED-Ohren.

»Du meinst den Fall, den ich gelöst habe?«

»Genau den. Hier gibt es ein ähnliches Problem.« Obwohl die Sache ernst war, konnte Hanna nicht anders, als ebenfalls breit zu lächeln. Der offensichtliche Stolz, der Mutter und Sohn in dieser Sache verband, war seit über einem Jahr Hannas stärkste emotionale Verbindung zu Julian.

Das Auffinden eines vermissten Dreizehnjährigen im Landkreis Peine hatte ihn zum Helden der Tagespresse gemacht. Nach über sechzehn Stunden vergeblicher Feldarbeit war Hanna als Leiterin der Sonderkommission die Idee gekommen, ihren Sohn im World Wide Web nach Spuren des Jungen fahnden zu lassen.

Sosehr Hanna auch Julians schwer nachvollziehbare Aktivitäten am Computer immer beunruhigt hatten – online kannte sich niemand besser aus als Frieders Sohn. Kein Wunder, wurde er doch von seinem Vater stets mit dem neuesten technischen Schnickschnack versorgt, wie seine blau pulsierenden Ohrenlichter bewiesen.

Tatsächlich hatte Julian damals innerhalb weniger Stunden intensiver Netzrecherche eine Spur gefunden, die weder Suchhunde noch eine Hundertschaft der Polizei jemals hätten aufnehmen können: eine Verabredung des Jungen zum gemeinschaftlichen Selbstmord in einem Internetforum. Hanna hatte nur mit Hilfe ihres Sohnes in letzter Minute verhindern können, dass die beiden Kids von einer Autobahnbrücke Hand in Hand in den Tod sprangen. Zwei Kinder, die sich aus unterschiedlichen Gründen das Leben nehmen wollten, weil sie keinen anderen Ausweg mehr sahen.

Julian war es zu verdanken, dass Hanna und ein Polizeipsychologe rechtzeitig zur Stelle waren, um den beiden einen Ausweg aus ihrer vermeintlich unlösbaren Situation zu zeigen.

»Gib mir die Fakten«, sagte Julian. Er klang wie ein Erwachsener. Wie ein Kollege. Nicht altklug, sondern konzentriert auf die neue Situation, wie Hanna zugeben musste. Es versetzte ihr einen Stich, den schlaksigen Kerl, für den sie erst gestern am Bett *Bruder Jakob* gesungen zu haben glaubte, mit Informationen über Cockers verschwundene Tochter zu füttern.

Die Brust, der Brei, das erste Schulbrot, die kleinen Arme um meinen Hals, Pflaster auf Kniewunden, warme, salzige Tränen –

»Hey, was ist? Weinst du?«

»Blödsinn«, sagte Hanna und beeilte sich, von ihren Notizen abzulesen, ohne sich die Nase putzen zu müssen. »Das Mädchen heißt Marlene Brandt. Genannt Marla. Sie ist vierzehn Jahre alt, wurde am 11. Mai 1992 in Düsseldorf geboren. Vater ist Erster Kriminalhauptkommissar Edgar Brandt, Mutter Irmgard Brandt, geborene Krämer ...«

»Eine Geigerin«, unterbrach Julian.

»Die Mutter?«

»Nicht Irmgard, die ist eher bei Rezepten und Gartentipps aktiv.« Julians Stimme klang konzentriert. Hanna konnte das Tippen auf den Tasten hören. Er war schnell! »Marlene ... Sie kam bei ›Jugend musiziert‹ in den Landeswettbewerb ... Köln, Ensemblewertung für Duo ... Klavier und Streichinstrument.«

»Aber, wie kannst du so schnell ...?«

»Google«, antwortete Julian und tippte wie ein Besessener. »Das Mädchen hat es sogar bis in den Bundeswettbewerb geschafft ... In Freiburg.«

Hanna rieb sich die Augen und nutzte ihre Chance, sich die Nase zu putzen.

»Du wirst mir langsam unheimlich, Söhnchen«, sagte sie. Julians Lachen klang scheppernd über Lautsprecher. Und sehr fröhlich. »Sie ist die Tochter eines Kollegen?«

»Ja«, antwortete Hanna, »davon hängt viel ab. Ihr Spitzname ist Marla.«

»Sagtest du schon ...« Kurze Pause, während der Hanna ihrem Sohn wieder beim Tippen zusehen konnte. Eine Woge aus Zärtlichkeit brach über ihr zusammen. Ihr Sohn war nicht nur schön –

Bis auf die Kopfhörer, dachte Hanna, *du bist einfach wunderbar.*

»Sie hatte einen Wellensittich. Den ihre Mutter nicht leiden konnte. Der Vogel ist letztes Jahr gestorben. Bis vor Kurzem stand sie auf diesen Diddl-Schrott. Du weißt, diese Mäuse, aber jetzt ...«

»Woher weißt du das alles?« Hanna war völlig verblüfft.

»Marla hat ein Blog.«

»Ein was?«

»Ein Tagebuch im Internet!«

»Aber … Tagebücher sind eher privat«, gab Hanna zu bedenken.

»Ja, das war mal, früher. Bei Marla steht alles online. Sie sieht, äh … nett aus.« Julian hatte Feuer gefangen. Er brannte lichterloh. »Sie liebt Tokio Hotel, hasst aber Sushi. Sie ekelt sich vor rohem Fisch. Und würde sich gern den Bauchnabel piercen lassen. Irmi, ihre Mutter, ist ein Problem. In dieser Richtung werde ich weiter vorgehen.«

»Julian?«

»Ja?«

»Ich liebe dich!«

»Okay. Gib mir 'n paar Stunden. Dann weiß ich mehr.«

»Aber, ich meine es …«

»Ich melde mich, sobald ich was habe.«

… Völlig ernst. Unabhängig von deinen großartigen Fähigkeiten, wollte Hanna sagen. *Ich habe mich zu wenig um dich gekümmert. Muss nun feststellen, dass du groß und großartig geworden bist. Wunderbar! Ganz ohne mein Zutun. Wo war ich die ganze Zeit?*

Julian hatte die Verbindung getrennt, um sich der neuen Aufgabe zu widmen. Hanna brach in Tränen aus. Unbeobachtet und allein konnte sie ihren Gefühlen endlich freien Lauf lassen.

Dann öffnete sie das E-Mail-Programm ihres Laptops und schrieb ihrem Sohn einen langen Brief. Die erste E-Mail überhaupt, die sie jemals für Julian verfasste, beschäftigte sie bis tief in die Nacht. Bis das Schlafdefizit sie vom kleinen Tisch am Fenster aufs Bett zerrte. Ohne Zähneputzen, Abendessen oder ihre Klamotten auszuziehen. Ohne letzten Schluck, ohne alles.

Nur die Blundstones trat Hanna von den Füßen, nachdem sie den Liebesbrief an ihren Sohn gesichert hatte. Sie würde den Brief morgen abschicken, nachdem sie ihn noch einmal gelesen hatte. Als das Display des MacBooks erlosch, war Hanna bereits in einen tiefen, traumlosen Schlaf gefallen.

Kurz bevor das Feuer im Hotelflur ihre Zimmertür im ersten Stock erreichte.

Sonntag, 19. November – 23:33 Uhr

Der dünne Strahl aus der ersten Blechdose zieht sich wie eine Zündschnur von der Holztür im ersten Stock bis zur Treppe. Zimmer Nummer siebzehn.

Insgesamt werden es vier Dosen Feuerzeugbenzin von oben bis zum Foyer. Das Feuerzeug am Haupteingang berührt kaum den Boden, da legt die Flamme los und frisst sich wie ein Zehnkämpfer in verschiedene Richtungen fort. Die Geschwindigkeit ist verblüffend. Immer wieder atemberaubend. Doch die Bezeichnung »Foyer« ist ein schlechter Witz. Der Tresen, die Sitzecke – ungemütliches und billig furniertes Zeug, dass es schmerzt. Die Einrichtung von der Stange fängt zuerst Feuer und brennt wie Zunder. Papiere und Servietten fliegen lodernd auf, Botschaften der Apokalypse. Vernachlässigte Zimmerpflanzen am Fenster kräuseln sich unter der Hitze. Die erste Scheibe platzt.

Es hat einmal einen automatischen Feueralarm gegeben. Doch der ist Geschichte. Man kann zusehen, wie sich die gespritzten Linien aus Benzin durch das Hotel fressen. Gedankenstriche aus brennendem Hass rasen wie Vorboten der Hölle durch die Flure. Auf dem Weg nach oben. Zum Ziel.

Personal ist nicht zu sehen. Der Manager liegt mit einer blutenden Kopfwunde bewusstlos in seinem Büro. Die Hitze breitet sich im Erdgeschoss aus und bleibt hinter der sich schließenden Glastür zurück. Von außen scheint man in ein brennendes Aquarium zu sehen. Oder in einen Kamin.

Noch schlagen die Flammen nicht aus den Fenstern. Noch ist es kalt. Keine Sirenen, noch nicht. Vom Parkplatz sind Stimmen und schlagende Türen zu hören. Schritte knirschen durch den Schnee. Jemand ruft: »Oh Gott!« Dann wird es Zeit, in der Nacht zu verschwinden.

The show must go on.

Montag, 20. November – 11:31 Uhr

»Was ist? … Was ist los?« Hannas Stimme klang, als würde man Schrauben in einer Blechdose schütteln. Sie hustete in ihre Sauerstoffmaske und kniff die Augen zusammen, da sie starke Halsschmerzen hatte. Cocker, der Hanna gegen den Willen des behandelnden Chefarztes aufgeweckt hatte, litt sichtlich mit.

»Du bist fast draufgegangen, das ist passiert.«

»Ich kann mich an nichts erinnern«, krächzte Hanna und setzte die Maske ab.

»Dein Hotel ist bis auf die Grundmauern heruntergebrannt. Du hast eine Rauchvergiftung.«

»Wie ist das passiert?«

»Brandstiftung«, sagte Cocker und knirschte mit den Zähnen.

»Opfer?«

»Nur du und vier weitere Gäste mit Rauchvergiftungen, alle leichter als bei dir. Der Manager hat eine Gehirnerschütterung. Der Täter hat ihn niedergeschlagen, den Feueralarm und die Rauchmelder außer Betrieb gesetzt, das Ganze großzügig mit Brandbeschleuniger getränkt und dann angezündet.«

»Ein Glück«, sagte Hanna und hustete.

»Wie meinst du das?« Cocker klang wütend.

»Keiner ist umgekommen.«

»Du solltest wissen, dass es dem Täter darum ging, dich zu töten. So wie die Sachverständigen es sehen, galt der ganze Feuerzauber einzig und allein dir. Jemand wollte *dich* umbringen, Hanna!«

»Feuer und Wasser«, krächzte Hanna. Sie richtete sich auf und versuchte, die Kissen hinter ihren Rücken zu schieben. Cocker ging ihr zur Hand.

»Es hat mit dem Styneberg-Fall zu tun«, sagte Hanna. »Was meinst du?«

»Na ja, es könnte natürlich auch sein, dass dir ein alter Todfeind aus Niedersachsen nachgereist ist. Dann hat er ein Hotel mit vierzig Betten in Brand gesteckt, damit du an einer Rauchvergiftung stirbst.«

Hanna sah Cocker ungläubig an. Es dauerte einen Moment, bis sie begriff.

»Du machst dich lustig über mich«, sagte sie und schwang ihre Beine über die Bettkante. »Dreh dich um. Ich zeige dir meinen nackten Hintern nicht.«

»Was soll das werden?«, wollte Cocker wissen, während er Hannas Aufforderung folgte. Sie nahm ihre Klamotten, die sie zur Zeit des Brandes getragen hatte, aus dem Schrank und verzog angewidert das Gesicht.

»Bah, stinkt das. Ist von meinem Zeug sonst noch was übrig?«

»Leider nein«, sagte Cocker zur Wand. »Wo willst du hin?«

»Egal. Ich hasse Krankenhäuser. Außerdem habe ich Hunger. Raus. Auf 'ne scharfe Sache mit Nudeln oder so was.«

»Ich kenne einen Chinesen in der Nähe«, sagte Cocker.

»Gut ... Ist mein MacBook hinüber? Und meine Lederjacke?«, wollte Hanna wissen. Cocker machte eine bedauernde Geste.

»Scheiße! Mein Handy etwa auch?« Hanna beantwortete sich die Frage selbst, indem sie auf die Taschen ihres nach Rauch stinkenden Jeanshemds klopfte und erfreut zur Kenntnis nahm, dass sie ihr Telefon in der Brusttasche stecken hatte.

»Wenigstens das. Aber ich habe keine Schuhe mehr«, stellte Hanna frustriert fest.

»Ich schreibe deinem Lebensretter einen Strafzettel. Dafür, dass er dich aus dem brennenden Gebäude getragen hat, ohne deine Schuhe zu sichern.«

Hanna sah Cocker böse an. »Hast du 'nen Kasper gefrühstückt? Meine Schott und die Blunnies sind verbrannt, das ist nicht lustig!«

»Keine Ahnung, wovon du redest. Aber ich habe das hier für dich«, sagte Cocker und hielt Hanna ein paar damenhafte Pumps und eine pinkfarbene Windjacke vor die Nase.

Hanna verzog das Gesicht. Nicht nur, weil sie immer noch ein Kratzen im Hals hatte. »Woher ist das Zeug?«

»Die Sachen hat mir Irm für dich mitgegeben. Das ist meine Frau, also sag jetzt nichts Falsches.«

Schweigend schlüpfte Hanna in Jacke und Schuhe, während Cocker ihr grinsend zusah.

»Ich muss was essen«, sagte Hanna, »und ich brauche neue Klamotten.«

»Würde ich auch sagen«, bestätigte Cocker und zog seinen Mantel an. Hanna folgte ihm aus dem Zimmer.

»Wer hat mich eigentlich gerettet?«

»Oh, du kennst ihn«, sagte Cocker und hielt Hanna die Tür zum Treppenhaus auf. »Ein Feuerwehrmann. Ihr seid euch schon mehrfach über den Weg gelaufen.«

Hanna verzog das Gesicht. »Doch nicht etwa …?«

Cocker nickte: »Genau der Einsatzleiter der Feuerwehr, dem du den Arm ausgekugelt hast. Ich denke, du schuldest ihm was.«

»Verdammte Kleinstädte«, sagte Hanna und hustete. »Ich wette, dass ich hier nirgendwo Blunnies bekomme.«

»Ist das was zu essen?«, fragte Cocker. Hanna lachte auf.

Zwanzig Minuten später deutete Hanna mit der Gabelspitze auf Cocker. »Konntet ihr einen Bezug zwischen dem Brand und dem Fall Styneberg herstellen?« Cocker kaute lustlos und starrte aus dem Fenster. Der Baumarkt an der Walderstraße, gegenüber dem chinesischen Häuschen, gab gerade zwanzig Prozent auf alles – außer auf Tiernahrung.

»Ich habe noch nicht alle Ergebnisse. Fest steht, dass bei Meisters Haus Brandbeschleuniger benutzt wurde. Ebenso wie bei dir, also, äh, ich meine …«

»Schon gut«, sagte Hanna nachdenklich.

»Ich kann es nicht leiden, wenn man mit Besteck auf mich zeigt, Hanna.«

»Oh, entschuldige.« Hanna biss das Stück Ente von der Gabel. »Die Ente in Curry ist besser als alles, was ich bisher gegessen habe. Dieser Tipp ist super.«

Cocker matschte lustlos in seiner großen Suppenschüssel herum. »Hanna …«

»Warum isst du eigentlich nicht auch was mit viel Fett und Salz?«, fragte Hanna. »Soll glücklich machen. Mich macht es zwar nur fett, aber …«

»Du hast verdammtes Glück gehabt«, sagte Cocker. Er stand groß und ernst in dem kleinen Imbiss mit der Glastheke und dem Kühlschrank mit Panoramascheibe. Schlafentzug hatte seine Augen gerötet. Die Furchen in seinem Gesicht schienen in grauen Marmor gemeißelt. Hanna beeilte sich, bevor Cocker noch ernster werden konnte. »Ich möchte dir einen Deal vorschlagen, Edgar. Einen Handel.«

»Ich weiß, was du willst. Aber du bist suspendiert. Und ich bin nicht mehr lange hier.«

Hanna versuchte ein Lächeln, es sah furchtbar aus. Cocker ließ den Löffel in seine Suppe platschen. »Ach, komm schon. Akzeptiere das bitte! Übermorgen gebe ich die Leitung der Soko an Kollegen in der Mitte ab und gehe wieder nach Düsseldorf. Das ist immer so. Es ist vorgesehen, dass die Hildener Kollegen ihre Fälle nach Einrichtung der Soko selbst regeln.«

»Achtundvierzig Stunden«, sagte Hanna.

»Was?«

»Du kannst mich bis Mittwoch unterstützen. So lange bist du verantwortlich, richtig?«

»Ja«, sagte Cocker.

»Überlass mir den Zeugen Johann Schmidt. Ich werde ihn schützen. Auf diese Weise kommen wir an …«

»Hanna, das geht nicht! Du bist nicht mehr im Dienst«, unterbrach Cocker. Es klang wie ein Flehen, damit sie endlich die Tatsachen akzeptierte. »Ich könnte dich dafür bezahlen, dass du nach meiner Tochter suchst.«

»Darum geht es nicht«, flüsterte Hanna.

»Aber mir geht es darum. Genau darum!«, rief Cocker und hämmerte mit der Faust auf den kleinen Stehtisch. Seine Suppe schwappte über. Hanna zuckte zusammen. Die chinesische Familie hinter dem Tresen begann aufgeregt zu schnattern.

»Wir haben doch alles getan. Wie soll ich dich denn dazu bringen? Ich kann dich schließlich nicht zwingen, mir zu helfen«, jammerte Cocker. »Ich muss immer an meine Tochter denken. Ich weiß nicht, wo sie ist, und meine Frau … Wir …«

Cocker brach ab und schluchzte. Hanna tätschelte seine Schulter und sah aus dem Fenster.

»Ich habe doch gesagt, ich kümmere mich darum.«

»Ehrlich?«, fragte Cocker und schniefte.

»Ja«, sagte Hanna, »aber hör auf zu heulen. Das kann ich nicht leiden. Wir finden Marlene. Verlass dich drauf.« Hanna straffte sich. Der Appetit war ihr vergangen. Den Zusatz »tot oder lebendig« hatte sie sich verkneifen müssen. Große Hoffnungen machte Hanna sich nämlich nicht, die Tochter des Kollegen wohlbehalten aufzuspüren. Doch Cocker schien erleichtert und fischte mit seinem Löffel sogar wieder in der Suppenschüssel nach Beute.

»Kannst du denn wenigstens noch etwas Hilfreiches zum Fall Styneberg beisteuern, bevor du die Kleinstadt wieder verlässt?«, fragte Hanna.

»Die Kriminaltechnik hat an beiden Leichen Spuren paraffinischer Verbindungen gefunden«, sagte Cocker.

»Was ist das?«, wollte Hanna wissen.

»Keine Ahnung«, gab Cocker zu. »Angeblich ist das Zeug ein Rückstandsprodukt aus raffiniertem Erdöl.«

»*Paraffin oil* ist Englisch und bedeutet Petroleum«, sagte Hanna.

»Woher weiß du das?«

»Ich war mal in Cornwall campen«, antwortete Hanna und lächelte bei dem Gedanken an die Erinnerung.

»Wie auch immer. Sie haben Spuren dieses Zeugs unter Fingernägeln und Augenlidern nachgewiesen«, sagte Cocker. »Außerdem in der Lunge.«

»Also überall dort, wo der Täter die Spuren nicht ausreichend abwaschen oder entfernen konnte.« Hanna dachte laut. »Er gibt sich Mühe, seine Opfer zu reinigen. Aber er hat keine großen chemischen oder anatomischen Kenntnisse. Er ist gründlich, aber er ist nicht übermäßig gebildet.«

»Also kein Hannibal Lecter?«, fragte Cocker sarkastisch. »Das beruhigt mich.«

»Nicht, was die Qualität der Morde betrifft. Aber daraus lässt sich nicht auf die Quantität schließen«, antwortete Hanna. Sie sah die Hoffnung in Cockers Ausdruck sterben. »Hier tötet jemand in schmutzigem Wasser. Der Täter will seine Opfer in dieser Brühe nicht nur umbringen, er will sie erniedrigen. Er mutet den Opfern die schmerzvolle und quälende Todesart durch Ertrinken zu. Und ich gehe davon aus, dass er es mit voller Absicht tut.«

»Du denkst also immer noch, das Motiv ist Rache?«, fragte Cocker.

Hanna nickte. »Danach reinigt er seine Opfer, um den Tathergang zu vertuschen, und legt sie an völlig anderer Stelle ab. Du kannst nächste Woche gern in dein Düsseldorfer Büro zurückkehren, Edgar. Aber schärfe den Hildener Kollegen ein, Johann Schmidt davor zu beschützen, wie eine Ratte in schmutzigem Wasser ersäuft zu werden! Bekommst du das hin?«

»Hanna«, Cocker hob die Hände.

»Mach es einfach ... für mich!« Hanna stieß die Glastür aus dem Imbiss auf. Sie stapfte ein paar Schritte mit brennenden Sohlen auf dem ungewohnt fragilen Schuhwerk von Cockers Frau den Bürgersteig entlang. Dann kam ihr eine Idee. Sie drehte sich um.

»Ich werde Johann Schmidts Personenschützerin.«

»Was?« In Cockers Gesicht formte sich Entsetzen.

»Ich trete mein Ehrenamt sofort an, Eddi«, sagte Hanna.

»Nein. Niemals!«, rief er. »Und nenn mich gefälligst nicht Eddi, das hasse ich noch mehr als Cocker!«

Hanna wollte Edgar Brandt, genannt Cocker, erklären, wie sie weiter vorgehen wollte. Doch ihr Handy klingelte. Sie erbat eine kurze Auszeit. Kurz zuvor hatte sie per SMS ihre Lieblingsklamotten bestellt. Bei ihrem Sohn, den Hanna von Stund an nur noch »Genie« statt »Schatz« nennen würde. Er hatte Neuigkeiten und eine Frage. Hanna schaltete den Lautsprecher ein, während sie auf den Pumps vor Cockers Wagen auf und ab stakste.

»Hey, Mom, was ich online rausfinden konnte, ist das: Blundstones findest du in der Schulstraße, Nummer 132. Die Schulstraße geht gegenüber der Kirche in der Fußgängerzone ab.«

»Okay, die kenne ich«, antwortete Hanna.

»Macht er das alles online?«, wollte Cocker wissen, während er den Wagen aufschloss, doch Hanna fuchtelte abwehrend, denn Julian fuhr fort: »Für deine Größe kann ich garantieren, für Stahlkappen nicht. Der Laden heißt ›Down Underwear‹, ein Wortspiel, haha. Die verkaufen dort nämlich auch australische Unterhosen. Lustig, lustig, so sind sie in der Provinz.«

Hanna musste lächeln, dennoch ermahnte sie ihren Sohn: »Der Unterschied zwischen deinem und meinem Standort beträgt nur ungefähr zehntausend Köpfe. Hier riecht es ähnlich wie in unserem Nest.«

»Kann sein«, erwiderte Julian wenig beeindruckt, »die Schott kann ich dir jedenfalls nur über eBay besorgen. Definitiv. Die gibt es im Moment weder in Düsseldorf noch in Köln. Oder möchtest du dich offline auf die Suche machen?«

»Vielleicht später. Ich danke dir, Superhirn.«

»Immer wieder gern.«

Hanna schaltete den Lautsprecher ab, während Cocker in den Wagen stieg. Sie drehte sich vom Audi weg und fragte leise: »Konntest du etwas über das Mädchen herausfinden?«

»Liest du deine E-Mails nicht mehr?«, fragte Julian verwundert.

»Tja, äh ... das geht im Moment nicht.«

»Ich habe mich schon gewundert, warum ich von dir noch keine Lobeshymne bekommen habe. Was ist los?«, wollte Julian wissen.

»Lange Geschichte. Mein Laptop ist verbrannt, zusammen mit meinen Klamotten.«

»Ach du Scheiße, deshalb ...«

»Ja, aber sag Frieder nichts davon, Schatz. Ich will nicht, dass er sich Sorgen macht«, bat Hanna.

»Hey, du traust mir mehr zu als Papa?«

Nein, aber ich traue Frieders Anwalt und der Amtsrichterin im Sorgerechtsprozess so ziemlich alles zu, dachte Hanna und sagte: »Bleib auf dem Teppich. Was ist mit Marlene? Was hast du herausgefunden? Ist sie ...« Hanna traute sich nicht, es laut auszusprechen.

»Wenn ihr euch beeilt, könnt ihr sie vom Flieger abholen.«

»Wie bitte?« Hanna traute ihren Ohren nicht.

»Sie landet um sechzehn Uhr dreißig auf dem Düsseldorfer Flughafen. Ich schicke dir die Flugdaten per SMS.«

Während Hanna ihrem Sohn zuhörte, erfüllte sie eine neue Welle von Stolz und Liebe. Ihr wurde heiß und kalt. Sprachlos hörte sie von den Abenteuern, die Julian durch Marlas im World Wide Web hinterlassene Spuren Stück für Stück rekonstruiert hatte. Dann dankte sie Julian, versprach ihm eine Überraschung von der Dimension eines Geschenks für runde Geburtstage und hatte nur noch eine letzte Bitte, nämlich drei Namen zu überprüfen.

»Wie soll ich dir die Ergebnisse zukommen lassen? Du hast keinen Rechner mehr«, gab Julian zu bedenken.

Stimmt, dachte Hanna. *Ich habe auch keine Dienstelle mehr, wo ich meine E-Mails lesen könnte.* »Ruf mich auf dem Handy an«, antwortete sie. Anstatt sich dem deprimierenden Gefühl von Verlust und Scheitern hinzugeben, dachte sie an die Überraschung, die sie für Cocker auf Lager hatte.

Sie fügte den Aufträgen für ihren Sohn noch einen weiteren hinzu, bevor sie zu Cocker in den Wagen stieg.

»Was habt ihr so lange bequatscht?«, wollte Cocker wissen, als er die Walderstraße zurück Richtung Innenstadt fuhr.

»Julian hilft mir, meine Sachen zu bekommen«, sagte Hanna und gab Cocker den Zielort vor. »Zuerst in die Schulstraße, neue Blundstones kaufen.«

»Dürfte ich endlich erfahren, was das sein soll?«, fragte Cocker, sichtlich genervt.

»Einen Moment Geduld, du wirst es gleich erfahren. Und dann zu einem Laden am ... Moment ...« Ihr Handy meldete den Empfang einer SMS, die Hanna las, »... am Fritz-Gressard-Platz. So wie ich das sehe, können wir den Weg zu Fuß gehen, sobald ich wieder richtige Schuhe habe.«

Cocker fuhr kopfschüttelnd an einem Sportcenter und der alten Mühle mit dem Zoogeschäft und der Weinhandlung vorbei, an der sich die Itter, aus Haan kommend, wieder in unterirdischen Gängen verlor.

»Ich habe eine Überraschung für dich«, sagte Hanna.

»Mein Bedarf an Überraschungen ist gedeckt«, brummte der rote Riese und starrte schlecht gelaunt auf die Straße.

»Das glaube ich nicht. Die wird dir gefallen«, sagte Hanna.

In Höhe der Kreuzung Hochdahlerstraße verlor Cocker kurzfristig die Kontrolle über seinen Audi. Die Überraschung war Hanna wirklich gelungen. So sehr, dass Cocker fast von der linken Spur der Berliner Straße unter den Auflieger eines Sattelschleppers rutschte, der das Unglück hupend und mit empört zischenden Bremsen zu verhindern versuchte. Mit zitternden Händen lenkte Cocker den Wagen in die Haltestelle »Am Rathaus«.

Die ungeheure Erleichterung bei der Vorstellung, seine Tochter noch am selben Tag wohlbehalten in die Arme schließen zu können, wechselte innerhalb weniger Minuten in die unbändige Wut eines schändlich hintergangenen Erziehungsberechtigten.

»In London? Zu einem Raver Weekend? Das ist ja wohl nicht wahr! Ich wette, dazu hat sie ihr Freund angestiftet, dieser verdammte kleine …«

»Wenn du Benno meinst«, unterbrach Hanna, »er ist in der Tat mit Marla nach London geflogen.«

»Dem Scheißer reiße ich den Kopf ab!«, brüllte Cocker.

»Oh nein, ganz sicher nicht. Das werde ich nämlich verhindern«, sagte Hanna. »Du hättest mir von Marlenes Freund erzählen können. Das hätte die Recherche einfacher gemacht!«

Hinter Cockers Audi blinkte der 784er auf, um den ihm zustehenden Platz an der Haltestelle anzufahren.

»Woher weißt du das alles?«, wollte Cocker wissen und startete den abgewürgten Motor.

»Betriebsgeheimnis«, antwortete Hanna. »Bist du sicher, dass du fahren kannst? Ohne uns umzubringen?«

Hinter den beiden hupte der Busfahrer nun ungeduldig.

»Jajaja«, gab Cocker genervt zurück, setzte den Blinker und scherte wieder in den fließenden Verkehr ein.

»Da wäre noch etwas«, sagte Hanna. Cocker sah Hanna mit mahlenden Kieferknochen an, als wolle er sie mit seinem Blick in Brand stecken.

»Kannst du mit einem, äh … neuen Bauchnabelpiercing leben? Bei deiner Tochter, meine ich«, fragte Hanna. Sie versuchte, ihrer Stimme einen sanften Klang zu geben, in der Hoffnung, nicht in Cockers Dienstwagen durch einen erneuten Fahrfehler getötet zu werden.

»Was?«, brüllte Cocker. Blieb aber auf Spur.

»Das Sternding in ihrer Augenbraue ist aber schon älter, oder?«, flüsterte Hanna sanft. Bereit, im Straßenverkehr zu sterben.

»Oh Gott! In der Braue auch?« Cockers Stimme schlug in entsetztes Falsett um.

Montag, 20. November – 13:34 Uhr

»Was ist an diesen Tretern so toll?«, wollte Cocker wissen. Er hatte miserable Laune, trug die Schuhe seiner Frau nun wieder in einer Plastiktüte mit sich herum und folgte Hanna, die aus der Schulstraße links in die Mittelstraße einbog.

Hanna trug ein breites Grinsen und neue Blundstones, Modell 307, denn Julian hatte recht behalten. Die Größe acht in Schwarz mit Stahlkappe war im beschriebenen Laden tatsächlich vorrätig und machte Hanna, zumindest vorerst, wieder zu einer sehr zufriedenen Frau.

»Man merkt, dass du schon länger keine achtundvierzig Stunden mehr auf den Beinen warst«, sagte Hanna. »In diesen Schuhen geht das. Sogar bei diesen Temperaturen ohne kalte Füße.«

»Und wo willst du denn jetzt noch hin?«, quengelte Cocker wie ein störrisches Kind, das von seiner Mutter zum Shopping gezwungen wird.

»Weißt du, welche Eigenschaften ich an dir vermisse, Cocker?«, fragte Hanna. Sie ließ ihren ehemaligen Kollegen aufschließen. Dabei fiel ihr auf, dass sie vor der Musikalienhandlung Steinberg standen. Hanna wurden auf einmal geografische Zusammenhänge klar, die ihr vorher entgangen waren. Doch ihr entglitt ein Gedanke, der sich erst viel später wieder als wichtiges Puzzleteil zum großen Ganzen würde hinzufügen lassen.

»Da bin ich aber gespannt. Was fehlt denn?«, wollte Cocker wissen.

»Demut und Dankbarkeit, nur als Beispiel«, sagte Hanna. »Oder Einfühlungsvermögen. Empathie. Ich verstehe nicht, wie du ohne diese Fähigkeiten in der Hierarchie bis zu deiner Position aufsteigen konntest.«

»Vielleicht, weil ich meinen Vorgesetzten nicht bei jeder sich bietenden Gelegenheit mit Stahlkappenschuhen in die Eier getreten habe«, antwortete Cocker und grinste bösartig. Hanna ignorierte den Tiefschlag. Durch die Scheibe des Geschäfts für Musikinstrumente konnte sie Christoph M. Steinberg erkennen. Der drahtige Senior beriet gerade eine Kundin. Er trug einen altmodisch wirkenden Zweireiher. Als er Hanna auf der Straße erkannte, nickte er ihr knapp zu, ohne ein Lächeln. Dann drehte er sich weg und schob die Frau an den Schultern sanft ins Innere des Ladens.

»Ich werde mich noch für deine Hilfe bedanken, keine Sorge. Aber es ist mir völlig egal, ob du mit zum Flughafen kommst oder nicht. Ich werde diesen kleinen Scheißer in Haft nehmen. Wegen Entführung meiner Tochter. Und wenn er sich wehren sollte …« Der Gedanke zauberte ein diabolisches Grinsen auf Cockers Gesicht.

»Hast du deiner Frau eigentlich Bescheid gesagt?«, fragte Hanna, die ganz genau wusste, dass er die Verbreitung der guten Nachricht völlig vergessen hatte.

»Ach du Scheiße«, fluchte Cocker und fummelte schuldbewusst sein Handy aus der Tasche.

Knapp fünfzehn Minuten später, die Cocker damit verbracht hatte, seine Frau zu informieren – deren pinkfarbene Jacke Hanna zu ihrem Verdruss immer noch tragen musste –, betraten die beiden einen Computerladen im Erdgeschoss eines Wohnhauses von der vorletzten Jahrhundertwende. In die Glastür des einladenden Geschäfts war ein angebissener Apfel gesandstrahlt worden. Das Interieur war angenehm schlicht und von unaufdringlich elegantem Design. Viel davon in Grau und Weiß gehalten.

»Frau Broder. Schön, dass Sie kommen«, begrüßte sie der höchstens zwanzig Jahre alte Verkäufer. Hanna lächelte erfreut. Unter anderem wegen der Tatsache, dass der junge Mann ein auffälliges Lippenpiercing trug und sie genau zu wissen glaubte, was dieser Anblick bei Cocker anrichtete.

Und richtig: »Woher kennt der Milchbubi deinen Namen?«, knurrte der Erste Kriminalhauptkommissar. Bereit und willens, einen Unschuldigen stellvertretend für die neuen metallischen Verzierungen seiner Tochter bluten zu lassen, sobald sich eine Gelegenheit dazu ergab.

»Frau Broders Mitarbeiter war so freundlich, der Bestellung ein Bild zur Identifizierung seiner Chefin mitzuschicken«, sagte der junge Mann vorsichtig und stellte ein nagelneues, mattschwarz glänzendes MacBook vor Hanna auf den Tresen.

»Dein Mitarbeiter?«, fragte Cocker. Immer noch bissig wie ein angestochener Pitbull.

»Mein Sohn«, antwortete Hanna über die Schulter. Sie war abgelenkt durch die Schönheit des Rechners. Tippte ihr Passwort für den Systemzugriff ein. Sogar das Hintergrundbild der Unterwasserlandschaft war genau das gleiche wie bei ihrem Laptop, den sie im Hotel verloren hatte. Sie erkannte die Dateien und Ordnernamen, sie waren identisch mit denen auf dem verbrannten MacBook.

»Wir haben das System und die Daten gespiegelt. Wie Ihr Mitarbeiter, also, äh ... Ihr Sohn es bestellt hat«, sagte der Verkäufer. Nicht ohne einen Seitenblick auf Cocker, der sich im Laden umsah. »Neu sind hundertzwanzig statt achtzig Gigabyte Festplatte, System zehn vier, genannt Tiger. Der Akku ist geladen. Sie können sofort loslegen.«

»Ich bin beeindruckt. Darf ich kurz von hier aus ins Netz?«, fragte Hanna.

»Selbstverständlich. Solange Sie wollen«, antwortete der Verkäufer und zog sich diskret zurück, während Hanna mit wenigen Klicks drahtlos online ging, den Browser startete und ihre E-Mails in das Programm lud.

»Was heißt denn ›gespiegelt‹?«, fragte Cocker.

»Dieser freundliche junge Mann hat eine Kopie meiner alten Festplatte auf dieses MacBook kopiert«, sagte Hanna.

»Wie geht das?«, wollte Cocker wissen. »Dein Rechner ist doch verbrannt, oder nicht?«

»Ich habe eine Kopie meiner Daten im Web, die ich regelmäßig sichere«, sagte Hanna. »Auf diese Art kann fast nichts verloren gehen. Auch nicht, wenn's brennt.«

Die neu geladenen E-Mails wurden mit einem Systemton bekannt gegeben.

»Als wäre nichts gewesen«, lächelte Hanna, klappte das MacBook zu, zückte ihre Kreditkarte und winkte dem Verkäufer. Cocker sah sich erneut um, diesmal jedoch beeindruckt.

Montag, 20. November – 14:57 Uhr

Hanna saß im Wagen und starrte abwechselnd aus dem Fenster der Beifahrerseite und auf den Bildschirm ihres neuen MacBooks. Cocker fuhr über die Autobahn in Richtung Düsseldorfer Flughafen. Hanna hatte sich schließlich doch durchgesetzt und darauf bestanden, dass Johann Schmidt nach seiner Entlassung aus dem Krankenhaus zunächst offizieller Personenschutz zuteil wurde. Zumindest so lange, bis Cocker sich aus der Sonderkommission zurückziehen und Hanna sich persönlich – natürlich ehrenamtlich – um die Sicherheit des alten Herrn kümmern würde. Bis dahin hatte Cocker die Kollegen Esser und Schulz eingeteilt, sich den langweiligen Job der Überwachung von Schmidts Haus in der Gräfrather Altstadt zu teilen. In seine Wohnung ließ er die Beamten nicht, worüber sich die Kollegen bei ihrem Einsatzleiter im Stundentakt beschwerten.

»Ich will ja nichts gesagt haben«, schepperte Essers Stimme über den Funk, »aber dieser Schmidt ist ungefähr so sympathisch wie ein Pickel am Arsch. Ich darf noch nicht mal zum Pinkeln rauf. Geschweige denn, dass er uns bei diesen Temperaturen ab und zu 'nen Kaffee oder so was bringt. Wir frieren uns hier die Hintern ab.«

»Nun haben Sie es mir ja doch gesagt«, gab Cocker zurück. »Erledigen Sie bitte Ihren Job. Meldung nur noch bei besonderen Vorkommnissen, danke.« Cocker biss sich auf die Lippen und starrte auf die Straße. Er war mit seinen Gedanken woanders.

»Darf ich dich etwas fragen?«, bat Hanna. Cocker nickte.

»Wie lange sind Benno und deine Tochter befreundet?«

»Keine Ahnung«, knurrte Cocker, »aber die Sache wird in etwa einer Stunde ein Ende haben, darauf kannst du wetten.«

»Du weißt es nicht, oder?« Hanna ließ nicht locker. »Wie ist Bennos Familienname? Wohnt er auch in Düsseldorf? Hat er …«

»Was soll das werden? Ein Verhör?«, unterbrach Cocker.

»Ich möchte einfach nur erfahren, wie viel du vom Leben deiner Tochter weißt«, antwortete Hanna ruhig.

»Marlene ist vierzehn, so viel weiß ich. Vierzehn!« Cocker hämmerte mit der Faust auf das Lenkrad. »Und selbst wenn die Kids heute früher reif werden, ist das noch kein Grund für diesen verdammten Mistkerl, meine Tochter nach London zu entführen und uns völlig im Unklaren zu lassen.«

»Warum hat Marlene nicht aus London angerufen, um euch mitzuteilen, wie es ihr geht?«, fragte Hanna.

Cocker dachte kurz nach. »Wahrscheinlich hat er sie daran gehindert.«

»Ist deine Tochter der Typ Mädchen, der sich daran hindern lässt, euch die Sorge um sie zu nehmen? Ist Marla der schwache Typ, der sich in Sachen reinziehen lässt? Ist sie ein Opfer?«

Wieder ließ Cocker mit der Antwort einen Moment auf sich warten. Dann schüttelte er den Kopf. »Nein, der Opfertyp ist Marla wohl eher nicht.«

»Da stimme ich dir zu«, sagte Hanna. »Am Flughafen werden wir höchstwahrscheinlich die Eltern von Benno Kamper treffen. Er ist fünfzehn und ebenfalls ohne Erlaubnis oder Wissen seiner Erzeuger nach England geflogen. Mit dem Unterschied, dass er sich von dort bei ihnen gemeldet hat.«

»Soll das heißen ...«

»Ich denke, du weißt, was das bedeutet«, unterbrach Hanna. »Marlene hat Benno zu diesem kleinen Abenteuer überredet. Der Junge gilt unter seinen Mitschülern als schüchtern und zurückhaltend. Wenn deine Tochter ihm den Trip als Abenteuer oder Mutprobe verkauft hat und er sie begleitete, dürfte er bei ihr Punkte gemacht haben. Ich hoffe für dich, dass sie Kondome dabeihatten.« Diesen Seitenhieb konnte Hanna sich nicht verkneifen. Cocker tat ihr nicht besonders leid, als sie ihn auf dem Fahrersitz zusammenzucken sah. »Auf jeden Fall würde ich mir für die Kampers schon mal eine passende Entschuldigung ausdenken. Sie werden kaum davon begeistert sein, dass ihr minderjähriger Sohn vom Nachwuchs eines Kriminalbeamten ohne ihre Erlaubnis außer Landes gebracht wurde. Was meinst du?«

Für einige Zeit wurde es sehr still im Wagen. Nachdem der Dienstwagen die große Schleife der A44 um Lichtenbroich passiert hatte, wurden die ersten Ausläufer des Flughafengeländes sichtbar. Hanna tippte auf der Tastatur ihres MacBooks herum, und Cocker starrte verbissen geradeaus. Als Hanna aufblickte, sah sie zwei silberne Kabinen einer Hochbahn, die sich parallel zur

Straße unter dem Gerüst einer zweispurigen Hochbahntrasse gemächlich über das Flughafengelände schlängelte.

»Sieh mal, Cocker«, sagte Hanna und klang freudig aufgeregt, »ist das die berühmte Wuppertaler Schwebebahn?«

Cocker betrachtete Hanna, als zweifle er an ihrem Geisteszustand.

»Meine Güte, stell dich nicht dümmer, als du bist. Die Wuppertaler Schwebebahn heißt Wuppertaler Schwebebahn, weil sie über dreizehn Kilometer durch Wuppertal fährt«, antwortete er und legte einen übertrieben verächtlichen Ton an den Tag, als er fortfuhr: »Diese Kabinenbahn trägt den Namen ›Sky Train‹ und fährt seit dem Jahr 2002 etwa zweieinhalb Kilometer über das Gelände des Düsseldorfer Flughafens.«

»Oh, der Sky Train also«, sagte Hanna leise und sah dem Zug nach. Die silbernen Kabinen funkelten in der tief stehenden Sonne. »Du weißt eine ganze Menge über schwebende Bahnen, wie?«

Cocker zögerte. Dann biss er sich auf die Lippen. Schließlich senkte er den Kopf und nickte.

»Anscheinend weiß ich mehr über diese verdammten Züge als über meine Tochter«, gab er zerknirscht zu. »Ich habe mich wie ein Idiot benommen, Hanna, entschuldige bitte.«

»Sag das nicht mir«, antwortete Hanna und lächelte Cocker an, als wäre nie etwas passiert. »Versprich lieber, dass du dich deiner Tochter und ihrem Freund gegenüber anständig benehmen wirst.«

Montag, 20. November – 16:48 Uhr

Als Marlene Brandt durch die Schiebetür aus Sicherheitsmilchglas in die Ankunftshalle des Düsseldorfer Flughafens trat und ihres Vaters ansichtig wurde, machte Hanna Broder in Gedanken drei Kreuze. Weil sie vierzehn Jahre zuvor einen Jungen zur Welt gebracht hatte.

Thank God it's a boy, dachte Hanna. Dabei war die Vierzehnjährige ausnehmend hübsch.

Julian würde der Mund offen stehen bleiben, wenn er das Mädchen live sehen würde, dachte Hanna. Dezent blondierte Haare flossen über Marlenes Schultern auf ziemlich aufreizende Kleidung. Neben der für die Jahreszeit absolut unpassend bauchfreien Kluft, die Marlas neues Bauchnabelpiercing in den Vordergrund stellte, trug Cockers Tochter den für pubertierende Mädchen besonders typischen Gesichtsausdruck zur Schau: genervte Weltverachtung.

Dieser Blick löste bei Hanna fast immer den Wunsch aus, den kleinen Zicken einen Klaps auf den Hinterkopf zu verpassen. Nicht fest, nur so, als würde man einer klemmenden Standuhr den entscheidenden Schubser geben, um sie wieder richtig ticken zu lassen.

»Hallo, Schatz!«, sagte Cocker. Und Hanna bekam eine Ahnung, wie es um die Hackordnung im Hause Brandt stand.

Vor dem Eintreffen der Kinder hatte sich Edgar Brandt tatsächlich bei Bennos Eltern ausführlich entschuldigt und Besserung bei der Aufsicht seiner Tochter gelobt. Zu diesem Zeitpunkt hatte er noch ein Rückgrat. Der Auftritt seiner Tochter wenige Minuten später schien es ihm innerhalb von Sekunden gezogen zu haben.

Es versetzte Hanna einen Stich, zu sehen, wie Marlenes Vater unter dem Blick seiner pubertierenden Tochter einknickte. Sie erkannte den Ersten Kriminalhauptkommissar kaum wieder, wie er um Marlene herumfloss. Als brächte das Mädchen gerade den Oscar für die beste Darstellung des Miststücks ihrer eigenen Familiensaga nach Hause.

Marlene würdigte weder Hanna noch Bennos Eltern eines Blickes. Auch Benno, der kleine Junge mit der Brille in der zu großen Hose, der hinter Marlene durch die Glastür geschlappt kam, wurde keines Blickes bedacht. Die Augenränder der beiden Kinder deuteten an, wie lange sie bereits ohne Schlaf ausgekommen sein mussten. Da Hanna von Alkohol- und anderem Drogenkonsum ausging, konnte sie sich ungefähr vorstellen, was das Wochenende im Gefühls- und Chemiehaushalt von Marla und Benno angerichtet hatte. Sie hielt sich zurück, als sich die Wege von Benno und seiner Familie und dem Trio aus zwei Polizisten und Marlene trennten. Hanna ging einfach hinter Cocker her, der immer wieder versuchte, seine Tochter in den Arm zu nehmen, und leise auf sie einredete. Da Marlene absolut nichts von ihrem Vater wissen wollte, wurde es für Hanna immer schwerer, den beiden zuschauen zu müssen.

Froh, den Parkplatz vor dem Abfluggebäude endlich erreicht zu haben, stieg Hanna wortlos hinten ein, als die Zentralverriegelung des Audis ihre Tür freigab. Sie hatte noch kein einziges Wort mit dem Mädchen gewechselt, und wenn es einen Gott gab, würde sie dies bis zur Ablieferung im Hause Brandt an diesem Tag auch nicht tun müssen, hoffte sie.

Hanna hatte Glück. Die Fahrt in die Düsseldorfer Innenstadt verlief schweigend.

Als Hanna auf einer Bahnüberführung das weiße »S« auf grünem Grund erkannte, bat sie Cocker, anzuhalten. Mit dem Laptop unter dem Arm verabschiedete sie sich knapp und stieg die Stufen zur S-Bahn-Haltestelle hinunter, als wäre der Teufel hinter ihr her. Das unbestimmte Unbehagen fiel erst wieder von ihr ab, als Hanna in der gleichen S-Bahn saß, die sie eine Woche zuvor in ihr neues Leben transportiert hatte. Nur dass sie diesmal noch weniger Habseligkeiten bei sich hatte als beim ersten Mal. Dafür aber ein weitaus besseres Gefühl, als sie auf dem Hildener Bahnhof ausstieg und die kalte Luft einatmete. Nur die Tatsache, dass Rainer in den letzten Stunden nur seine Mailbox eingeschaltet hatte, ärgerte Hanna ein wenig. Seit dem Abschied nach der Nacht in seinem Haus hatten sie nicht mehr miteinander gesprochen.

Umso mehr freute sie sich auf das bevorstehende Club-Konzert im »Blue Note«, als sie aus dem Bahnhofsgebäude trat und zu einer der beiden Taxen ging.

»Wohin?«, wollte der Fahrer, ein junger Türke mit Basecap, über den Rückspiegel wissen. Als Hanna ihm das Ziel nannte, drehte er sich zu ihr um.

»Hotel ist, wie sagt ihr ... verbrannt, wissen Sie?«

»Hab so was gehört«, sagte Hanna und seufzte. »Schlimme Sache. Aber mein Wagen steht da.«

Der Fahrer schaltete die Uhr an und gab Gas.

Zehn Minuten später kamen sie an dem weiträumig abgesperrten Gelände des abgefackelten Hotels an. Der Anblick rußgeschwärzter Mauerteile und leise vor sich hinqualmender Trümmer jagte Hanna einen Schauer über den Rücken.

»Bei Meisters Haus wollte er alle Spuren seines vorangegangenen Mordes vernichten«, murmelte sie. »Aber was wollte er hier erreichen?«

»Bitte?«, fragte der Taxifahrer, ließ den Mercedes ausrollen und stellte die Uhr ab.

»Ich frage mich, wer so etwas tut«, antwortete Hanna, deutete auf die Ruine des Hotels und zog zerknüllte Geldscheine und Münzen aus ihrer Hosentasche.

»War nicht nur eine Kerze«, sagte der Fahrer. »War ein großes Feuer.« Er nahm Hannas Geld und nickte dankend. »Vernichtung mit Hass. Alles kaputtmachen. Sieht aus wie großer Hass.«

Hanna dankte dem Fahrer und stieg aus. Bei dem Gedanken daran, dass dieser heiße, große und vernichtende Hass ihr gegolten haben sollte, kroch Hanna eine Gänsehaut über den Rücken.

Zuerst war es nur Wasser, dachte sie. *Tod durch Ertrinken. Wasser als Teil der Rache. Doch dann wurde es eine neue Kombination: erst Wasser, dann Feuer. Das Wasser ist Teil des Motivs. Das Feuer bei Meister vernichtete Spuren … Aber welche Spuren könnten hier schon gewesen sein? Hier ging es um mich. Die ermittelnde Person sollte vernichtet werden. Großer Hass …*

Als Hanna ganz allein auf dem Parkplatz in der Dunkelheit stand und sich zu Rainers Zafira aufmachte, sah sie sich mehrmals um. Endlich im Wagen, schloss Hanna die Augen und atmete tief durch. Die Mischung aus Leder, kaltem Zigarettenrauch und Rainers Aftershave versetzte ihr einen Kick wohliger Vorfreude. Ihr Lieblingssong von Sinatra fiel ihr ein, und sie summte: *»The best is yet to come …«*, während sie den Motor startete. *»The best is yet to come, and won't that be fine. The best is yet to come, come the day that you're mine!«*

Montag, 20. November – 21:17 Uhr

Hanna betrat das Blue Note und sah sich im Kellergewölbe um. In diesem Jazz-Club unter dem Hotel am Stadtpark sollte Rainer seinen Auftritt haben. »Um neun«, hatte er gesagt und sie schüchtern angelächelt. *Wie ein kleiner Junge*, dachte Hanna. Sie war zu spät. Die Menschen in dem gut gefüllten Club tranken, rauchten und lachten – der Geräuschpegel war zu hoch für Musik, fiel Hanna auf, als sie den Club betreten hatte. Als sich ihre Augen endlich an das mit Qualm vernebelte Dämmerlicht gewöhnt hatten, suchte sie mit einem Glas Rotwein in der Hand nach den Musikern, da diese noch nicht auf der niedrigen Bühne hinter dem kleinen Drumset, den Keyboards und Mikrofonen Stellung bezogen hatten. Doch Rainer war in der Menge der Gäste nirgends zu sehen. Gerade als sich Hanna auf den Weg zur Garderobe machen wollte, betrat Max die Bühne. Die Ablenkungen und Aufregungen der letzten Stunden fielen mit jedem Schluck Rotwein von ihr ab. Eine erregte Vorfreude ergriff von Hanna Besitz. Ihr war heiß, was nicht nur an dem Schuppen lag, in dem sich die Gäste aneinanderrieben. Sie hatte Durst und stürzte den Wein hinunter, als Max sich eins der Mikrofone nahm und mit sonorer Stimme die Gäste mit schmeichelhaften Begrüßungsformen einzuwickeln versuchte. »… freuen wir uns, Ihnen hier und heute Abend eine besondere Zusammenstellung hochkarätiger Musiker präsentieren zu können …« Max schwafelte so lange, bis die zuerst amüsierten »Anfangen«-Rufe zunehmend ärgerlicher klangen. Endlich begann er damit, die Musiker einzeln ins Rampenlicht zu bitten. Unter Applaus betraten Schlagzeuger, Bassist und zwei Bläser die Bühne. Ihre Namen rauschten an Hanna vorbei, denn sie beobachtete von der Bar aus das unbesetzt gebliebene Keyboard.

Max schnallte sich die Gitarre um und zählte an. Während der ersten Takte der Musik fiel sein Blick auf Hanna. Sie machte mit fragend ausgebreiteten Händen eine Geste Richtung Keyboard, soweit das in dem Gedränge vor der Bühne möglich war. Er nickte bedauernd, zuckte mit den Achseln, wie Cocker es nicht besser könnte, und beendete sein Intro. Dann schloss er die Augen und röhrte mit erstaunlich tiefer und rauer Stimme ins Mikro: *»Thrill is gone. The thrill is gone away …«*

Während sich Max in dem B.B.-King-Stück vor hingerissenem Publikum bei seiner Liebsten singend darüber beschwerte, dass sie ihm Unrecht getan und ihre Liebe zerstört hatte, bestellte Hanna an der Theke einen weiteren Rotwein und starrte in ihr Glas. Sie bemerkte die Hand auf ihrer Schulter erst, als ihr eine Stimme ins Ohr raunte: »Du hier? Das ist ja schön!« Als Hanna sich umdrehte, sah sie Werner Kürten neben sich. Der Rotwein verlangsamte ihre Reaktionszeit. Endlich lächelte sie, erfreut, ein bekanntes Gesicht zu sehen. Seine Zivilkleidung wirkte ungewohnt.

»Werner! In Jeans und Hemd siehst du ganz anders aus.«

»Fühlt sich auch anders an ... viel besser«, grinste Kürten und hob sein Glas. Nach dem Prosten und den ersten einleitenden Worten drängte sich Hanna der Verdacht auf, dass es sich bei Kürtens Freude um mehr handeln könnte als nur um Begeisterung darüber, dass Hanna und er einen ähnlichen Musikgeschmack hatten. Er schien mit ihr zu flirten. Hinzu kam, dass man an der Theke vor der Bühne gar nicht anders konnte, als Körper an Körper gedrängt miteinander zu schwitzen. Um keinen falschen Eindruck entstehen zu lassen, deutete Hanna in Richtung des verwaisten Keyboards und sagte: »Ich bin wegen Rainer gekommen. Er ist der ...«

»Pianist, ich weiß«, unterbrach Kürten, rückte von Hanna ab und lächelte. Er verstand ihren Wink mit dem Zaunpfahl.

Für eine Sekunde rauschte ein Schuldgefühl durch Hanna – sie hatte sich mit einem Verdächtigen eingelassen! Die Sache hätte herauskommen und sich auf der Wache herumsprechen können. Ihr Gedanke wurde von Applaus und begeisterten Pfiffen und Rufen unterbrochen, während Max sich bedankte, nachdem die Band den zweiten Titel gespielt hatte.

»Wo isser?«, rief Hanna ihm zu, als Max sich ihr zuwandte.

»Keine Ahnung«, antwortete er über den Applaus hinweg, »aber wenn er nicht bald kommt, kann er was erleben!«

Dann drehte Max sich um und beriet sich kurz mit seinen Musikern. Offensichtlich riss Rainers Fehlen ein Loch in das Repertoire der Band, das nur durch Umstellung des Programms behoben werden konnte.

Zum zweiten Mal an diesem Abend legte sich eine Hand auf Hannas Schulter. Diesmal grinste der Angestellte der Stadtsparkasse sie an.

»Hallo. Dann ist der Abend ja gerettet!«, sagte der junge Mann erfreut, dessen Name Hanna nicht auf Anhieb einfallen wollte.

Armin? Oder war es Achim?

Hanna lächelte ihm zu und wollte etwas sagen. Etwas freundlich Unverfängliches, bis ihr der Name endlich wieder einfiel. Doch sie erkannte über die Schulter des Mannes hinweg am Eingang eine Polizeiuniform.

Auf einmal alles ging sehr schnell: Polizeimeisterin Stefanie Schäfer pflügte durch die Musikbegeisterten. Jemand, der eine Mission hatte, die keinen Aufschub duldete. Hanna fühlte sich ertappt, obwohl sie die ganze Zeit nur neben dem Mann gestanden hatte, den die Polizeibeamtin im Dienst und privat gern zu küssen schien. Doch Stefanie Schäfer ignorierte Hanna, erkannte sie anscheinend nicht einmal, als sie Kürten zur Begrüßung küsste, vom Tresen weg in eine Ecke zog und mit ihm zu sprechen begann.

Auf der Bühne zählte Max an und begann eine fetzige Version von *Lonely Avenue* zu singen, die bereits nach den ersten Takten Begeisterung beim Publikum auslöste. Hanna wollte gegenüber dem Mann aus der Sparkasse nicht unhöflich sein, doch für eine Unterhaltung war es zwischen Bar und Bühnenkante sowieso zu laut. Außerdem war sie nicht bei der Sache. Ihr Blick wanderte immer wieder zwischen der Bühne und den Polizisten hin und her, die sich im Halbdunkel einer ruhigeren Ecke berieten.

Max hatte die Uniformierte ebenfalls bemerkt, schien es. Er starrte durch das grelle Licht der Scheinwerfer in die Ecke. Plötzlich zog Werner Kürten an Hannas Jacke und bedeutete ihr, zusammen mit Stefanie und ihm den Laden zu verlassen. Mit einem letzten bedauernden Blick ließ Hanna den Sparkassenangestellten stehen.

Achim. Achim Wittler! Richtig, dachte Hanna, *endlich weiß ich seinen Namen wieder.*

»Was ist los?«, wollte Hanna auf der Treppe zum Ausgang wissen. Doch erst als die kalte Winterluft in ihre Lungenflügel schnitt, kam Kürten dazu, Hanna zu erklären, was passiert war. Vor einem Streifenwagen, der mit eingeschaltetem Blaulicht auf dem Bürgersteig zum Hotel am Stadtpark stand.

»Jemand hat Rainer Steinbergs Haus angezündet.«

Der Schreck fuhr Hanna direkt in Arme und Beine. Vom Herzen aus.

Stefanie setzte sich hinter das Steuer des Streifenwagens und ließ den Motor an.

»Ist ihm etwas passiert?«

»Steig ein. Wir müssen sofort los.«

»Sag schon, Stefanie«, bat Hanna vom Rücksitz, als der Wagen mit Blaulicht und Sirene vom Bordstein rumpelte, »ist Rainer bei dem Brand etwas passiert?«

Stefanie war eine gute Fahrerin. Sie lenkte den Passat Variant auf der mit Schneematsch bedeckten Straße, ohne auch nur für eine Sekunde die Kontrolle über das Fahrzeug zu verlieren. Sie raste über die Klotzstraße am Anfang der Mittelstraße und am Kino vorbei, um in einem perfekten Bogen aus kontrolliertem Schliddern in die Berliner Straße einzubiegen und den Dienstwagen mit Vollgas aus der Kurve zu ziehen. Ob die Konzentration auf das Fahren Stefanie daran hinderte, Hanna zu antworten – oder ob sie sich nur davor drücken wollte, eine schlechte Nachricht überbringen zu müssen –, Hanna war sich nicht sicher. Ihr Gefühl, dass gerade etwas Furchtbares geschehen war, ließ ihr keine Möglichkeit, eine einzige Sekunde länger zu warten.

»Was ist PASSIERT?«, rief sie.

Kürten und Stefanie zuckten zeitgleich zusammen. Hanna war es egal.

»Die Feuerwehr hat den Brand eindämmen können. So weit, dass sie ins Gebäude vordringen konnte«, sagte Kürten.

»Und?«, fragte Hanna, der völlig klar war, dass der wesentliche Teil folgen würde.

»Im Badezimmer wurde eine männliche Leiche gefunden.«

»Oh Gott!« Hanna blieb die Luft weg. »Ist es Rainer? Ist er erstickt?« Hanna wurde unerträglich heiß. Sie tastete nach der Fensterkurbel, bis ihr auffiel, dass die Kurbeln der hinteren Türen aus Sicherheitsgründen entfernt worden waren.

»Die Identität des Toten konnte noch nicht eindeutig festgestellt werden.«

Hoffnung keimte in Hanna, während der Wagen stadtauswärts

mit Blaulicht und Sirene eine Steigung durch den Wald Richtung Haan hinaufraste. Vorbei an Waldkaserne und Jaberg. Vorbei am ersten Tatort. Hanna starrte aus dem Fenster und bemerkte nichts davon.

Es ist nicht Rainer. Vielleicht ist er es ja nicht. Es kann auch jemand anders sein, dachte Hanna. Obwohl sie es besser wusste. Doch die Ermittlerin mit über zwanzig Jahren Berufserfahrung unterschied sich nicht von jedem anderen Betroffenen, der mit Ungewissheit und Unsicherheit zu kämpfen hatte.

Hanna dachte auf dem Rücksitz an den nackten Mann in der Türfüllung seines kleinen Fachwerkhauses mit dem Klaviertasten-Bahnschwellenzaun. An Rainers Gänsehaut. Sie dachte an vorsichtig zärtliche Küsse, mit denen Rainer sich ihr genähert hatte und bis in die Tiefe ihres Herzens vorgedrungen war. Sein schüchternes, unsicheres Lachen. Hanna dachte daran, dass sie sich Rainer nicht auf der Bühne als Frontmann der Queen Reunion Band hatte vorstellen können. Es gab ihr einen Stich, daran zu denken, Rainer niemals als Freddy Mercury auf der Bühne gesehen zu haben. Eine verpasste Chance.

Während der Wagen die Serpentinen in das verschneite Tal hinabschlitterte und das Blaulicht den Märchenwald, in dem Rainers Hexenhaus Feuer gefangen hatte, in einen unwirklichen Schimmer tauchte, dachte Hanna an die vielen verpassten Glücksmomente, um die sie gebracht worden war.

In dem Moment, als ihre Hoffnung erlosch, loderte ein neues Gefühl in Hanna auf – Wut!

Montag, 20. November – 22:09 Uhr

Am Tatort standen viele Fahrzeuge. Feuerwehr, Notarzt und Polizei. Jemand in Uniform versuchte Hanna aufzuhalten, obwohl sie gerade selbst aus einem Streifenwagen gestiegen war. Er ging zu Boden, als sie sich auf den Zaun aus Bahnschwellen im Klaviertastenmuster zubewegte. Niemand würde Hanna ungestraft daran hindern, sich Gewissheit zu verschaffen.

Cocker tauchte zwischen Feuerwehrleuten im Vorgarten auf.

Die gesamte Front des Hauses war rußgeschwärzt. Die Fenster starrten Hanna wie Augenhöhlen eines Toten an.

»Ist er es? Ist es Rainer? Rainer Steinberg?«, rief sie. Immer wieder.

Cocker zögerte. Er sah zu Boden und nickte.

Sie nahm die Gummihandschuhe, die Cocker ihr reichte.

»Es tut mir leid, Hanna.«

Wortlos zog sie die Handschuhe an und betrat den Flur. Der Gestank war kaum auszuhalten. Die Mischung aus Rauch und Wasserdampf ließ den Atem stocken.

Wasser und Feuer, dachte Hanna, während sich Cocker bei einem Feuerwehrmann danach erkundigte, ob es sicher war, tiefer ins Haus vorzudringen.

Hanna folgte Cocker ins Wohnzimmer, bis zur Holztreppe. Je weiter sie ins Innere des Hauses kamen, desto weniger Brandschäden waren sichtbar. Das Löschwasser hatte ganze Arbeit geleistet. Im ganzen Haus gab es keinen einzigen trockenen Fleck mehr.

Hanna fürchtete sich vor der Treppe. Sie fürchtete sich vor dem ganzen ersten Stock. Obwohl Feuer und Wasser niemals ihr tiefes Gefühl für Rainer und die Erinnerung an jeden intimen Moment mit ihm vernichten konnten, fürchtete sie sich. Sie hatte Angst vor dem, was nun unweigerlich folgen würde.

Er hat für mich getanzt, dachte Hanna. *Auf der Bühne hat er nie getanzt, das hat er mir erzählt. Aber für mich hat er getanzt …* Sie atmete tief ein, unterdrückte den fast unbezwingbaren Hustenreiz und betrat das Badezimmer.

Rußflocken überall. Wie mikroskopischer schwarzer Schnee bedecken die winzigen Flocken das gesamte Badezimmer. Sobald man sie berührt, wird daraus schwarze Schmiere. Das kleine Fenster ist geschlossen. Es wäre nicht zu klein gewesen, um zu flüchten, weiß Hanna aus eigener Erfahrung und muss schlucken.

Rainer liegt nackt auf dem Rücken. Die Augen geöffnet, den Blick zur Decke. Sein Kopf lehnt an der Kante des Duschbeckens neben der Tür, die Beine Richtung Kloschüssel unter dem kleinen Fenster. Sein rechtes Bein gestreckt, das linke angewinkelt. Rainers Mund steht offen. So als würde er schreien. Die klaffende Wunde unter dem Kehlkopf ist ebenfalls wie zu einem stummen Schrei geöffnet.

Das ganze Blut!, denkt Hanna und stöhnt leise auf. Die Fußmatte vor der Dusche, auf dem Rainers Oberkörper liegt, ist vor Kurzem noch cremefarben oder gelb gewesen. Drei oder vier Stöße Blut sind aus der klaffenden Wunde in den Raum gespritzt. Spuren an der Wand und im Waschbecken zeugen davon. Der Rest ist langsamer aus der Halswunde des Sterbenden geflossen und in die saugfähigen Schlingen des Vorlegers gesickert.

Cocker wartet hinter Hanna im Türrahmen und deutet auf die Wand über dem Waschbecken. »Was soll das heißen?«

Am Spiegel steht etwas geschrieben. Die Erinnerung brennt eine schmerzhafte Schneise durch Hannas übersäuerten Magen.

Wie hinterlässt du eine Nachricht auf dem Spiegel, wenn du weder Kajal- noch Lippen- oder sonstige Fettstifte dein Eigen nennst? Hanna hat improvisiert und mit dem schmalen Keil des fast aufgebrauchten Seifenstücks geschrieben. Die Schrift ist kaum sichtbar gewesen. Sie hat gehofft, dass Rainer die Worte würde lesen können, wenn der Spiegel beschlagen ist. Es würde für immer sein Geheimnis bleiben, ob er ihre Nachricht erhalten hat oder nicht. Diese Erkenntnis schnürt Hannas Kehle zu, während sie ihre Worte auf dem Spiegel betrachtet. Nun schwarz und deutlich erkennbar.

Der heiße Sturm aus Rußflocken, der durch die offen stehende Badezimmertür in den Raum gefegt ist, hat an der Seifenschrift Halt gefunden: »TANZE! – NUR FÜR MICH!«

Weitere Liebesschwüre oder ein Herz zu malen hat Hanna sich ebenso verkniffen wie ihre Signatur. Weil für Spitznamen oder gegenseitige intime Bezeichnungen überhaupt noch keine Zeit gewesen ist. Ganz sicher fehlt die Signatur auch, weil Hanna in dem Moment, als sie auf den Spiegel geschrieben hat, Zweifel gekommen sind. Übermüdete, bekiffte und leicht verkaterte Zweifel, die sie nun bitter bereut.

»Hat der Täter das geschrieben, was meinst du?«, fragt Cocker.

Hanna lässt sich einen Moment Zeit und horcht in sich hinein, bevor sie den Kopf schüttelt. Doch es gibt keinen Zweifel mehr.

Sie dreht sich zu Cocker um, damit er ihre Augen sieht, wenn sie ihm die Wahrheit sagt.

»Nein«, sagt sie. »Das war ich ...«

Cocker hält überrascht den Atem an, als Hanna fortfährt: »Rainer und ich ... wir haben die Nacht von Samstag auf Sonntag zusammen verbracht. Ich habe Rainer geliebt.«

ERDE

Dienstag, 21. November – 07:02 Uhr

Johann Schmidt spähte aus dem kleinen Fenster durch die von Tabakrauch vergilbte Häkelgardine. Der Gräfrather Marktplatz lag ruhig und still unter einer fast unberührten Schicht Neuschnee. Sein Blick folgte der einzigen Fußspur über den Platz. Hinter dem Marktbrunnen stand ein dunkelblauer Opel Astra vor Dieters Friseursalon. Johann erkannte das zivile Fahrzeug der Polizisten, die sich bei seiner Überwachung mit einem silbernen Passat abwechselten. Anders als bei den anderen geparkten Wagen waren die Scheiben des Opels frei von Eis und Schnee. Schmidt grinste bösartig bei dem Gedanken, dass sich der Bulle in dem Wagen den ganzen Tag den Hintern abfrieren musste.

Das Schlafzimmerfenster im Fachwerkhaus auf dem zweiten Absatz unterhalb der Klosterkirche gab die Aussicht über den gesamten historischen Marktplatz von Gräfrath frei. Die Fenster auf der gegenüberliegenden Seite des Raumes erlaubten die Sicht bis hinauf zum Kirchplatz und zur gotischen Hallenkirche, dem Wahrzeichen der Stadt.

Schmidt huschte im Pyjama durch das eiskalte Zimmer am Fußende seines Betts vorbei, so schnell seine Wunde am Hintern es zuließ. Er sah sich nach dem schnauzbärtigen Bullen um, der sich während seiner Schicht meist oberhalb von Schmidts Haus auf dem Kirchplatz herumdrückte und eine Kippe nach der anderen in Rauch verwandelte. Keiner der Männer, die für Schmidts Sicherheit abgestellt waren, war jemals näher an Schmidts Haus herangekommen als bis zur ersten Granitstufe vor der dunkelgrün gestrichenen Haustür, die schon bessere Tage gesehen hatte. Zuerst hatten die Beamten vorgehabt, sich in Schmidts Wohnküche breitzumachen. Doch diesen Zahn hatte der Witwer den verblüfften Männern bereits am Sonntag gezogen, nachdem ihn die Polizisten vom Hildener Krankenhaus abgeholt und nach Hause gebracht hatten.

»Undankbarer Scheißkerl«, hatte der Schnauzer später genuschelt, als Schmidt ihm den Eintritt verweigert hatte. Der Mann wollte tatsächlich bei ihm pinkeln gehen!

Schmidt zog den Gürtel des Bademantels enger, kicherte ein rasselndes Lachen, hustete und steckte sich eine Lord Extra an. Die fünfte Zigarette des neuen Tages. Seit Johann Schmidts zweite Frau Emmi Anfang der Neunziger gestorben war, rauchte er auch im Schlafzimmer im ersten Stock. Früher hatte es das nicht gegeben. Aber früher hatte es auch kein Abonnement der Blitz-Illu gegeben. Mit »Gangbang« und der »Nummer der Woche«. Oder ein bis drei Schnäpse vor Sonnenuntergang. Alles in allem tat Schmidt der Tod seiner Frau weit weniger leid als der Verlust von Loretta, der jamaikanischen Aushilfsbriefträgerin, die seit einem Monat nicht mehr kam. Die schwarze Perle von der Post war lange Bestandteil seiner Sexfantasien gewesen, doch nun brachte ein pickliger Zwanzigjähriger in Blau-Gelb die Gasrechnung und den ganzen Werbequatsch ins Haus.

Schmidt spähte wieder aus dem Fenster. Er konnte den Schnauzbart an der Treppe zur Klosterkirche nirgends entdecken. Normalerweise mussten die Männer sich an der Mauer der Treppe herumdrücken, um Schmidts Haus im Blick zu haben. Doch da war niemand!

Schmidt eilte zum anderen Fenster zurück und nahm den Marktplatz ins Visier. Er riss die vergilbte Gardine gerade rechtzeitig zur Seite, um zu erkennen, dass ein Mann auf der Beifahrerseite des Astras einstieg und einen letzten Blick in Richtung des Fachwerkhauses warf.

Grinst der Bulle etwa? Schmidt zuckte zusammen, als er begriff, dass der Schnauzer ihn am Fenster entdeckt haben musste. Er wollte sich zurückziehen, doch eine Armbewegung des Mannes, der am Astra stand, hielt ihn davon ab. Der ausgestreckte Mittelfinger der rechten Hand ragte in die Luft, während der Mann mit der linken Handfläche auf seinen Bizeps schlug. Schmidt nahm einen tiefen Zug aus seiner Zigarette und dachte: *Die hauen ab! Die lassen mich allein und kratzen die Kurve!*

»Ihr Säcke!«, fluchte er hinter dem abfahrenden Opel her und hustete erschrocken auf, als die Türklingel von unten zu hören war. Einmal, zweimal, dreimal, dann Sturm!

Verdammt, er kommt!, dachte Johann und erstarrte. *Kaum sind die Bullen weg, kommt er mich holen!*

Der Astra war in der Gerberstraße verschwunden. Selbst wenn Schmidt eine Telefonnummer gehabt hätte – was er nicht hatte –, das orangefarbene Wählscheibenmodell aus den Achtzigern stand auf dem kleinen Beistelltisch im Flur, direkt neben der Haustür.

»Machen Sie auf«, hörte Schmidt eine Stimme von unten rufen. Dann klingelte es erneut. Lang anhaltend und aufdringlich. Plötzlich Stille.

Schmidt wusste nicht, was er schlimmer fand. Das wütende Klingelkonzert oder die plötzlich Stille. Er verschwendete keinen Gedanken daran, sich anzuziehen, sondern drückte die Zigarette achtlos in den »Asbach Uralt«-Aschenbecher, den er vor über fünfunddreißig Jahren aus dem Gräfrather Hof hatte mitgehen lassen. Dann huschte er in Schlappen, Pyjama und Frotteebademantel die Treppe hinunter ins Erdgeschoss. Im Flur drückte er sich an der Wand entlang Richtung Küche. Falls der Angreifer immer noch vor der Haustür stand und durch die kleine Butzenscheibe starrte, würde er ihn auf dieser Seite des Flurs nicht zu Gesicht bekommen.

Geschafft, dachte Schmidt und atmete auf, als er die Küche erreicht hatte. Die Tür in den Hof wurde von innen durch einen an die hundert Mal überstrichenen Riegel gesichert, den er leise zurückschob. Als ehemaliger Handwerker hatte er alle Schlösser und Scharniere der historischen Türen und Fenster des Hauses gut gefettet, daher glitt die Tür geräuschlos auf, durch die er sich in den Hof schleichen wollte. Im Zaun zu Wagenburgs Schieferhaus neben seinem Schuppen war ein kleines Tor. Wenn er in den Garten kommen und bei Herbert klingeln würde – die beiden waren zwar seit drei Jahren verfeindet, doch es handelte sich schließlich um einen Notfall. Er hoffte das Beste und öffnete vorsichtig die Tür. Dort stand jemand! Er wollte die Tür wieder zuknallen, doch eine schwarze Schuhspitze drängte sich auf den Steinboden zwischen Zarge und Tür. Dann wurde er auf seinen Schlappen aus der Küche gezogen, als der Eindringling, offensichtlich ohne große Mühe, die Holztür nach außen aufzog.

Ein Kopf erschien in der Tür, dessen Anblick Schmidts Herz

fast aussetzen ließ. Er starrte in das runde Gesicht einer Frau, das er schon einmal gesehen hatte. Die Frau lächelte ihn an.

»Schön, dass Sie Zeit für mich haben, Herr Schmidt«, sagte sie, legte eine Hand auf die dürre Brust des alten Mannes und drängte ihn ins Haus zurück, bevor er mit seiner rasselnden Stimme um Hilfe rufen konnte.

»Sind Sie gekommen, um mich zu töten?«, fragte er mit erstickender Stimme. Verängstigt sah er zu, wie sich die Frau in seiner Küche umschaute. Dann spähte sie kurz in den Flur, ließ sich schwer auf einen der beiden Küchenstühle an dem mit Wachstuch bedeckten Tisch fallen und öffnete den Reißverschluss ihrer Jacke. Es war eine dunkelblaue gefütterte Winterjacke. Ein unauffälliges Modell aus dem Kaufhaus. Das letzte Mal, als Schmidt die Frau gesehen hatte, trug sie eine patinierte Lederjacke. Das war auf einem Hochhausdach gewesen. Und die Frau hatte auf ihn geschossen.

»Ich schlage vor, Sie setzen zuerst mal Kaffee auf. Dann ziehen Sie sich etwas an, während der Kaffee durchläuft. Was meinen Sie, Johann?«

Hanna legte eine schwarz glänzende Pistole vor sich auf den Küchentisch. So als wollte sie jede Widerrede im Keim ersticken. Tatsächlich hatte sie nicht vor, sich von Schmidt ebenso schlecht behandeln zu lassen wie die Kollegen Schulz und Esser.

Ihre eigene Waffe lag zusammen mit dem Dienstausweis in der Mitte. In Meusers Schreibtischschublade. Das Modell auf dem Tisch hatte sie Cocker unter Einsatz ihrer ganzen Überredungskunst abschwatzen können.

Schmidt starrte auf die Waffe und schluckte trocken. Hanna bemerkte die Wirkung ihrer Geste und schaltete in der Bedrohlichkeitsskala einen Gang höher.

»Das ist ein schönes Städtchen«, sagte sie und musterte den alten Mann, der zitternd in der Tür zum Flur stand. Sie fuhr mit Pokerface ohne erkennbaren Ausdruck fort: »Ich konnte keine Bäckerei finden, sonst hätte ich Brötchen mitgebracht.«

Dass sie dabei scheinbar zärtlich mit dem Zeigefinger über ihre Waffe strich, blieb Schmidt nicht verborgen. Er machte, dass er in die erste Etage kam, um sich anzuziehen.

Dienstag, 21. November – 08:37 Uhr

»Der Willi, Walther und ich … wir waren in den Fünfzigern befreundet. Haben allerhand Unsinn angestellt. Das war eine aufregende Zeit, damals.«

Johann Schmidt zündete sich die neue Lord Extra am Stummel seiner abgebrannten Kippe an. Zwischen ihm und Hanna stand ein Aschenbecher aus der beschriebenen Zeit auf dem Küchentisch. Und die wahrscheinlich schmutzigste Thermoskanne, die Hanna jemals gesehen hatte.

Um das Eis zu brechen, hatte sie sich überwunden, aus einem der Becher, den sie selbst aus dem Spülstein geholt und abgewaschen hatte, mit Schmidt Kaffee zu trinken. Schwarz, um mit so wenig Lebensmitteln oder Küchenutensilien dieses Haushalts in Berührung zu kommen wie möglich. Dennoch meinte Hanna, die Bläschen eines nahenden Lippenherpes bereits spüren zu können. Ihre Waffe steckte wieder im Hosenbund. In erster Linie aus hygienischen Gründen.

Hanna sah Schmidt dabei zu, wie er mit zitternden Händen Tabakkrümel über die verschmutzte Wachsdecke zu schieben versuchte. Etwa die Hälfte der Krümel bremste in einem älteren klebrigen Fleck. Hanna überkam das Bedürfnis, so bald wie möglich zu duschen.

»Sie waren also so etwas wie eine Gang in den wilden Fünfzigern?«, versuchte sie den Faden wieder aufzunehmen. Doch Schmidt schien ihr nicht folgen zu können.

»Eine was?«

»Eine Gang, eine Bande … Halbstarke«, verbesserte sich Hanna. Schmidt nickte. Während es draußen wieder zu schneien begann, schien er in Erinnerung an die alte Zeit versunken.

»Ich war der Jüngste. Durfte auch nicht immer mit.«

»Was habt ihr denn so angestellt? Doch sicher nicht nur Äpfel geklaut«, fragte Hanna, als hätte sie Johann Schmidt, den Halbwüchsigen, vor sich.

»Wir haben noch ganz andere Sachen mitgehen lassen«, antwortete Schmidt. Die Erinnerung zauberte ein Lächeln auf sein Gesicht. Hanna hatte nicht vor, dieses Thema zu vertiefen. »Also kleinere Diebstähle. Was sonst noch?«

»Ich weiß wirklich nicht, was die alten Geschichten damit zu tun haben, dass Willi tot ist«, wehrte sich Schmidt und saugte nervös an seiner Zigarette.

»Oh doch, Johann. Ich glaube, das weißt du!«, sagte Hanna laut. Sie hämmerte urplötzlich mit der Faust auf den klebrigen Tisch, um der Vernehmung den nötigen Druck zu verleihen. Die furchtbare Thermoskanne machte einen Satz, der Kaffee schwappte in den Tassen, und Schmidt zuckte erschrocken zusammen. Dann fuhr Hanna ganz leise fort, sodass Schmidt sich konzentriert vorbeugen musste.

»Zwei Mitglieder deiner alten Gang, deiner Bande, sind bereits getötet worden. Sie wurden ertränkt, danach neu eingekleidet und an einen anderen Ort als den Tatort gebracht. Und zwar, damit wir sie finden. Jemand setzt mit diesen Morden Zeichen, Johann. Und du bist der letzte Überlebende!«

Schmidt schien in sich zusammenzufallen. Hanna machte unvermindert weiter Druck. »Für mich bist du ein Zeuge in dieser Mordserie …« Sie legte eine Pause ein und hätte fast von ihrem Kaffee getrunken, konnte sich jedoch in letzter Sekunde an das pochende Gefühl in der Oberlippe erinnern. »Oder bist du der Täter, Johann?«

Ein entsetzter Ausdruck tauchte im Gesicht des alten Mannes auf.

»Hast du Willi und Walther getötet? Gab es irgendeine Sache, die Willi regeln musste? Ist er deshalb extra aus den Staaten angereist?«

»Nein, ich …«

»Warum haben sich deine beiden Kumpel im Steigenberger Parkhotel getroffen?«

»Woher soll ich das denn wissen?«, jammerte Schmidt.

»Was hast du auf dem Hochhausdach gemacht?«, feuerte Hanna weiter. Ihr war völlig klar, dass sie einem Opfer gegenübersaß. Dieser einsame Mann war zu alt, zu schwach und zu nachlässig, um eine nahezu perfekt organisierte Mordserie und die Brände zur Vernichtung von Spuren zu verantworten.

»Wieso wolltest du dich von diesem Hochhaus stürzen?«

Schmidt schluchzte in seiner verdreckten Küche. Er rieb mit

nikotingelben Fingern seine Augen, und Tränen liefen über seine eingefallenen grauen Wangen. Hanna wartete noch einen Moment, gerade lang genug, um ihren exakt dosierten Cocktail aus Schuldzuweisung, Verdächtigung und Druck wirken zu lassen. Es knisterte vernehmlich. Hanna empfand kein Mitgefühl. Nicht mehr. Seit Rainers Tod wollte sie den Schuldigen nur noch zur Strecke bringen. Der Sache ein Ende bereiten, bevor noch mehr passieren konnte. Hanna hatte den Faktor Zeit von Anfang an unterschätzt, das rächte sich nun. Sie hatten viel zu lange gebraucht, um zu begreifen, dass es in der Mordserie um drei alte Männer ging, die ein dunkles Geheimnis zu verbinden schien.

Johann Schmidt war der einzig mögliche Schlüssel zu diesem dunklen Geheimnis. Das brennende Hotel und der Mord an Rainer waren Kollateralschäden. Sosehr Hanna diesen Begriff verabscheute – seit sie wenige Stunden zuvor zugesehen hatte, wie Rainers Leichnam abtransportiert wurde, ging ihr das Wort nicht mehr aus dem Kopf.

»Was hast du im Hochhaus gesucht?«, fragte Hanna.

»Meinen Sohn«, schluchzte Schmidt leise. »Ich wollte zu meinem Sohn.«

»Aber warum wolltest du springen?«, fragte Hanna.

»Damals … es war am Tag des Hochwassers«, stammelte Schmidt leise und sah Hanna aus nassen Augen an. »Willi, Walther und ich waren zum Aufräumen des überfluteten Kellers bei Steinbergs … da ist es passiert! Wir …«

Weiter kam der alte Mann nicht. Hinter dem Haus wurden erschrockene Stimmen laut. Aus dem Knistern war ein Fauchen geworden. Schreie, als Glas splitterte. Eine Frauenstimme rief nach der Feuerwehr. Jemand hämmerte an die Küchentür zum Hof und rief Johanns Namen.

Hanna sprang auf und stürzte zum Fenster. Dichter Rauch hüllte den Hof hinter dem Fachwerkhaus ein. Hanna drehte sich zu Schmidt um.

»Du rührst dich nicht vom Fleck! Verstanden?«

Dann zog sie ihre Waffe und öffnete die Hoftür.

Johann bleibt sitzen und zündet sich eine neue Kippe an. Der Rauch vom brennenden Schuppen zieht durch die offen stehende Tür in die Küche. Ungefähr so hat es früher immer gerochen, wenn er und Walther Fische räucherten, die sie aus dem Rhein gezogen hatten.

Mit dem Fahrrad nach Benrath zum Angeln. So viele alte Erinnerungen, an die Johann seit Jahrzehnten nicht mehr gedacht hat. *Es war ja nicht alles schlecht, damals*, denkt er.

Vorn klopft es an der Haustür. Eine Stimme ruft Johann.

»Ich bin da, Papa. Ich bin gekommen, um dich zu holen.« Das Klopfen wird drängender. »Hörst du? Komm doch!«

Von wegen, sitzen bleiben. Du kannst mich mal, Frau Kommissarin!, denkt Johann. Er trinkt seinen kalten Kaffee aus und wirft die Kippe in den Becher der Frau. Es zischt leise, und Johann lächelt. Er steht auf und nimmt die Winterjacke vom Haken an der Wand im Flur. Dann öffnet er die Tür. Kalte Luft kratzt an seinem tränenfeuchten Gesicht.

»Was machst du hier?«, fragt Johann. »Hinten brennt es!«

»Ich weiß. Pass auf, die Stufen sind glatt.«

Sie lassen die Tür offen. Johann denkt nicht über den Schlüssel nach. Oder daran, dass seine Zigaretten noch auf dem Küchentisch liegen. Eine kleine Explosion ist hinter dem Haus zu hören. Johann dreht sich um.

»Das war Wagenburgs Rasenmäher«, murmelt er. »Oder mein Kanister mit Sprit. Emmi wollte nicht, dass ich den Sprit im Schuppen aufbewahre. Zu gefährlich!«

Er will den Reißverschluss seiner Jacke schließen. Doch der Junge zieht ihn über den Markt am Brunnen vorbei zu einem Kombi. Der Wagen steht auf dem gleichen Platz, wo der Wagen der Bullen kurz zuvor gestanden hat. Der Motor läuft. Aus dem Auspuff steigt weißer Qualm in die Luft. Sirenen sind zu hören.

»Weißt du … ich bin froh, dich zu sehen«, sagt Johann, bevor er die Beifahrertür schließt. Er sieht seinem Sohn zu, wie er vorn um den Wagen herumgeht und einsteigt. Schneeflocken schmelzen auf seinem Gesicht zu Tränen, als er den Gurt anlegt. Johann folgt seinem Blick zum Haus zurück. Die Kommissarin stürzt aus der Tür des Hauses.

»Fahren wir sie jetzt besuchen? Deine Mutter?«, fragt Johann Schmidt seinen Sohn.

»Nein«, antwortet der Mann am Steuer leise. »Sie ist letzten Monat beerdigt worden.«

»Oh«, sagt Johann. Mehr fällt ihm nicht dazu ein. Er versucht, sich an das Gesicht des Mädchens in dem verwüsteten, nassen Keller zu erinnern. Doch alles, was ihm einfällt, ist das Bild von Walther und Willi, die mit heruntergelassenen Hosen eher lächerlich als gefährlich aussehen.

Aber gefährlich waren sie, oh ja, denkt Johann. *Wir waren alle drei gefährlich.*

Für einen Moment glaubt er, Tränen im Gesicht des Jungen zu sehen. Dann sieht er nach vorn. Aus dem Fenster, um ihn nicht in Verlegenheit zu bringen. Johann beobachtet, wie Feuerwehr und Rettungswagen auf dem Marktplatz eintreffen. Erst als die Fahrzeuge den Wagen passiert haben, setzt der Junge den Blinker, sieht sich um und lenkt den Wagen im Schritttempo aus dem Zentrum der Stadt.

»Du bist ein sehr guter, umsichtiger Autofahrer, Peter«, lobt Johann und nickt anerkennend.

Dienstag, 21. November – 10:59 Uhr

»Das kannst du nicht machen! Der Junge muss in die Schule!« Frieders Stimme überschlug sich fast.

»Papa, lass mich!«

»Nein!«, brüllte Frieder.

»Ich will aber …« Im Hintergrund war Julians wütende Stimme zu hören, der lautstark protestierte. Hanna unterbrach die Verbindung zu Frieders Festnetzanschluss und wählte das Handy ihres Sohnes an. Sie saß in Cockers Wagen, der mit Blaulicht von Gräfrath in Richtung Hilden unterwegs war.

»Er hat meinen Computer einkassiert«, rief Julian übergangslos, als er den Anruf angenommen hatte. Hanna hatte Julian aus dem Unterricht geholt und nach Hause beordert. Er musste etwas für sie tun. Und das sofort.

»Du bleibst gefälligst hier!«, rief Frieder. Nun war er die Hintergrundstimme.

»Kannst du irgendwo anders ins Internet gehen?«, fragte Hanna.

»Klar«, antwortete Julian. »Gib mir zehn Minuten. Wonach soll ich suchen?«

»Ich brauche alles über eine Flut in Hilden. Ein Hochwasser in den Fünfzigern. Alles, was du finden kannst. Der Fluss heißt Itter, und ...«

»Ich mach das. Kein Thema«, unterbrach Julian.

»Ruf mich sofort wieder an, wenn du so weit bist«, sagte Hanna und wollte die Verbindung unterbrechen.

»Hanna?«

»Ja?«

»Du wirst mir eine Entschuldigung schreiben müssen. Für die Schule.«

»Kein Problem«, sagte Hanna.

»Und, äh ... Hanna?«

»Was denn?«, fragte Hanna und gab sich alle Mühe, geduldig zu klingen.

»Frieder ist echt sauer. Also, ich meine, *richtig* sauer.«

»Darum kümmere ich mich später«, antwortete Hanna und unterbrach die Verbindung. Dann atmete sie durch.

»Du riechst nach Rauch«, sagte Cocker.

»Kunststück«, sagte Hanna, »eben musste ich jemanden daran hindern, seinen Rasenmäher aus Schmidts brennendem Schuppen zu retten. Hast du 'ne Kippe für mich?«

Cocker fuhr schneller, als die Straßenverhältnisse es zuließen. »Du rauchst?«, wunderte er sich.

»Seit der Schwangerschaft nicht mehr«, antwortete Hanna. »Also, hast du?«

Cocker fummelte eine Packung filterlose Camel aus dem Mantel und drückte den Anzünder im Armaturenbrett.

Einen tiefen Lungenzug später sagte Hanna: »Verrate es bloß nicht meinem Sohn.«

»Wie alt ist Julian?«, wollte Cocker wissen.

»Alt genug, um mich nicht mehr ›Mama‹ zu nennen«, antwortete Hanna.

»Hat alles Vor- und Nachteile«, sagte Cocker.

»Nenn mir einen Vorteil«, antwortete Hanna und starrte rauchend aus dem Fenster.

»Er recherchiert für dich. Ist das etwa nichts?«, gab Cocker zu bedenken.

»Ach, du weißt, was ich meine. Plötzlich will der kleine Kerl, den du gestern noch mit dem Fläschchen gefüttert hast, Kondome von dir. Dann dein Auto. Und weg ist er.«

»Ich wäre froh, wenn Marlene mich nach Präsern fragen würde«, antwortete Cocker. Die Laune im Wagen sank schlagartig um einige Grad.

»Lass uns über den Fall reden«, schlug Cocker vor, und Hanna seufzte. »Wenn's sein muss. Noch 'ne Sache, bei der ich nur Fehler mache.«

»Was hat Schmidt gesagt?«, wollte Cocker wissen.

»Du meinst, bevor ihn mir sein Entführer aus den Händen gerissen hat?«

»Wenn dir Selbstmitleid hilft, besser mit dem Mist klarzukommen, den wir gebaut haben ... ja«, antwortete Cocker. »Diesmal werde ich mich von Meuser anschreien lassen müssen, denke ich. Aber bis dahin sollten wir versuchen, das Beste aus der Situation zu machen.«

»Glaubst du, wir bekommen Schmidt aus der Sache heil wieder raus?«, fragte Hanna.

Cocker überlegte nicht lange. »Nein, ich denke, dazu ist es zu spät. Aber wir müssen es wenigstens versuchen.«

Hanna nickte und konzentrierte sich. »Was uns die alte Dame in Hilden über Styneberg, Meister und Schmidt erzählt hat, entsprach den Tatsachen«, begann Hanna.

Sie beschrieb Cocker aus dem Gedächtnis das Gespräch mit Schmidt. Bis zu dem Punkt, an dem sie zum Feuer im Hof geeilt war.

»Schmidt ist dem Täter freiwillig gefolgt«, sagte Cocker. »Also hat er ihm vertraut. Er ist entweder mit Schmidt bekannt, oder der Mann hat sich als Kollege von uns ausgegeben und ihn unter einem Vorwand aus dem Haus gelockt.«

»Die beiden kennen sich«, sagte Hanna. »Schmidt legt immer

noch dieses halbstarke Böser-Bube-Verhalten an den Tag. Oder es kommt im Alter wieder zum Vorschein. Vielleicht Altersstarrsinn, was weiß ich. Auf jeden Fall wäre er nie widerspruchslos mit einem Polizisten aus dem Haus gegangen. Egal, ob falsch oder echt. Es schien eher so, als hätte er sich abholen lassen. Vielleicht von einem Verwandten.«

Cocker schüttelte den Kopf. »Schmidt hat keine lebenden Verwandten mehr. Das haben wir überprüft.«

»Er hat einen Sohn«, beharrte Hanna, »das hat er mir eben erst erzählt.«

»Schmidt hat keine registrierten Verwandten, Hanna. Hältst du mich für blöd?«, fragte Cocker gereizt.

»Vorsicht!«, rief Hanna erschrocken und krallte sich mit allen zehn Fingern in die Ablage über dem Handschuhfach. Cocker hatte die Kurve der Autobahnauffahrt zu schnell genommen, der Wagen kam ins Rutschen. Doch bevor er an einen Begrenzungspfosten prallte, bekam Cocker den Wagen wieder in seine Gewalt.

»Haben wir es so eilig?«, fragte Hanna eine Spur zu laut. Der Schreck steckte ihr in den Gliedern.

»Entschuldigung«, sagte Cocker leise. Er hielt in der Auffahrt am verschneiten Straßenrand. Seine Hände zitterten. »Willst du fahren? Ich kann nicht mehr.«

Zwar steckte Hanna der Schlafmangel wie eine Grippe in den Knochen, doch der Adrenalinschock hatte sie hellwach gemacht. Sie nickte, stieg aus und stapfte um den Wagen herum durch den Schnee. Als sie auf der Fahrerseite angekommen war, saß Cocker bereits auf dem Beifahrersitz.

»Wo fahren wir hin?«, fragte er, als Hanna vorsichtig Gas gab und von der Beschleunigungsspur auf die A46 wechselte.

»In den Musikladen, zu Stynebergs Bruder. Er ist der einzige Zeitzeuge, der mir im Moment noch einfällt«, antwortete Hanna. Nach einem Moment fragte sie: »Weiß Steinberg eigentlich von Rainers … vom Tod seines Sohnes?«

»Ich hoffe, die Kollegen aus der Mitte haben das übernommen«, antwortete Cocker.

Der Gedanke an Rainer spülte eine Welle von Trauer und Verzweiflung in Hanna hoch. Sie schluckte mehrmals trocken, um nicht zu schluchzen. Wenn Cocker die Tränen auf ihren Wangen bemerkte, war er höflich genug, nicht darauf einzugehen. Hanna war ihm dankbar dafür. Den Rest der Fahrt bis in die Hildener Innenstadt verbrachten die beiden schweigend. Nur ab und zu unterbrochen von Cockers leise vorgetragenen Richtungsanweisungen.

Dienstag, 21. November – 11:07 Uhr

Als Johann erwachte, fürchtete er, taub und blind geworden zu sein. Er lag völlig entkleidet auf dem Rücken, auf weichem, matschigem Untergrund. Eisige Kälte hatte seine Glieder so schwer und gefühllos gemacht, dass er den Kopf kaum aus der stinkenden Flüssigkeit heben konnte, die ihm über die Ohren schwappte.

Seinen Ruf nach Hilfe konnte er hören, taub war er also nicht, stellte er fest. Doch da die Sicht gleich null war, konnte Johann sich nicht sicher sein, ob er jemals wieder würde sehen können. Mehrmals schloss und öffnete er seine brennenden Augen. An der undurchdringlichen Schwärze änderte sich nichts. Zuerst dachte er an ein Flussbett, wegen des weichen, zähen Untergrunds. Doch als er seine aufsteigende Panik bekämpft hatte, fiel ihm auf, dass er nicht auf sandigem Matsch lag, sondern eher auf weichem Schleim. Keine Steine, nichts, das auf einen Fluss hindeutete.

Nachdem er auf Händen und Knien eine Weile vor sich hingetastet hatte, stellte er fest, dass er sich in einem knöchelhoch mit stinkendem Wasser gefüllten Raum befand. Die Wände erhoben sich in einer gleichmäßigen Rundung an zwei Seiten. Als er mit den Händen tastend ihrem Verlauf bis über seinen Kopf folgte, formte sein schockierter Verstand in der Dunkelheit das Bild einer etwa mannshohen Röhre, in die er gesteckt worden war. Der Hall seiner Stimme beraubte ihn der Hoffnung, dass die Röhre an einer der beiden Seiten offen sein könnte. Und richtig: Nach drei Schritten und einem Sturz auf dem glitschigen Untergrund fühlte Johann eine Wand aus Stahl. Als er ungefähr die anderthalbfache Distanz durch den stinkenden Schlick in die andere Richtung gerutscht war, begann Johann Schmidt in der Dunkelheit leise zu weinen. Dabei kratzten seine Nägel über die Wand des schmutzigen Verlieses.

Dienstag, 21. November – 11:41 Uhr

»Er weiß es«, sagte Hanna leise. Sie deutete auf ein von Hand gemaltes Schild mit der Aufschrift: »WEGEN TRAUERFALL VORÜBERGEHEND GESCHLOSSEN.«

Der Pappkarton war hinter der Glastür der Musikalienhandlung Steinberg zwischen Konzertankündigungen von Stadthalle und Musikschule befestigt.

Sie hatten den Audi in Steinbergs Hof geparkt. Cocker war in die Fußgängerzone gegangen und schräg gegenüber der Musikalienhandlung in einer Bäckerei verschwunden.

Nun hielt er Hanna beide Hände mit jeweils einer Tüte vor die Nase. »Links süß … rechts salzig. Ich wusste nicht, was du magst.«

Hanna winkte ab und ging um das Gebäude herum in die Schwanenstraße an den Schaufensterscheiben entlang.

»Also bitte«, rief Cocker hinter ihr her, »wenn wir schon nicht mehr schlafen, müssen wir wenigstens noch essen!«

»Später«, sagte Hanna über die Schulter hinweg. Doch Cocker holte Hanna ein und stellte sich ihr in den Weg. »Mir ist völlig klar, dass du trauerst. Ich weiß auch, dass ein überdimensionales Schuldgefühl nicht gerade appetitanregend ist. Aber du nützt mir nichts, wenn du unterzuckerst und ohnmächtig auf der Straße zusammenbrichst. Also benimm dich gefälligst wie eine Erwachsene und entscheide dich endlich zwischen dem verdammten Käsebrötchen oder einem Amerikaner. Das ist eine dienstliche Anweisung!«

»Ich arbeite nicht mehr für dich«, erwiderte Hanna. Doch sie erkannte an Cockers Blick, dass er erst Ruhe geben würde, wenn sie etwas zu essen in der Hand hielt. Also griff sie achtlos in eine der Tüten und hielt ein mit verkrustetem Käse und Speckstücken verziertes Laugengebäck in der Hand.

»Das soll ein Käsebrötchen sein?«, fragte sie angeekelt.

»Nee, die nennen das ›Gassenjunge‹ oder ›Gassenhauer‹ oder so ähnlich«, antwortete Cocker. »Hey, es geht um Kohlehydrate, Fett und Zucker. Genießen kannst du in deiner Freizeit.«

»Suchen Sie mich, Frau Broder?«, erkundigte sich eine höfliche Stimme hinter Hannas Rücken. Als sie sich umdrehte und den Besitzer der Musikalienhandlung erblickte, kam sie sich mit dem unansehnlichen Ding in ihrer Hand auf seltsame Weise ertappt vor. Sie warf Cocker das Ding wieder zu und versuchte ein Lächeln.

»Herr Steinberg. Gut, dass wir Sie treffen. Ich möchte Ihnen mein Beileid …«

»Schon gut«, unterbrach Steinberg sanft, aber bestimmt. »Ich komme gerade von Ihren Kollegen. Sie haben sicher einen anderen Anlass, der Sie zu mir führt, oder?«

Hanna dachte an Rainer, kämpfte mit den Tränen und nickte.

»Warten Sie einen Moment, ich öffne Ihnen.«

Sein seidenes Einstecktuch und das sorgfältig gestutzte, fast weiße Haar passten nicht zu den dunklen Augenrändern und dem traurigen, entrückt wirkenden Ausdruck in Steinbergs Gesicht.

»Wieso müssen wir warten? Wieso dürfen wir nicht hintenherum mit ihm reingehen?«, brummte Cocker ungehalten, als Steinberg verschwunden war. Er biss in das Ungetüm aus Käse und Speck und mampfte: »Hat er was zu verbergen?«

»Das nennt man Stil, Cocker«, sagte Hanna und wischte ein paar Krümel vom Mantel ihres Kollegen. »Gäste und Kundschaft führt man nicht durch den Lieferanteneingang ins Haus. Würde es dir etwas ausmachen, gleich nicht wieder mit vollem Mund zu sprechen? Ich danke dir …«

Dienstag, 21. November – 11:41 Uhr

»Es war nicht alles schlecht«, schluchzt Johann. Er liegt in der stinkenden Brühe. Die schwarze Dunkelheit scheint fast greifbar, so wie seine Angst. Er winselt und schreit abwechselnd.

All die vielen Jahre lang hat er zu büßen versucht. Aber anstatt sich seiner Schuld und der Verantwortung zu stellen, ist er einfach verschwunden. So wie Willi. Doch der hat sich auf einen anderen Kontinent abgesetzt, Johann nur in die übernächste Stadt. Geholfen hat es keinem von ihnen.

Er hat seine Umwelt jahrzehntelang unter dem drückenden Schuldgefühl leiden lassen. Seine Frau, Emmi, ist daran zerbrochen.

In der stinkenden Brühe liegend, glaubt Johann, sogar für den Krebstod seiner Frau büßen zu müssen. Sein kehliges Heulen wird von den runden Wänden reflektiert und tausendfach auf den nackten alten Mann zurückgeworfen.

Dienstag, 21. November – 12:07 Uhr

»Hochwasser, sagen Sie?« Christoph M. Steinberg dachte einen Moment lang nach. Diesmal hatte er in dem Lounge Chair Platz genommen, den Hanna beim ersten Besuch im Vertragsraum, wie sie das kostspielig ausgestattete Zimmer nannte, bewundert hatte.

Nebeneinander auf dem Chesterfieldsofa sitzend, hielten sie und Cocker sich höflich an Espressotassen fest. Für eine Befragung nicht gerade die ideale Position. Im Hintergrund perlte Klaviermusik aus zwei Bang-&-Olufsen-Standlautsprechern.

»Stört Sie die Musik?«, fragte Steinberg und hob eine Fernbedienung. »Glenn Gould spielt Bach. Partita Nummer sechs in e-Moll. Wenn Sie mich fragen, eine der schönsten Aufnahmen von …«

»Das Hochwasser«, unterbrach Hanna, »Bitte erzählen Sie uns davon.«

»Vom ersten oder vom zweiten?«, erkundigte sich Steinberg. Er schaltete die Musik mit der Fernbedienung ab und wirkte seltsam gelassen, fast überheblich. Hanna ließ sich nicht aus der Ruhe bringen, doch Cockers Nerven schienen mit jeder Minute dünner zu werden.

»Lassen wir das verdammte Wasser mal beiseite und kommen gleich auf drei Halbstarke zu sprechen, die in den Fünfzigern diese Stadt unsicher gemacht haben. Einer davon war Ihr Bruder, richtig?«

»Ja«, antwortete Steinberg. Auf einmal wirkte er fast demütig.

Hanna war todmüde. Trotzdem traute sie sich nicht, einen Schluck von dem duftenden Getränk aus der kleinen Tasse zu nehmen. Müde *und* nervös schien ihr in diesem Moment wenig hilfreich zu sein.

»Wilhelm war das, was man heute hochbegabt nennen würde«, sagte Steinberg leise.

Cocker kniff die Augen zusammen. »Wäre die Bezeichnung ›kriminell‹ nicht zutreffender?«

Steinberg schnaubte. Seine Art, Belustigung auszudrücken. Dann nickte er. »Allgemein leitet man rebellisches Verhalten Hochbegabter heutzutage von Frustration durch Unterforderung ab, wenn ich richtig informiert bin.«

»Die Mehrheit der Kriminellen sind allerdings schlicht und einfach Idioten. Dumme Vollidioten!«, brauste Cocker auf, den das betont leise und bedächtige Verhalten Steinbergs auf die Palme brachte. Hanna legte eine Hand auf seinen Oberschenkel und spürte Muskeln zucken.

»Wilhelm hätte studieren sollen, Ingenieur oder Arzt werden, das hätte vieles einfacher gemacht.«

»Wie meinen Sie das?«, wollte Hanna wissen.

»Unser Vater war ein strenger Mann, dem das Familienunternehmen über alles ging. Wilhelm musste die Klavierbaulehre gegen seinen Willen absolvieren.« Steinberg starrte gedankenverloren in seine Tasse. »Der Seniorchef hat uns beide gezwungen, Dinge zu tun, die wir nicht tun wollten.«

»Inwiefern?«, hakte Hanna nach.

»Ich musste eine kaufmännische Ausbildung machen, um das Geschäft zu führen. Obwohl ich es eigentlich war, der Instrumente bauen wollte.«

Nun beugte sich auch Cocker interessiert vor. »Hätten Sie nicht beide Klavierbauer werden können?«

Hanna registrierte bei Steinberg ein trauriges Schmunzeln, als er den Kopf schüttelte. »Wie gesagt, unser Vater hatte andere Pläne. Wilhelm hat die Lehrjahre gehasst. Die Berufsschule war für ihn nur ein schlechter Witz. Er hätte studieren sollen, war viel zu begabt für diese Art von Unterricht. Wilhelm hat sich gelangweilt. Und die Arbeit in der Werkstatt, na ja ... Er hat die Zeit eher totgeschlagen, wie man so schön sagt.«

Nettes Wortspiel, dachte Hanna.

»Wilhelms Talente kamen erst Jahre später in den USA zum Tragen«, ergänzte Steinberg und zuckte mit den Schultern. »Leider haben wir nicht mehr davon profitiert. Nachdem die zweite Überschwemmung unsere Werkstatt ruiniert hatte, mussten wir den Instrumentenbau aufgeben.«

»Kommen wir auf die Zeit des Hochwassers zurück«, sagte Hanna und stand auf. »Beginnend mit der ersten Überschwemmung. Wann war das?«

»Im September 1957«, antwortete Steinberg. »In einer einzigen Nacht hat es dermaßen geregnet, dass die Itter einen Großteil der Innenstadt überflutete. Ein einziges Chaos. Das Wasser stand uns bis zu den Knien. Unser gesamter Lagerbestand wurde vernichtet. Über fünfundzwanzig Instrumente auf einmal. Das war ein schwerer Schlag.« Steinberg erhob sich ebenfalls und ging im Zimmer umher. Die Erinnerung regte ihn offensichtlich immer noch auf. »Die Fertigung war in den Kellerräumen untergebracht. Unsere Instrumente wurden mit einem Lastenaufzug nach oben transportiert. Dort können Sie die Klappe sehen.«

Hannas Blick folgte Steinbergs Fingerzeig. Cockers Wagen stand mit einem Vorderrad auf einer zweiflügeligen Eisentür, die in den Hofboden eingelassen war.

»Das erste Hochwasser hat alle unsere Maschinen und das Holz- und Werkstofflager im Keller zerstört«, sagte Steinberg. »Mit diesem Hochwasser hatte absolut niemand gerechnet. Es traf uns völlig unvorbereitet!«

Er deutete auf ein Backsteingebäude mit Flügeltür im Hof. »Mein Vater hat Tag und Nacht geschuftet, um den Betrieb wieder aufzubauen. Unsere zweite Werkstatt war ab 1959 dort drüben im Anbau. Aber es war nicht mehr dasselbe ...«

»Was ist an diesem Septembertag genau passiert?«, unterbrach Hanna den alten Herrn, der in Erinnerung versunken aus dem

Fenster sah. Ihre Stimme wurde laut und fordernd. Cocker stand ebenfalls auf, als er Hannas Vernehmungston erkannte.

»Wie meinen Sie das?«, fragte der alte Herr. Er sah Cocker auf sich zukommen und verschränkte die Arme vor der Brust. Cocker bezog neben der Tür Stellung und nickte Hanna unauffällig zu. Damit sie wusste, dass er ihre Taktik verstanden hatte.

»Sie wissen, wovon ich spreche. Was haben Wilhelm, Walther und Johann in diesem Keller angestellt, als sie ihn aufräumen sollten? Sie waren bei den Arbeiten doch dabei, oder?«, sagte Hanna. Als sie das nervöse Augenzwinkern in Steinbergs Gesicht sah, wusste sie, dass sie ins Schwarze getroffen hatte. Das Schuldgefühl des Mitwissers oder Komplizen drang aus jeder seiner Poren.

Endlich!, dachte Hanna. Und setzte zum finalen Stoß an:

»Johann Schmidt hat mir alles erzählt, Herr Steinberg!«

»Ich war ... Ich war nicht dabei! Also ich meine, als sie ...« Steinbergs Stimme versagte. Er sah zu Boden. Hanna dachte an Rainer. Keine Trauer, nur Wut. *Endlich!*

»Ich will wissen, ob Sie Zeuge oder Mittäter waren! Immerhin geht es um drei Morde«, rief Hanna.

»Drei? Aber ...« Steinberg war entsetzt, als er begriff, dass Hanna die alte Geschichte mit den Morden an seinem Bruder, seinem Sohn und Walther Meister in Verbindung brachte.

Cocker legte Steinberg eine Hand auf die Schulter.

Guter Bulle, dachte Hanna und fixierte Steinberg, während Cocker sanft auf den alten Herrn einsprach, der die Schultern hängen ließ. »Herr Steinberg ... Erzählen Sie uns, was passiert ist.«

Der alte Mann schluchzte mit den Händen vor dem Gesicht. Cocker führte Steinberg vorsichtig zum Ledersofa und setzte sich neben ihn.

»Ich warte!«, rief Hanna über den Glastisch hinweg. Dann rüttelte ihr Handy in der Tasche. Mit einem leisen Fluch zog Hanna das Handy aus der Tasche und zeigte es Cocker. Steinberg hatte sein Gesicht immer noch in den Händen vergraben und bekam nichts davon mit. Cocker nickte Hanna zu, dass sie gehen sollte. Er würde als Steinbergs Beichtvater fungieren.

Vielleicht sogar besser so, dachte Hanna. Sie war immer noch aufgebracht und verschwand in den dunklen Verkaufsraum. Am Telefon war Julian.

»Es geht gerade nicht«, zischte Hanna. Sie lehnte an dem Geländer aus den fünfziger Jahren. Stahlstangen mit einem Handlauf aus Gummi begrenzten den großzügigen Abstieg in den Keller. Die breite, geschwungene Treppe führte in das eiförmige Loch im Boden. Irgendetwas wollte an die Oberfläche. Eine Erinnerung. Doch Julians Stimme schnitt diesen Gedankenfaden ab, bevor Hanna ihn greifen konnte. »Hey, Mama! Hörst du mir zu?«

»Was?«

»Ich sagte, ich habe unglaublich viel Zeug zum Hochwasser in Hilden gefunden. Darüber existiert sogar ein Buch. Kann ich besorgen, wenn du willst. Aber was willst du genau wissen?«

»Ich glaube, das hat sich gerade erledigt, Julian«, sagte Hanna, mit Blick auf den hellen Türausschnitt, in dem Steinberg sich hoffentlich Cockers breiter Schulter bediente.

»Spinnst du? Ich hab 'nen Höllenstress mit Frieder wegen deinem Scheiß! Und jetzt ist die ganze Arbeit fürn Arsch?«

»Nicht in dem Ton, Söhnchen.«

Doch Julian hatte bereits aufgelegt. Hanna seufzte. So bald wie möglich würde sie sich bei ihrem Sohn bedanken und entschuldigen müssen. Sie setzte sich auf eine Klavierbank, die vor dem größten Flügel des Ausstellungsraums stand, und rieb sich die schmerzenden Augen. Die schwarzen und weißen Tasten des Instruments wirkten im Halbdunkel wie ein Maul, das Hanna anzugrinsen schien. Fast wäre sie dem Impuls gefolgt, mit beiden Händen auf die Tasten einzuschlagen. Mit Armen und Beinen auf das Instrument einzudreschen, bis es schrie. So wie sie selbst in diesem Moment gern geschrien hätte.

Was sie davon abhielt, war die leise Melodie der Stimme von Christoph M. Steinberg. Hanna lauschte dem stockenden Gemurmel aus dem Hinterzimmer. Da Steinbergs Worte nicht bis zu ihr in den Verkaufsraum drangen, stand sie auf und ging an die Tür zum Vertragsraum.

»Clara war kein besonders helles Mädchen«, sagte Steinberg

gerade, »… aber meinem Vater gefiel wohl ihre entfernte Verwandtschaft zu Franz Xaver Pokorny.«

»Muss ich den kennen?«, brummte Cocker, und Hanna schüttelte hinter der Tür den Kopf und dachte: *Lass ihn doch einfach erzählen, Mann!*

»Nein«, antwortete Steinberg. Hanna meinte, sein feines Lächeln zu sehen, während sie die Ohren spitzte und konzentriert zuhörend auf den Boden starrte. »Pokorny war ein böhmischer Violinist und Komponist aus dem achtzehnten Jahrhundert. Clara wusste genauso wenig von ihrem musikalischen Vorfahren wie Sie, Herr Brandt. Das Mädchen war gerade sechzehn Jahre, als sie bei uns die kaufmännische Lehre begann. Ein helles Lachen, große Augen und ebenso naiv wie vorlaut. Meine Mutter wollte Clara nicht im Haus haben. Sie befürchtete, dass sie uns Jungs und den Klavierbauern den Kopf verdrehen würde.«

»Ganz unrecht hatte ihre Mutter offensichtlich nicht«, hörte Hanna Cockers Stimme. Sie biss sich auf die Lippen und hoffte, ihr Kollege möge Steinberg nicht andauernd unterbrechen.

»Wir hatten seit sechs oder sieben Uhr morgens versucht, den Schaden zu begrenzen. Der Bestand an Instrumenten im Keller war durch das Wasser bereits verloren. Aber hier oben, im Verkaufsraum, versuchten wir, die Instrumente auf Holzbohlen zu stellen, während mein Vater eine Handpumpe besorgte, um das Wasser aus dem Haus zu bekommen. Sie können sich nicht vorstellen, was für eine dreckige Brühe das war. Es stank überall nach Fäkalien und Heizöl. Wilhelm rief seine Freunde zur Hilfe. Johann, Walther und noch einige andere halfen uns dabei, das Chaos zu begrenzen. Wir arbeiteten bis zum Umfallen! Gegen Mittag hatten wir die Türen endlich abgedichtet und konnten mit dem Abpumpen beginnen. Dann ertönte plötzlich ein Rumpeln und Kreischen aus dem Keller …«

»Was ist passiert?«, fragte Cocker.

»Unser Öltank hatte sich aus der Befestigung gerissen. Der Tank musste fast leer gewesen sein. Die Luft darin gab ihm so viel Auftrieb, dass er sich aus seiner Befestigung löste und vom Wasser im Keller nach oben getrieben wurde. Wie ein auftauchendes U-Boot sah das aus!«

Hanna erinnerte sich an Rainers Bemerkung bei ihrem ersten Besuch im Musikladen und sah das ovale Loch mit dem Geländer vor sich. Vor ihrem geistigen Auge durchbrach ein Metalltank wie der Rücken eines Wals den Fußboden an der Stelle, wo nun eine große Treppe in den Keller führte.

»In diesem Moment habe ich meinen Vater zum erstem Mal weinen sehen«, hörte sie die brüchige Stimme Steinbergs. »Sein Meisterstück, ein wunderbarer Wurzelholzflügel mit kunstvollen Intarsien, stürzte von den Böcken, als der Tank im Verkaufsraum die Decke durchbrach. Der Flügel versank im Keller wie die Titanic! Anders kann ich es nicht beschreiben. Scheffler, einer unserer Klavierbauer, wollte es verhindern. Wir konnten ihn nicht zurückhalten. Er stürzte sich ins Wasser zu dem versinkenden Flügel und wurde mit in die Tiefe gezogen. Fast wäre er zwischen Flügel und Tank zermalmt worden und ertrunken. Später musste man ihm im Krankenhaus ein Bein abnehmen. Es war furchtbar!«

Für einen Moment herrschte Stille. Doch Hanna meinte, das Geschrei des versinkenden Mannes und der Menschen zu hören, die ihm helfen wollten. Fast roch sie die Ausdünstungen der stinkenden Brühe, in der er versank, während das brodelnde Wasser den riesigen Metalltank an die Oberfläche drückte. Sie sah aus dem Schaufenster, vor dem das Wasser Gerümpel und Dreck durch die Stadt geschwemmt hatte. Dabei stellte sie sich vor, wie eine vor Nässe und Schmutz triefende Mannschaft bis zur Erschöpfung im Haus arbeitete, um die Reste einer Existenz zu retten, die bereits beim Eindringen der ersten Welle dem Untergang geweiht war.

»Was ist mit dem Mädchen passiert?«, fragte Cocker sanft. »Erzählen Sie mir von Clara.«

»Ich bin mir nicht sicher«, antwortete Steinberg. »Am Nachmittag haben mein Vater und ich Scheffler mit einem Handkarren ins Krankenhaus gebracht. In der Stadt herrschte Chaos, nichts funktionierte mehr. Strom, Telefon, alles war ausgefallen. Unsere freiwilligen Helfer mussten nach und nach abziehen. Sie hatten sich um ihre eigenen Probleme zu kümmern. Gegen Abend kam die Feuerwehr, um den Keller auszupumpen. Das dauerte bis in die Nacht hinein. Mein Vater hatte mich dazu bestimmt, bei

Scheffler zu bleiben. Er war schwer verletzt, und im Krankenhaus war die Hölle los. Ich fing irgendwann an, nach Anweisungen der Ärzte und Schwestern selbst auf den Fluren mitzuhelfen. Was ich dort gesehen habe, werde ich mein Lebtag nicht mehr vergessen, das können Sie mir glauben.« Steinberg schnaubte sein trauriges Lachen.

»Und Clara? Was war mit dem Mädchen?«, wiederholte Cocker seine Frage. Es dauerte einen Moment, eine Tasse klirrte auf die Untertasse, dann fuhr Steinberg fort.

»Wilhelm hat ihr vom ersten Tag an nachgestellt, seit sie in unser Haus gekommen war. Es war nur eine Frage der Zeit, bis ...« Steinberg brach ab.

»Bis was?«, hakte Cocker nach, und Hanna stöhnte im Nebenraum leise auf. Der Kollege war zu ungeduldig. Obwohl seine Eile angesichts des Verschwindens von Johann Schmidt verständlich war, wusste Hanna, dass er Steinberg durch sein Drängen eher behinderte. Druck war kein gutes Mittel.

Nicht hier und nicht jetzt! Du hast den Stich doch schon gesetzt, nun musst du ihn nur noch auslaufen lassen, versuchte Hanna ihre Gedanken an den Kollegen zu übertragen. Den Raum zu betreten und einzugreifen kam für sie nicht infrage. Ihr Auftritt würde eine Störung bedeuten, die Steinbergs Bericht endgültig zum Erliegen bringen konnte. Hanna hielt mit angehaltenem Atem die Stellung.

»Clara liebte ... Peter Alexander«, sagte Steinberg stockend.

Halt jetzt bloß deine Klappe, funkte Hanna stumm an Cocker und faltete die Hände.

»Den Sänger?«, fragte Cocker leise.

»›*Das machen nur die Beine von Dolores*‹«, hörte Hanna den alten Mann leise singen, dann schnaubte er wieder. Dieses traurige Lachen. »Clara konnte alles von Peter Alexander singen, aber Dolores ... es war ihr Lieblingslied. Sie trällerte es bei jeder sich bietenden Gelegenheit. Wilhelm hatte ein- oder zweimal von Clara einen Korb bekommen.«

»Er war hinter ihr her«, stellte Cocker fest.

»Wilhelm konnte alle Mädchen der Stadt haben. Darum ging es nicht.«

»Worum dann?«

»Was weiß ich. Er konnte ein ›Nein‹ nicht akzeptieren«, sagte Steinberg. »Sie hatte ein schönes Lachen und eine tolle Stimme, sonst war sie nicht unbedingt eine Schönheit. Aber darauf kam es Will nicht an. In dieser Beziehung war er wie unser Vater. Er war charmant und zuvorkommend. Er stellte Clara nach … ohne Erfolg. Es ging so weit, dass er sogar ein paar von Peter Alexanders Liedern spielen lernte. Danach war Clara wie verwandelt. Sie haben im Laden oft zusammen musiziert. Wilhelm hat Klavier gespielt … Die beiden haben zweistimmig gesungen, es war wunderbar.«

»Aber dabei ist es nicht geblieben«, stellte Cocker fest, statt zu fragen.

Hanna wünschte sich dringend eine Zigarette. Und noch dringender einen Knüppel für den Kollegen, der seine vorlaute Klappe nicht halten konnte. Steinberg räusperte sich. Dem Geräusch nach war er aufgestanden und ging im Zimmer umher.

Der Gesprächsfaden war gerissen. Hanna machte sich bereit, das Zimmer zu betreten und zu übernehmen. Retten, was zu retten war. Sie würde nur noch ihr Handy stumm schalten und –

»Sie mochten das Mädchen«, wieder Cocker. »Sie kannten Clara besser als Wilhelm, haben die meiste Zeit mit ihr zusammen im Laden verbracht. Während Ihr Bruder und Ihr Vater im Keller gearbeitet haben.«

Hanna hielt den Atem an. Kurz bevor sie nach Luft schnappen musste, kam endlich eine Antwort.

»Sagt Ihnen der Begriff ›Liebreiz‹ etwas?«, fragte Steinberg leise. Hanna atmete lautlos ein.

Bau jetzt keine Scheiße, Cocker!, flehte sie gedanklich aus dem Nebenraum.

»Dieses Wort fällt mir ein, wenn ich an meine Tochter denke«, antwortete Cocker. »Sie heißt Marlene.« Er klang zärtlich. Was Hanna beim Gedanken an den Auftritt der Göre am Flughafen nur unter »gute Taktik« einordnen konnte. Und richtig –

»Clara war ein schüchterner, zuvorkommender Engel«, sagte Steinberg mit fester Stimme. »Mein Bruder hat dieses unschuldige Geschöpf vernichtet! Sie war ein Spielzeug für ihn. Er hat sie kaputtgemacht.«

»Wie?«, wollte Cocker wissen.

»Ich wusste es nicht. Habe es all die Jahre nicht gewusst«, antwortete Steinberg aufgebracht.

»Was hat er getan?«, hakte Cocker nach.

Für Hanna war der Zeitpunkt gekommen, endlich den Raum zu betreten. Steinberg stand am Fenster und schenkte der Kommissarin keine Beachtung. Hanna blieb neben der Tür stehen und nickte Cocker zu, der immer noch auf dem Ledersofa saß. Sie ließ Steinberg ausreichend Raum und Zeit, schenkte sich lautlos Wasser aus einer Flasche auf dem Tisch ein und bediente sich aus Cockers Zigarettenpackung neben der Flasche. Der erste Lungenzug verursachte den bekannten Schwindel, den Gewohnheitsraucher nicht mehr kennen. Hanna wartete einen Moment, bevor sie ihre Frage stellte. Eine zentrale Frage, die ihr seit einiger Zeit auf der Zunge brannte, wie der beißende Geschmack der Kippe. Sanft musste diese Frage gestellt werden. Nicht wie eine Anklage.

Denn der alte Herr mit dem seidenen Halstuch hatte weder seinen Bruder noch dessen Kumpane auf dem Gewissen. Steinberg hatte niemals einen der Brände gelegt. Nicht in ihrem Hotel und schon gar nicht im Fachwerkhaus seines Sohnes. Und auf gar keinen Fall hatte er Rainer die Kehle durchgeschnitten.

Christoph M. Steinberg war nicht der Täter. Aber er besaß den Schlüssel, den Cocker und Hanna so dringend benötigten, um den Mörder zu stellen – kaltzustellen!

Wenn sie ehrlich war, ging es Hanna nur noch darum. Den Täter unschädlich zu machen, bevor er noch mehr Unheil in ihrem Leben anrichten konnte. Oder im Leben anderer.

Hanna nahm einen Zug aus der Zigarette und konzentrierte sich. Ihre Stimme war leise. Kaum zu verstehen.

»Wo ist dieses Mädchen von damals? Wo ist Clara Pokorny?«

Dienstag, 21. November – 12:54 Uhr

Nach dem ersten Schluck öliger Brühe, kurz nach dem Erwachen, hatte sich Johann bereits übergeben. Nun würgte er nur noch trocken und krampfte sich zusammen, da sein Magen das Gemisch aus Kaffee, Schwarzbrot und westfälischem Schinken bereits erbrochen und in die Dunkelheit gespuckt hatte. Seine Kräfte hatten ihn verlassen. Wie lange schon, wusste Johann nicht. Zeit spielte keine Rolle mehr. Die Kälte hatte den nackten Mann so lange zittern lassen, bis er sich nicht mehr auf den Beinen halten konnte und zurück in die kalte Brühe gesackt war. Eine Flüssigkeit, die er aus der Erinnerung sehr gut kannte. Fünfzig Jahre hin oder her – der Geruchssinn vergisst niemals. Johann betrachtete sein Schicksal als Strafe. Eine Strafe, die anzunehmen er zwar nicht bereit war. Doch was sollte er tun?

»Bitte ...«, seufzte er zwischen den schwächer werdenden Krämpfen seines Magens. Ausspucken, immer wieder ausspucken. Schließlich sank Johann mit dem Kopf in die stinkende Flüssigkeit. Sie würde Mund und Nase nicht bedecken, wenn er sich auf den Rücken legte und nicht bewegte.

Dennoch war sie tief, kalt und endgültig genug, um alle Hoffnung fahren zu lassen.

Dienstag, 21. November – 12:54 Uhr

»Ich bin bis lange nach Einbruch der Dunkelheit im Krankenhaus geblieben. Dort habe ich geholfen, bis mich eine Krankenschwester nach Hause schickte. Scheffler, unser Klavierbauer, war endlich in den Operationsraum gebracht worden. Ich konnte also nichts mehr tun.«

Steinberg sprach, ohne die Beamten anzusehen, aus dem Fenster in den Hof. Hanna hob die Hand, als Cocker nachhaken wollte. Der schwieg und griff nach der Zigarettenschachtel.

»Als ich nach Hause kam, war ich schon wieder bis zur Brust nass. Ich stank nach diesem verdammten Wasser. Es war furchtbar. Ich habe mich auf der Treppe ausgezogen, um das obere Stockwerk nicht zu beschmutzen. Unsere Mutter war sehr ordentlich in so was. Clara ...«

Steinberg drehte sich zu ihnen um. Er fixierte Hanna, und es schien ihn nicht zu überraschen, dass sie neben der Tür zum Verkaufsraum stand.

»... ich legte meine Sachen auf die Treppe und ging barfuß und nackt in das Zimmer meiner Eltern. Wollte in das Badezimmer. Einfach nur in ihr Badezimmer. Meine Eltern waren nicht da. Und da lag sie. Im Bett. Auf der Seite meiner Mutter! Als sie mich sah, schrie Clara auf: ›Geh weg!‹ Immer wieder. Und sie hat so geweint, wie ich noch nie jemanden habe weinen sehen.«

Steinbergs Tränen versickerten in seinem seidenen Halstuch. Er hatte die Hände wie zur Abwehr gehoben. Hanna ging auf Steinberg zu. Der ließ seine Hände sinken. Sie nahm den alten Mann vorsichtig in die Arme. Er roch süßlich. Nach einem Parfüm und Espresso.

»Clara wurde Gewalt angetan«, sagte Hanna leise. Cockers Stil: Feststellung statt Frage. Steinberg nickte schluchzend und begrub das Gesicht in den Händen. Seine Schultern zuckten. Hanna hielt ihn fest.

Cocker stand auf. Räkelte sich auf seine Art. Er sah unglücklich aus. Zu viel Sand im Getriebe der Ermittlung. Zu viele offene Fragen.

Verdirb jetzt nicht alles, dachte Hanna und schüttelte den Kopf. *So kurz vor dem Ziel!*

»Wir setzen die Befragung in der Mitte fort. Dort nehmen wir Ihre Aussage auf, Herr Steinberg«, sagte Cocker. Ebenfalls eine Feststellung.

»Nein«, flüsterte sie. Doch Cocker fädelte Steinberg wortlos aus Hannas Armen. Sie musste entsetzt zusehen, wie der übergroße Idiot den alten Mann umdrehte und sogar Handschellen zückte. Er hielt die stählerne Acht wie ein schlechter Varieté-Zauberer in die Höhe.

»Machen Sie bitte keine Schwierigkeiten«, sagte er zu Steinberg und schloss Hanna in diese Empfehlung mit ein.

»Das kannst du nicht tun!«

»Du arbeitest nicht mehr für uns, Hanna«, antwortete Cocker. Mit kalten Augen, die ihrem Blick nicht standhalten konnten. Hanna war wie gelähmt.

Wie kann Cocker nur so dumm sein?

Cockers Handy klingelte. Er ließ die Handschellen sinken und ging um den Glastisch, während er den Anruf annahm. »Ja?« Vor dem Durchgang zum Verkaufsraum blieb er stehen und fragte: »Wann?«

Steinberg sah sich zu Hanna um. Weder Hilfe suchend noch Vergebung erwartend. Sein Blick lag eher beruhigend auf ihr. »Ich hatte mit der Vergewaltigung nichts zu tun. Habe sie aber leider auch nicht verhindern können.«

»Sie haben Clara niemals angefasst oder bedrängt?«, fragte Hanna.

»Nein«, sagte Steinberg.

»Sie haben also nicht mitgemacht und ...«

Steinberg unterbrach sie entrüstet: »Ich habe nie, *niemals* in Betracht gezogen, einer Frau Gewalt anzutun! Außerdem war ich im Krankenhaus, als diese Kerle ...«

»Wo ist Clara Pokorny?« Hanna stellte ihre Frage erneut.

»Sie ist in einem Hildener Altenheim gestorben«, antwortete Steinberg. »Clara wurde im vorigen Monat beigesetzt.«

»Und Johann Schmidt?«

»Ich hoffe, dass er sich in Sicherheit gebracht hat.«

Hanna sah Steinberg an, dass er es aufrichtig meinte. Allerdings glaubte sie nicht, dass Schmidt dieses Kunststück gelungen war.

»All das wegen Claras Begeisterung für diesen verdammten Neumayer«, murmelte Steinberg.

»Wie bitte?«, fragte Hanna, plötzlich atemlos.

»Peter Alexander Ferdinand Maximilian Neumayer. Das ist der volle Name des Schnulzensängers«, antwortete der alte Mann.

Cocker steckte das Handy ein und winkte Hanna heran. »Ein Brand im Hochhaus«, flüsterte er. Beide wussten auf Anhieb, um welches Gebäude es sich handelte. Hannas Gedanken überschlugen sich.

»Cocker, das ist ein Trick!«, sagte sie. »Das hat der Täter schon mal gemacht.«

Dienstag, 21. November – 13:09 Uhr

Peter Alexander Pokorny wartete hinter einer Steinsäule des Ärztehauses neben der Apotheke. Ein grüner Stahlkanister mit zwanzig Litern Fassungsvermögen stand an der Säule. Bereit, um zusammen mit seinen anderen Utensilien über die Schwanenstraße hinweg in das Musikhaus getragen zu werden. Für das große Finale. Er gratulierte sich zu dem präzisen Timing.

Von seinem Versteck aus beobachtete er, wie der Audi des riesigen rothaarigen Kommissars vom Hof der Steinbergs raste. Eine ältere Frau mit zwei Einkaufstaschen machte eilig Platz und schimpfte dem Audi aufgebracht hinterher, dessen Sirene erst durch die Straße hallte, als der Wagen bereits außer Sichtweite war.

Peter wartete noch eine Minute und spähte unauffällig zur Fensterfront des Musikladens hinüber. Von Stynebergs Bruder keine Spur. Doch Peter wusste, dass er immer noch im Gebäude sein musste. Er trug einen dreckig wirkenden dunkelblauen Overall über seiner Straßenkleidung. Der Eindruck täuschte absichtlich. Die Verschmutzungen des mit Gummizügen an Armen und Beinen dicht abschließenden Papieroveralls, wie ihn auch Beamte der Kriminaltechnik benutzen, waren extra von ihm für diesen Zweck aufgetragen worden. Eine Tarnung, um keine verräterischen Spuren am Tatort zu hinterlassen. Die Haare hatte Peter zu einem Zopf gebunden und mit einem Haarnetz unter einer ebenfalls dicht abschließenden Mütze versteckt. Säurefreie Vaseline verklebte Körperbehaarung und mögliche Hautschuppen mit den spärlichen Flächen frei liegender Hautoberfläche. Viel war davon wirklich nicht zu erkennen: Lederhandschuhe über Latexhandschuhen, eine große Sonnenbrille – Peter sah aus wie ein etwas zu cool aufgemachter Handwerker, der auf Reggae steht. Was absolut nicht den Tatsachen entsprach.

Er nahm den Kanister mit der Linken mühelos auf, als würde er nicht über zwanzig Kilo wiegen. Dann nahm er den Werkzeugkasten aus Metall in die rechte Hand. Er genoss die Anspannung seiner Muskeln, als er mit der schweren Fracht die Straße überquerte.

In der Tasche klimperte ein Schlüsselbund mit reibungslos funktionierenden Kopien der Schlüssel zu all jenen Orten, wo er Vergeltung geübt hatte. In bester »Simplify Your Life«-Manier hatte Peter die Reihenfolge der Schlüssel am Ring nach ihrer

Wichtigkeit sortiert, um sie ohne hinzusehen benutzen zu können. Unbestrittene Nummer eins seiner Hitliste war der Schlüssel zum Hintereingang von Steinbergs Musikladen. Außerdem besaß er zur Sicherheit noch eine Kopie des Schlüssels, mit dem man die Glastüren des Haupteingangs von innen ver- und entriegeln konnte. Nichts war dümmer, als einen möglichen Fluchtweg nicht benutzen zu können. Gefolgt wurden diese von den Schlüsseln zu Rainer Steinbergs Gartentor und der Tür des Fachwerkhauses in Haan. Für William Stynebergs Suite im Steigenberger hatte Peter keinen Schlüssel benötigt. Ebenso wenig wie für Meisters Tür oder die von Schmidt. Alle drei Männer hatten ihm freiwillig geöffnet und waren Peter ohne Androhung oder Einsatz von Gewalt gefolgt. Die Anrede »Papa« oder »Vater« hatte den alten Säcken entweder Angst oder einen Schauer der Begeisterung über den Rücken gejagt.

William Styneberg – schon der Gedanke an den Anführer machte Peter aggressiv – war ein alter, arroganter Sack gewesen, der dem Vaterschaftstest nie freiwillig zugestimmt hätte. Nachdem Peter den unsympathischen Mann mit den nach unten gezogenen Strichlippen und dem Truthahnhals nach Deutschland gelockt hatte, war es ein Kinderspiel gewesen, ihm beim ersten Treffen eine verlässliche DNS-Spur abzunehmen, ohne dass er es überhaupt bemerkte.

Zuerst hatte Peter die Proben tatsächlich zum Vergleich mit seiner DNS testen lassen wollen. Doch Walther Meisters Haltung zum Thema Vaterschaft hatte ihn von diesem Vorhaben abgebracht. Der verkniffene Rechthaber wollte unbedingte Gewissheit über Peters Abstammung. Dass er vor Jahren mit einer Vergewaltigung das Leben einer Sechzehnjährigen zerstört hatte, interessierte den Oberlehrer dabei keine Sekunde lang.

»Du bist schuldig!«, hatte Peter gebrüllt. Als er die schwere Luke des Öltanks schloss, klang der letzte Satz Walther Meisters an sein Ohr:

»Das ist nicht bewiesen!«, hatte der Unbelehrbare standhaft behauptet, bevor er im Tank seiner Bestimmung zugeführt worden war. Peter konnte über die Halsstarrigkeit des nackten Mannes nur den Kopf schütteln, als er den Tank verriegelte. Letztlich hatte Johann Schmidt mit seinem erbärmlichen Gewinsel dafür gesorgt, dass Peter die vier DNS-Proben in seiner Wohnung im achten Stock des Hochhauses einfach auf dem Wohnzimmertisch hatte liegen lassen, bevor er die Zeituhr des Brandsatzes aktivierte und sein altes Leben für immer hinter sich ließ.

Peters ursprünglicher Plan, herauszufinden, wer sein leiblicher Vater war, hätte ihn nur tiefer in den Strudel aus Depressionen und Hassgefühlen gerissen. Die Gewissheit, dass eine dieser vier erbärmlichen Figuren sein Erzeuger war, schien Peter tragisch genug. Er schluckte eine kurze Aufwallung von Trauer hinunter, sprühte einen feinen Strahl Silikonspray in das Schloss und öffnete den Hintereingang zur Musikalienhandlung Steinberg absolut lautlos. Wie er es bereits einige Male zuvor getan hatte.

Dienstag, 21. November – 13:11 Uhr

Cocker raste mit mahlenden Kieferknochen durch die Stadt. Zum Hochhaus in der Beethovenstraße.

»... unbedingt die Klingelschilder am Gebäude checken«, hörte er Hanna sagen.

»Warum?«, fragte er, ohne sich umzusehen.

»Weil das Ganze gerade einen Sinn bekommt«, antwortete Hanna. »Wieso die alten Jungs dieser Gang einer nach dem anderen umgebracht werden.«

»Wegen der alten Schuld«, vermutete Cocker.

»Richtig«, antwortete Hanna, »aber nicht von einem alten Mann! Wir haben uns die ganze Zeit gefragt, wie ein Mann in den Sechzigern oder Siebzigern das alles bewerkstelligen kann: Männer überwältigen, sie töten und vom Tatort zum Fundort transportieren, zeitgesteuerte Brandsätze bauen ... Der Täter kann kein alter Mann sein, sondern ist jemand, der nach 1957 geboren wurde.«

»Aber wieso passiert das alles jetzt? Fünfzig Jahre später?«, wollte Cocker ungeduldig wissen.

»Vielleicht, weil der Täter von der ganzen Sache bis vor Kurzem keine Ahnung hatte«, antwortete Hanna nachdenklich. Cocker schleuderte über die Abbiegespur von der Berliner in die Hochdahler Straße. Er raste an einem verschreckt wirkenden Kleinwagen vorbei, der auf die Verkehrsinsel gerumpelt war, um dem Audi mit Blaulicht und Sirene Platz zu machen.

Wenigstens kann sie diesmal ihre Fingernägel nicht in mein Armaturenbrett rammen, dachte Cocker. Er verfehlte den Bordstein mit dem rechten Vorderrad nur um Haaresbreite und zischte durch die Zähne: »Eins nach dem anderen, Hanna. Mir geht das alles viel zu schnell.« Dann unterbrach er die Verbindung.

Dienstag, 21. November – 13:13 Uhr

Als Peter durch den Flur an der Garderobe vorbei in den Gang zum Verkaufsraum spähte, war nichts zu sehen. Nur ein Lichtstreifen aus dem Aufenthaltsraum kreuzte sich mit einem schwächeren Licht aus dem Büroraum auf dem Parkettboden. Dort, an einem der beiden Schreibtische, musste seine Mutter fast fünfzig Jahre lang schweigend gesessen und die Schande stumm ertragen haben. Bis zur Rente hatte sie ihren Peinigern gegenübergesessen und geschwiegen.

Peter verabscheute die Schwäche dieser Frau, die fünf Jahrzehnte lang ein Dasein als Opfer gefristet hatte, ohne sich zu wehren. Er stellte den Kanister mit bleifreiem Superbenzin lautlos neben der Tür zum Büro ab und betrachtete den gebeugten Rücken des Mannes, der an seinem Schreibtisch saß und in etwas blätterte, das wie ein altes Fotoalbum aussah. Dabei zuckten Christoph M. Steinbergs Schultern. Sein leises Schluchzen war bis in den Flur zu vernehmen. Doch für Mitleid war es ein halbes Jahrhundert zu spät.

Peter Alexander Pokorny zog seinen Elektroschocker aus der Tasche und näherte sich dem alten Mann von hinten. Als er den Bürostuhl fast erreicht hatte und den schweren Geruch von Steinbergs Haarwasser in der Nase hatte, flüsterte er die Worte, wie schon dreimal zuvor: »Ich bin da, Papa. Dein Sohn ist hier, um dich zu holen!«

Der offene Mund und das entsetzte Gesicht entschädigten Peter kaum eine Sekunde lang, bevor die Kontakte des Elektroschockers blaue Gewitterzacken in die Brust des alten Mannes jagten und Christoph M. Steinberg mit einem leisen Stöhnen vom Drehstuhl fiel und auf dem Parkettboden vor seinem Schreibtisch aufschlug.

LUFT

Dienstag, 21. November – 13:17 Uhr

Ich fliege! Bin ich gestorben? Komme ich in den Himmel?

Johanns Körper wird emporgetragen, steigt langsam auf, dann schwebt er einige Sekunden lang schwankend in der Luft. Johann öffnet ein Auge, das andere Lid ist mit dem stinkenden Schlamm verklebt, in dem er gelegen hat. Seine Kraft reicht nicht aus, um dieses Auge zu öffnen. Nicht mehr.

Ein Licht. Blendend und heller, als er es sich jemals hat vorstellen können, unglaublich gleißend. Johann schwebt hingerissen auf das Licht zu, langsam und schwankend. Emporgetragen von einem Engel mit lockigem Haar.

»Himmelarsch! Ich kann nicht … mehr!«, keuchte Hanna und taumelte. Dabei war Johanns knochiger Körper ohne Kleidung nicht besonders schwer. Vielleicht sechzig, höchstens siebzig Kilo. Doch die schleimige Schicht aus uraltem Heizöl und Wasser auf der Haut des Mannes und der schmatzende Schleim unter ihren Füßen machten es Hanna unmöglich, den Alten allein über den Kopf zu hieven und aus der Luke des Heizöltanks zu schieben. Ganz abgesehen davon, dass sie nicht unbedingt mit Schmidts schlaffen Hinterbacken oder primären Geschlechtsorganen in Kontakt kommen wollte. Was sich, angesichts dieser Aufgabe, unmöglich vermeiden ließ. Sie verlor erneut das Gleichgewicht und schlug mit Johann in den Armen in den Matsch aus Öl und Wasser, der ihr den Atem raubte. Die ersten Male hatte er sich nicht gerührt, trotz Puls. Doch diesmal stöhnte er entzückt: »Rette mich, du Engel … Du wunderschöner, heißer, geiler …«

»Aufwachen«, brüllte Hanna dem alten Mann ins Gesicht. »Hier spricht die Polizei! Du musst dich zusammenreißen, Johann! Aufstehen, hörst du mich? Auf! Wach! Eeeeeen!«

Dienstag, 21. November – 13:36 Uhr

Entsetzt beobachtete Peter Alexander Pokorny im Halbdunkel, wie zwei schleimige und vor Schmutz triefende Kreaturen aus der Öffnung des Öltanks im Keller der Musikalienhandlung Steinberg kletterten. Er wurde an sich windende Aale erinnert, die aus dem Schlamm eines Tümpels hervorkrochen. Er fühlte sich hintergangen und betrogen!

Die komplett entkleidete Gestalt des bewusstlosen Christoph M. Steinberg hatte Peter geschultert. Den Elektroschocker hatte er gezückt, als er die gemurmelten Anweisungen und Flüche aus dem Öltank hörte.

Schmidt, der zergelige alte Mann, glitschte zuerst über den Rand des Tanks und sank stöhnend zu Boden. Er hinterließ eine Schleimspur aus uraltem Öl, Wasser und den Ausscheidungen der letzten beiden Todesopfer, die in diesem Tank gestorben waren. Der Alte war keine Gefahr, Peter ließ ihn links liegen. Doch die verdreckte Frau, die Peter erst erkannte, als er ihr von Angesicht zu Angesicht gegenüberstand, machte ihn wütend.

»Du bist *hier?*«, schrie er aufgebracht. Hanna drehte sich erschrocken um. Erkenntnis leuchtete in ihrem Gesicht auf, gefolgt von Angst. Dann tauchten die blauen Blitze des Elektroschockers den kleinen Raum in gespenstisch flackerndes Licht, und Hanna ging zu Boden.

»Die beiden Alten sollten als Findlinge auf dem Grund der Itter enden«, schrie Peter die bewusstlose Kommissarin an, »aber du musst ja immer alles *kaputtmachen*!« Ihre Anwesenheit machte ihm klar, dass er keine Zeit mehr haben würde, seinen sorgfältig vorbereiteten Plan zu vollenden, wie er es vorgehabt hatte.

So eine Schande, dachte er. In einer überdrehten Endlosschleife immer wieder. *Schandeschandeschande über dich über mich über Clara über William … Schandeschandeschande über Walther über …*

Er transportierte die drei reglosen Körper in den Öltank zurück. Der einzige, leise Protest kam von Johann Schmidt, der, viel zu schwach für einen weiteren Stromstoß, Peter immer noch anredete, als wäre die Vaterschaft für ihn ein Segen.

»Junge«, flüsterte er heiser. »Es war nicht alles schlecht.«

»Schande über dich«, zischte Peter.

Schande über euch alle, er verriegelte die Luke über den beiden Männern und der Frau. Dass Clara, die herzlose Mutter, ohne sein Zutun an Altersschwäche gestorben war, schmerzte ihn dabei am meisten. Und dieser Phantomschmerz würde bleiben. Für den Rest von Peter Alexander Pokornys Leben.

Schandeschandeschande …

Dienstag, 21. November – 14:11 Uhr

Viel war nicht mehr zu tun. Nur noch den Sprit gleichmäßig über diesen Ort der Schande verteilen, die Zeitschaltuhr des Brandsatzes in Betrieb setzen und spurlos verschwinden. So lautete der neue Plan. Peters Wagen mit den wenigen Dingen, an denen ihm noch etwas lag, stand einige Straßen weiter.

Der Benzingeruch nahm ihm den Atem. Als er im Verkaufsraum eine frische Brise spürte, sah er sich irritiert um. Eine der beiden Glastüren des Haupteingangs fehlte, sie lag in Scherben.

Schandeschande ich habe doch den Schlüssel! Er sah den Kommissar mit der Waffe im Anschlag.

Peter trat drei Schritte zurück und übergoss sich mit Benzin.

Dienstag, 21. November – 14:13 Uhr

Der Mann steht inmitten der Lache aus Benzin und hält den Metallkanister hoch, ein letztes Faustpfand.

Cocker ist nicht sonderlich beeindruckt. »Dir ist klar, was passiert, wenn ich auf den Kanister schieße«, sagt er. Keine Frage –

Das heiße Projektil. Metall trifft auf Metall. Ein Funke …

»Wir werden alle sterben!«, faucht das verrückte Männlein im spritfeuchten Overall.

»Nein«, gibt Cocker trocken zurück, »nur du wirst verglühen. Ich gehe vorn raus.«

»Alle werden sterben!«

»Die Leute im Keller sind im Tank.« Cocker stellt einfach ungern Fragen. Er stellt lieber fest. »Du hättest meiner Kollegin das Telefon abnehmen sollen. Also … selbst wenn diese Bude bis auf die Grundmauern niederbrennt, sind Hanna und die Jungs in Sicherheit. Du hast sie gut verpackt. Danke dafür, du Spinner.«

»Aber du … *Du* wirst sterben!«, geifert der Verrückte und hält den schweren Kanister wie einen Schild vor Brust und Kopf.

Cocker zündet sich in aller Seelenruhe eine Kippe an und lehnt sich an den Flügel. Steinberg seniors sorgfältig restauriertes Meisterstück. Die Glut seiner Zigarette leuchtet wie eine Demütigung durch die Dunkelheit. Nach einigen Sekunden sinkt der Arm seines Gegenübers mit dem Kanister langsam, aber stetig.

»Weißt du was?«, sagt Cocker gelassen. »Dieser schöne Laden und die Instrumente … das ist mir alles viel zu schade.«

Er entsichert seine Waffe und richtet sie wieder auf den Mann im Overall. Diesmal etwas höher. »Ich werde nicht auf den Kanister schießen, sondern auf deinen Kopf. Das schlägt keine Funken, und die Sache ist sofort vorbei.« Cocker stellt sich in Position und zielt. Der Mann kneift in Erwartung einer Kugel die Augen zusammen und sieht zu Boden.

Der ist bereit, bereit zu sterben, begreift Cocker.

»RUNTER!«, brüllt er, sieht den Mann zusammenzucken. »Los, runter auf die Knie, RUNTER!«

Der Mann schluchzt. Plötzlich kreisen Blaulichter den Laden ein.

Das Feuerzeug in der Hand des Mannes erkennt Cocker nicht. Wohl aber die Pfütze und das Rinnsal aus Sprit, das sich den Weg durch den Laden über die Freitreppe Richtung Keller sucht.

Hanna und die anderen könnten verletzt sein und brauchen Hilfe. Feuer ist hier nicht angesagt, echt nicht, denkt Cocker und ärgert sich über sein cooles Getue mit der Kippe, die ihm immer noch im Mundwinkel steckt. Der Rauch beißt in seine Augen, doch er kann nicht zurück. Cocker zielt. Er hat keine Wahl.

»Fallen lassen. Sofort!«, ruft er. Obwohl er es besser weiß. Der dünne Typ in Overall und Baseballkappe und – *ist das wirklich ein Haarnetz?* Dieser Typ, der Brian May zum Verwechseln ähnlich sieht, kann nicht mehr zurück. Das ist Cocker klar.

Draußen sind schlagende Wagentüren und Befehle zu hören.

Wer weiß, ob die Kollegen kapieren, dass hier eine Lunte brennt, denkt er. Aus einem ihm unerfindlichen Grund sieht er auf einmal Marlas Gesicht vor seinem geistigen Auge. Sie lächelt. Freundlich. Dann flammt etwas in der Hand des Verrückten auf – und Cocker drückt ab.

Nicht die Wolke aus Blut, es ist das platzende Geräusch, welches Cocker für den Rest seines Lebens nicht wieder loswird. Zusammen mit dem merkwürdigen Grinsen des Toten. Seine Lippen spannen über den großen Vorderzähnen. Das zersplitterte Loch über der linken Braue macht den Anblick nicht besser.

»Hirngemüse«, hört Cocker eine leise Stimme hinter sich. Das Lachen eines Kollegen. Er macht ihn ausfindig und nach allen Regeln der Kunst zur Sau. Cocker glaubt, es dem Toten schuldig zu sein.

Später, im Wagen, als er Rotz und Wasser heult und auf sein Lenkrad hämmert, begreift Cocker, dass man Schuldgefühle wie Quartettkarten austeilen und kassieren kann.

Es bleibt ein Spiel ohne Sieger, wenn alle nur die Fehler sammeln.

Freitag, 1. Dezember – 15:07 Uhr

»Hanna Broder war im November noch nicht im Dienst. Die Kommissarin kann im Dezember nicht für Fehler suspendiert werden, die sie vor Dienstantritt begangen hat«, sagte Cocker. Er räkelte sich und stand wieder stabil. Obwohl er fast vier Kilo abgenommen hatte, fühlte er sich sogar besser als vorher.

»Fehler, die KHK Broder *angeblich begangen haben soll*«, ergänzte Kürten und dehnte die zweite Hälfte seines Satzes bis zur Unendlichkeit. Elf Tage nach der Lösung des spektakulären Falls sahen Cocker und Kürten aus dem Fenster hinter Meusers Schreibtisch. Um den Kopf des Leiters der Mitte schwebten dicke Schneeflocken in Zeitlupe zu Boden.

»Ich habe sie im November suspendiert. Für den Mist, den sie gebaut hat, basta!«, rief Meuser und knallte seine Kaffeetasse auf den Tisch, dass es spritzte.

»Da war sie aber noch nicht im Dienst, Chef«, antwortete Kürten. Der zentrale Punkt der Argumentationskette war schlüssig. Einfach und eindeutig.

»Zumindest nicht offiziell«, assistierte Cocker. Er sah Meuser an, als würde der Dienststellenleiter die selbstverständlichen Tatsachen nicht akzeptieren: Wasser ist nass. Die Welt ist eine Kugel. Und Hanna ist Kommissarin der Mitte. Basta!

Beide Männer vor dem Schreibtisch waren todernst. Sie wollten den Choleriker nicht provozieren, der die Schublade aufzog und Hannas Ausweis und Dienstwaffe auf seine Schreibtischunterlage warf.

»Sehen Sie es so«, sagte Cocker zum Leiter der Mitte, während Kürten Hannas Insignien unauffällig in Sicherheit brachte, »für mich als Übergangsleiter der Sonderkommission gab es keinen Schuss in einen Allerwertesten. Nur die Rettung einer am Fall beteiligten Person in letzter Sekunde. Und ich wette, der Getroffene, äh … also, die … diese Person sieht das ähnlich.«

»Johann Schmidt. Der getroffene Betreffende … Der betroffene Gerettete stimmt dem zu«, ergänzte Kürten. Ohne eine Miene zu verziehen.

»Ich schlage vor, Hanna Broder erscheint offiziell nach dem ersten Advent in dieser wunderbaren Stadt zum Dienst. Genau wie vorgesehen«, sagte Cocker, ließ auf seine typische Art die Schultern kreisen und fügte hinzu: »Ich verschwinde nach Düsseldorf. Ihr Team kassiert die Lorbeeren samt Siegerkranz für die Lösung im Fall Styneberg. Was halten Sie davon?«

Meuser schwieg.

»Geben Sie sich einen Ruck, Chef«, half Kürten nach.

Meuser rieb sich die Augen. Angesichts des Angebots rieb er sich verstörend lang seine Augen, fanden Cocker und Kürten.

Als Meuser endlich aufstand und dem rothaarigen Kommissar aus Düsseldorf die Hand reichte, sie lange und innig schüttelte und mit feuchten Augen dankte, verstanden beide, warum. Meuser war zu Tränen gerührt.

Vor der Tür atmeten Kürten und Cocker erleichtert auf. Von dicken Flocken beschneit beobachteten die beiden Polizisten, wie sich der feine Schleier vorweihnachtlich unbefleckten Friedens über der Stadt ausbreitete.

»Sagst du es ihr?«, fragte Kürten. Er hielt Cocker den Ausweis und Hannas Dienstwaffe hin.

»Ich würde lieber nach Hause fahren, wenn ich ehrlich bin«, antwortete Cocker, »bevor ich hier überwintern muss. Nichts gegen eure Stadt, aber meine Frau und meine Tochter …«

»Ich übernehme das«, sagte Kürten. »Tue ich gern. Weißt du, wo Hanna jetzt wohnt?«

»In einem Hotel mit Jazzkeller. Obwohl ich dachte, von Musik hätte sie nach dieser Geschichte die Nase voll.«

Kürten nickte lächelnd. Er fand, das Hotel am Stadtpark stellte in Sachen Wohnen einen echten Fortschritt für Hanna dar.

Die beiden Männer schüttelten sich die Hände und versicherten sich ihres gegenseitigen Respekts. Dann stapfte Cocker durch knirschenden Neuschnee zu seinem Wagen, den er gegenüber der Mitte geparkt hatte. Er stieg ein, hupte zum Abschied und fuhr die Kirchhofstraße in Richtung Lindenplatz davon. Zuerst war Kürten irritiert, denn nach Düsseldorf ging es eigentlich nicht dort entlang. Doch dann begriff er und grinste. Betrat eilig den Wachraum der Mitte und erkundigte sich über Funk, ob sich ein Streifenwagen in der Nähe der Ohligser Heide befand. Als sich glücklicherweise Kollegen vom Parkplatz der Raststätte meldeten, gab er ihnen einen Auftrag.

»Positioniert euch bitte am Betriebsweg hinter der Autobahnbrücke, Zufahrt Ohligser Heide, Nordseite«, delegierte Kürten, wohl wissend, dass Edgar Brandt eine weithin bekannte, aber verbotene Abkürzung auf die Autobahn nehmen wollte, um schneller nach Düsseldorf zu kommen. »Schwarzer Audi A4 mit Düsseldorfer Kennzeichen. Der Fahrer heißt Cocker mit C wie Cäsar. Hat wahrscheinlich anders lautende Papiere dabei. Einmal ganz großer Bahnhof, bitte.«

»Großer Bahnhof für Cocker, verstanden«, kam es über Funk zurück.

Der Code für Bußgeld, Belehrung und eine umfassende allgemeine Verkehrskontrolle, die an Schikane grenzte, wurde von den Kollegen bestätigt. Kürten rieb sich die Hände. Es würde ein mittleres Erdbeben geben, aber diese Chance konnte er sich einfach nicht entgehen lassen.

»Was ist so lustig?«, wollte Esser im Flur wissen.

»Oh, nichts. Nur ein kleines Abschiedsgeschenk für den Kollegen Brandt«, antwortete Kürten. Er klappte den Kragen hoch, verließ die Mitte und verschwand bester Laune im dichten Schneetreiben.

Freitag, 1. Dezember – 16:59 Uhr

Vom Kaminzimmer aus konnte man durch das Schneegestöber kaum bis auf die andere Straßenseite sehen. Mittlerweile kannte Hanna sich gut genug aus, um zu wissen, dass irgendwo dort der Anfang der Fußgängerzone sein musste.

Im Kamin fiel ein Scheit knisternd in sich zusammen.

»Alles in Ordnung mit dir?«, fragte Werner Kürten.

»Sind meine Hände sauber? Oder rieche ich noch nach Öl?«, fragte Hanna und inspizierte wohl zum hundertsten Mal ihre Fingernägel.

»Alle zehn sauber gebürstet und makellos«, antwortete Kürten und war sich nicht sicher, ob er sich Sorgen um die Kommissarin machen musste.

Hanna hatte einige Tage im Krankenhaus und nun bereits zwei Übernachtungen in der angenehmen Umgebung des Hotels verbracht. Der Schock, zusammen mit zwei anderen panischen Personen in der nachtschwarzen und stinkenden Umgebung eines Öltanks eingeschlossen zu sein, hatte tiefe Spuren in ihrem Nervenkostüm hinterlassen. Um die sich eine von der Mitte dafür beauftragte Psychologin täglich kümmerte. Inklusive Notrufmöglichkeit rund um die Uhr.

Meuser sei Dank, dachte Kürten und lächelte Hanna an.

Sie war nicht mehr suspendiert, sondern bis Mitte Dezember krankgeschrieben. Mindestens. Bei vollen Bezügen. *Meuser sei Dank.*

»Du siehst toll aus«, sagte Werner Kürten leise und prostete Hanna mit einer Tasse heißer Schokolade zu. Auf dem Tisch zwischen ihnen lag eine Walther P99 mit Holster und ein Dienstausweis in durchsichtiger Plastikhülle. Außerdem das Carnegie Hall Concert von Keith Jarrett auf zwei von Kürten gebrannten CDs.

»Das muss ich auch«, antwortete Hanna und lächelte. »Morgen kommen Frieder und mein Sohn zu Besuch.« Sie schien sich darauf zu freuen, ihre Männer bald sehen zu können.

»Wie bist du eigentlich darauf gekommen, dass Max Neumayer der Sohn von Clara Pokorny war?«, wollte Kürten nach einer Minute des Schweigens wissen.

»Das Hochhaus, der Ford Mondeo ... Schließlich die Tatsache, dass Max für die Spezialeffekte der Queen Reunion Band verantwortlich war ... Ich hätte früher draufkommen müssen«, antwortete Hanna. »Wie geht es den beiden Männern?«

Kürten erklärte, dass Christoph M. Steinberg und Johann Schmidt wohlauf waren und Hanna grüßen ließen. Dann berichtete er, was die weiteren Ermittlungen im Fall Styneberg ergeben hatten.

Clara Pokorny hatte ihr Baby 1958 anonym im Hildener Kinderheim zurückgelassen. Wer der Vater des Kindes war, das sie in Anlehnung an ihr Idol Peter Alexander Pokorny getauft hatte, wusste die Mutter selbst nicht. Sie starb, ohne jemals Klarheit darüber erlangt zu haben.

Der Junge mit dem Namen eines »Schnulzensängers«, wie man ihn während seiner Jugend hänselte, ließ das Heim und den Makel am ersten Tag der Volljährigkeit hinter sich, als er den Namen Max Neumayer annahm. Nicht zurücklassen konnte er die seelischen Wunden, die sein Schicksal ihm zugefügt hatte.

Erst nach ihrem Tod hatte Claras Sohn, der von der Existenz seiner Mutter nicht die leiseste Ahnung hatte, einen Brief erhalten. Dort entschuldigte sich die Mutter für ihre Feigheit. Beschrieb eindringlich die Schande, unter der sie ein Leben lang hatte leiden müssen. Peter hatte sie diese Schande ersparen wollen. Clara bat um Vergebung und verabschiedete sich, ohne ihren Sohn jemals zu Gesicht bekommen zu haben.

Max hatte das Thema der Vaterschaft auf seinem Rachefeldzug zuletzt nicht mehr interessiert. DNS-Proben von William Styneberg und Christoph M. Steinberg, von Walther Meister und Johann

Schmidt wurden im achten Stock der Wohnung des Hochhauses an der Beethovenstraße ein Raub der Flammen. Glücklicherweise wurden nur das Apartment von Max und die beiden Nachbarwohnungen durch das Feuer in Mitleidenschaft gezogen.

»Kennst du diese Dinger?«, fragte Hanna und riss Werner Kürten aus seinen Gedanken. Sie hielt einen bunten Würfel aus Plastik hoch. »Den habe ich im Frühstücksraum gefunden.«

»Ein Zauberwürfel, Rubik's Cube«, antwortete Kürten. »Ich habe die Seiten nie hinbekommen. Habe das Prinzip dieses Würfels damals einfach nicht kapiert.«

Kürten sah Hanna dabei zu, wie sie die Ebenen des Würfels blitzschnell drehte, um das Durcheinander der Farben zu sortieren und gleichmäßig auf den sechs Seiten zu verteilen. Minuten, die ihm wie Jahre vorkamen.

Hanna ist doch noch nicht in Ordnung, dachte Kürten betrübt.

Endlich hörte sie auf, an dem Würfel herumzudrehen, und lächelte Kürten an. Dann nippte sie vorsichtig an ihrer heißen Schokolade und sah in den knisternden Kamin.

»Ich denke, zunächst wollte Max einfach nur Klarheit schaffen. Nach dem Tod seiner Mutter, von der er vorher nichts gewusst hatte, wollte er Klarheit«, sagte Hanna. Kürten sah auf die gelbe Seite des Würfels, in der noch ein rotes und ein grünes Feld zu sehen waren.

»Daher die E-Mail an Styneberg. Um ihn für ein Gespräch nach Deutschland zu locken. Das Thema Vergeltung kam erst viel später. Das Ganze ist Max entglitten, als er William Styneberg traf ...« Hanna drehte wieder an dem Spielzeug herum.

Kürten bemerkte ein Loch im Zauberwürfel. Offensichtlich war ein Stein des Würfels ausgebrochen und verloren gegangen.

Hanna drehte den Würfel, bis das Loch, das einer Zahnlücke ähnelte, an einer Ecke erschien. Sie sah Kürten traurig an und sagte: »Kann nicht funktionieren ...«

Sie warf den Würfel mit einem lockeren Schwung in den Kamin, wo er sofort in bunten Flammen und schwarzen Rauch aufging.

»Es war von Anfang an zum Scheitern verurteilt«, sagte Hanna.

Dass sie nicht den kaputten Zauberwürfel meinte, verstand Kürten erst, als sie in ihre Tasse pustete und einen Schluck trank. Dann sagte Hanna leise:

»Clara Pokorny hat das all die Jahre gewusst. Die ganze Zeit.«

Danke!

Dr. Marion Heister hat mir geduldig, gründlich (und hartnäckig!) geholfen, dieses Buch besser zu machen – dafür möchte ich ihr ganz herzlich danken.

Außerdem bedanke ich mich bei Sandra, Karin und Gerd Pautsch, Isabel Kleefeld, Stefanie Kürten und Erik Polls. Sie haben mir mit ihren Meinungen, Rat und Tat zur Seite gestanden.

Oliver Pautsch